dtv

In diesem Buch brauchen die beiden Hauptfiguren keine Namen: *Sie* und *er,* das genügt. Es geht um Sex, um Macht, um das berauschende Gefühl, der Stärkere zu sein. *Er* ist Hundezüchter und hat *sie* mitgenommen auf den Hof hoch im Norden, wo er seine Schlittenhunde abrichtet. Irgendwann genügt es ihr nicht mehr, ihm als Geliebte und Hunde-Wächterin zu dienen. Der Machtkampf ist unausweichlich. Und *sie* hat eine Pistole.

Anne B. Ragde wurde 1957 in Hardanger/Norwegen geboren und hat bereits mehrere Bücher veröffentlicht.

Anne B. Ragde

Ein kalter Tag in der Hölle

Roman

Deutsch von Gabriele Haefs

Deutscher Taschenbuch Verlag

Deutsche Erstausgabe
Januar 1998
Deutscher Taschenbuch Verlag GmbH & Co. KG, München

Titel der norwegischen Originalausgabe:
›... før jeg kommer tilbake‹ (Tiden Norsk Forlag, Oslo 1994)

Umschlagkonzept: Balk & Brumshagen
Umschlaggestaltung unter Verwendung eines Fotos von
Schneider/Will (© G+J Fotoservice)
Gesetzt aus der Sabon 10/12˙ (WinWord)
Gesamtherstellung: C. H. Beck'sche Buchdruckerei, Nördlingen
Gedruckt auf säurefreiem, chlorfrei gebleichtem Papier
Printed in Germany · ISBN 3-423-20087-1

Sie war hierher gekommen, wo es so dreckig war, daß sie nicht einmal ihre eigenen Schuhe benutzen konnte, sondern große Holzschuhe hatte leihen müssen; hierher, wo sie nicht Schwarz tragen konnte, nicht ihre eigenen Kleider, weshalb er ihr einen billigen, roten langärmligen Overall gekauft hatte. Sie war noch nie an so einem Ort gewesen, hatte niemals jemanden wie ihn gekannt, nie von sich geglaubt, sie würde mit einem Mann, der so verdreckte Hände und so verdreckte Jeans hatte, vögeln können, mit einem Mann, der nur über Hunde sprach, wenn er überhaupt einmal den Mund aufmachte.

Sie stellte den letzten Sack Hundefutter zu den anderen. So, jetzt standen sie nicht mehr im Weg.

»Du brauchst diese schweren Säcke nicht zu schleppen«, sagte er hinter ihr. Sie schloß die Augen: Nimm mich, dachte sie, nimm mich jetzt sofort, streif mir den Overall ab und dann los! Bis mir grüne Flecken vor den Augen tanzen, du ahnst ja nicht, wie scharf ich bin.

»Ach, das schaff ich schon«, antwortete sie und richtete sich auf.

Er blickte ihr in die Augen: »So eine Schwerstarbeit kann ich schon übernehmen. Heulst du?«

»Nein, wieso?«

»Du hast so glänzende Augen.«

Sie folgte seinem Rücken mit den Blicken, als er zu den Hundezwingern ging, hörte das Gekläff von zweiunddreißig Schlittenhunden losbrechen, das sich wie ein Lauffeuer verbreitete, sobald der erste Hund ihn entdeckt hatte. Es mußte ihn nur ein einziger Hund sehen und losbellen, und schon stimmten in der nächsten Sekunde alle übrigen ein. Es verblüffte sie, daß die Hunde imstande waren, die unterschiedlichsten Arten von Gebell auseinanderzuhalten. Wenn sie träge im Schatten dalagen und Mittagsschlaf hielten und einer von ihnen einen Blick zum Waldrand hinüberwarf, weil er sich vielleicht einbildete, dort etwas zu sehen, und ohne großen Kraftaufwand kurz kläffte, sprangen sofort fünf oder sechs von den jüngsten und ängstlichsten Hunden auf und bedachten den Wald mit einem Höllenlärm, sträubten ihr Fell gegen diese unsichtbare Gefahr, steigerten sich in ein gewaltiges Crescendo, um dann innezuhalten und sich einfältig und stumm anzustarren und schließlich wieder zu einem Fellhaufen in sich zusammenzufallen. Und während dieser immer wiederkehrende Zirkus sich abspielte, lagen die ältesten Hunde nur da und blinzelten gereizt mit den Augen. Sie hatten schon beim ersten Bellen begriffen, daß alles nur falscher Alarm war, ein wenig hysterischer Zeitvertreib. Sie wollten ihre Mittagsruhe haben.

Wenn *er* kam, waren alle Hunde gleich. Da schrien sie alle: »Schau mich an, komm zu mir!« Sie sprangen bei jedem Kläffen hoch und beendeten ihr Gebell mit einem gedehnten Heulen. Dabei wollte er vielleicht nur etwas holen, einen Hammer, der auf dem Boden lag, einige Welpen, die eine Weile im Haus schlafen sollten. »Fresse halten!« hörte sie ihn brüllen. »Wir machen heute keine Schlittentour!«

Doch das wußten sie ja schon längst. Daß sie nicht wegsollten. Das konnten sie seiner Kleidung ansehen. Natürlich würden sie zu Hause bleiben, wenn er in seinen Arbeitskleidern angestapft kam. Aber ein Versuch war schließlich erlaubt, sie konnten doch heulen, wenn sie fanden, es sei ein kleiner Ausflug angesagt. Und wenn er in voller Montur kam, dann schien der Zwinger zu explodieren. Sie regten sich so sehr auf, daß sie übereinander herfielen und er Eimer mit kaltem Wasser holen und einige von ihnen in den Einzelzwinger stecken mußte, ehe er sie an die Zugleine spannen konnte.

Diesmal wollte er nichts holen. Er wollte nur den Warmwasserhahn abdrehen. Sie sah, wie er die Hand nach oben zum Schaltkasten ausstreckte. Er hatte schon am Morgen einige Zwinger saubergemacht und brauchte nun kein heißes Wasser mehr. Der Jeansstoff über seinen Pobacken spannte, als er den Arm hob. Sie schloß die Augen. Dann drehte er sich um, kam ein Stück auf sie zu, machte dann aber unerwartet kehrt und öffnete die grüne Tür, hinter der, wie sie wußte, die läufige Hündin wartete.

Stille senkte sich über den Zwinger. Aller Augen richteten sich auf die grüne Tür. Einzelne Rüden setzten sich hin und fiepten leise, während sie warteten.

Auch sie wartete. Da kam er wieder zum Vorschein. Schloß nachdenklich die Tür hinter sich. Die Rüden stellten sich auf die Hinterbeine und veranstalteten ein schamloses Geschrei, donnerten mit den Pfoten gegen den Maschendraht und fletschten die Zähne.

Er schob die Hände in die Hosentaschen, blieb stehen und schaute sich die Hunde an: Wie weit sie den Zaun hochreichten, wenn sie auf den Hinterbeinen standen, wer der Stärkste, der Eifrigste war und wer zugleich die selbstsichere Festigkeit des Führers besaß. Sein Blick ruhte auf Togo. Auf dem riesigen Togo, mit seinem schwarz-weiß gemusterten Fell, mit Pfoten wie kleine Teller, mit dunklen funkelnden Augen. Er ließ seinen Blick in Togos Blick ruhen. Der Hund ließ sich dankbar am Maschendraht hinabgleiten und stand dann wieder auf allen Vieren, wedelte langsam mit dem buschigen Schwanz und bellte nicht mehr.

Sie sah, daß er etwas sagte, hörte Togo mit einem einzigen Triumphgeheul antworten und die anderen Rüden verzweifelt losfiepen, und sah, wie sie sich mit angelegten Ohren verwirrt aneinander rieben.

Er kam auf sie zu. Togo behielt als einziger im Zwinger die Ruhe. Sein erhobener Schwanz strotzte, rollte sich steif auf, wippte zufrieden und erwartungsvoll hin und her.

»Jetzt weiß er es«, sagte er.

»Was?«

»Daß er der Auserwählte ist. Lady ist so weit. Er kriegt sie heute abend.«

Sie schälte Kartoffeln. Auf dem Tisch neben ihr warteten die Frikadellen darauf, gebraten zu werden. Sie zog ihren roten Overall nicht aus, sie hatte ihn immer an; es scherte sie nicht, wie dreckig er inzwischen war. Und sie schaute auch nicht auf den Boden, wo die Holzschuhe ein Zickzackmuster in Dreckwasser und weißen Hundehaaren gezeichnet hatten. Aber sie hatte sich die Haare gekämmt, hatte Wimperntusche aufgetragen. Rouge brauchte sie nicht, ihre Wangen waren auch so rot genug. Ob er wohl ihren Rücken betrachtete, wenn er da hinter ihr am Tisch saß? Ihren Hintern, durch den roten Stoff? Sie bewegte die Hüften und hüstelte, ließ sich nichts anmerken. Sie hatte längst begriffen, daß es nichts brachte, zu ihm zu gehen, ihn zu streicheln, sich anzuschmiegen. Er war es, der entschied. Er war eine Lokomotive, die sich in wenigen Sekunden von Null auf Hundert steigerte, und er konnte wie ein Blitz aus heiterem Himmel über sie hereinbrechen, zum Beispiel, wenn sie mit einer Tasse Kaffee auf einem Sack Hundefutter saß und den Wald anstarrte, oder während sie etwas schrieb, eine Einkaufsliste vielleicht. Einmal hatte er sie genommen, als sie gerade telefonierte, so daß der Hörer sofort zu Boden gefallen war und ihr die Tränen in den Augen gestanden hatten.

Sie mußte eben warten, warten, nicht drängen, dann würde er schon kommen. Ob er jetzt gerade ihren Rücken ansah? Sie brannte. Mußte den Mund aufreißen und tief in den Bauch atmen, mußte ihre Handgelenke unter kaltes Wasser halten, um ihre Pulsadern abzukühlen.

»Warum machst du das?«

Sie gab keine Antwort.

»Warum hältst du die Hände unters Wasser?«

»Mir war so heiß …«

»Und ist dir jetzt nicht mehr heiß?«

»Doch, ein bißchen«, flüsterte sie.

»Komm her.«

Ihre Hand hatte gerade noch Kraft genug, um den Wasserhahn abzudrehen, als er das sagte, den Kartoffelschäler ließ sie ins Spülbecken fallen, sie schwankte, er war sofort da und riß den Reißverschluß ihres Overalls ganz auf. Sie schloß die Augen und sank zu ihm hin.

»Willst du zusehen?« flüsterte er feucht an ihrem Hals. »Möchtest du Lady und Togo zusehen?«

Sie holte durch die Nase Luft und gab keine Antwort.

»Wir pfeifen aufs Essen«, sagte er.

Sie nickte. Er mußte sie auf dem Weg aus der Küche stützen.

Sie war eiskalt an Zehen, Nasenspitze und Fingern, alle Wärme konzentrierte sich auf die Mitte ihres Körpers, sie war voller Erwartung, klapperte mit den Zähnen, lehnte den Rücken an die Mauer und hatte das Gefühl, das ganze Haus zu stützen. Sie hatten Lady ein Stück vom Zwinger weggebracht, damit die anderen Rüden nicht sehen konnten, was passierte, und nicht vor Eifersucht verrückt würden. Er mußte die eifrigsten von ihnen beiseite treten, als er Togo herausholte. Stolz und lautlos kam Togo auf die offene Fläche, sah sich um, konnte sie nicht entdecken, nahm ihre Witterung auf, begriff, daß sie hinter der nächsten Ecke wartete. Sein Schwanz ragte wie ein Berg über ihm auf, triumphierend bewegte er sich hin und her. Die Hunde hinter dem Maschendraht starrten diesen Schwanz an, diesen selbstsicheren Hochmut, den er ihnen mitten ins Gesicht schleuderte. Junge und ältere Rüden brüllten ausgiebig und schrammten mit den Pfoten über den Maschendraht, sie kläfften nicht, heulten nicht, sie schrieen wie Menschen. Sie hielt sich die Ohren zu, es war einfach ungerecht.

Togo achtete nicht auf die anderen, drehte sich nicht einmal zu ihnen um, sondern fegte mit seinem Schwanz alle Zweifel beiseite und sonnte sich im Neid der anderen. Er war der Auserwählte.

Lady leckte sich und schloß die Augen. Der Hundelärm war verstummt, eine lauschende Stille folgte, nur unterbrochen vom Fiepen der Welpen in den Zwingern, die zu jung waren, um zu begreifen, was es bedeutete, daß jetzt, in diesem Moment, neues Leben entstehen würde.

Togo stürzte auf sie zu, sie hob den Kopf und empfing ihn mit einem scharfen Blick, der ihn aufforderte zu warten, sich zusammenzunehmen, sie erst nach dem Vorspiel zu besteigen. Auf steifen Beinen wackelte er ein Stück zurück und fing an zu weinen wie ein kleines Kind. Er hatte die Ohren flach angelegt, seine Augen funkelten, sein kreisrund gebogener Schwanz öffnete sich zu einer Mondsichel. Sie erhob sich und wedelte mit dem Schwanz.

Wieder überwand er die Entfernung zwischen ihnen und begann hitzig an ihren Ohren zu lecken. Sie ließ ihn gewähren. Gleichzeitig legte er ihr versuchsweise eine Pfote auf den Rücken, doch sie schob die Pfote weg. Sein Hinterteil bewegte sich ruckhaft in der leeren Luft, die Beine trommelten steif auf den Boden. Er hörte auf, ihre Ohren zu lecken, und bewegte sich an ihr entlang. Dann streckte sie ihm ihr Hinterteil entgegen. Das war zuviel, er klapperte mit den Zähnen, knurrte tief im Hals und war sofort auf ihr. Sie stand ganz still da und nahm ihn in sich auf, wand sich unter seinem Gewicht; er umschloß sie mit den Vorderpfoten und nahm sie, ohne lange suchen zu müssen. Sie schloß die Augen und änderte die Haltung ihrer Vorderbeine, und nach einigen kräftigen Stößen sank er neben ihr nieder. Sie keuchten jetzt nicht mehr, ihre Schnauzen schienen ein Lächeln anzudeuten, und ihre Augen waren träge.

»So«, sagte er heiser. »Jetzt bleiben sie eine Weile so stehen.«

»Wie lange …«, sie mußte sich räuspern. »Wie lange denn?«

»Die kommen jetzt allein zurecht. Komm her.«

Sie starrte blind zum bewölkten Himmel hoch und registrierte den Gestank der Hunde, während er sie wie ein Paket öffnete, ihr den Overall bis zu den Knöcheln abpellte und den einen Fuß daraus befreite, und dann war er in ihr, machte aus ihnen ein Tier mit einem einzigen Gedanken im Kopf. Sie warf den Kopf in den Nacken und spürte die Tränen aufsteigen, und er umklammerte ihre Taille so heftig, daß ihre Beine sich vom Boden hoben und sie ihn damit umfing, während der Overall wie ein frischerlegtes Tier an ihrem rechten Fuß baumelte und im Wege war. Er leckte ihr den Hals und die Ohren und stöhnte leise, dann hob sie ab und wurde schließlich ganz ruhig.

Er umklammerte sie fest, bis er fertig war. Dann zog er ihr den Overall wieder an, bückte sich, während er ihren Fuß ins Hosenbein stopfte und sie in die Holzschuhe steigen ließ, packte sie wieder ein. Sie schloß die Augen, hörte das Geräusch des Reißverschlusses und merkte, wie der Overall über ihrer Brust spannte.

»Sie sind bald fertig. Braver Junge ... kommt her, alle beide.«

Lady wackelte durch die offene grüne Tür. Sie hörte Wasser laufen und das Geräusch von einem Metallgefäß, das auf den Boden gestellt wurde. Togo stand wartend in der Türöffnung. Er kam heraus, betrachtete den Hund und murmelte: »Vielleicht sollte ich ihn doch noch nicht zu den anderen ... ach was, Togo ist doch Manns genug, um sich zu wehren.«

»Wogegen denn?« Es tat gut, etwas zu sagen, durch die Worte bekam sie wieder Luft.

»Die anderen könnten ... ach, das wird schon gutgehen. Komm her, Togo!«

Wildes wütendes Gekläff empfing ihn. Togo bahnte sich mit gebleckten Zähnen seinen Weg, und zwei andere fielen sofort übereinander her, allerdings ohne echte Energie. Sie saßen alle im selben Boot.

»Ich gebe ihnen was zu fressen, dann beruhigen sie sich schon wieder.«

Die Kartoffeln waren inzwischen dunkel angelaufen. Sie schnitt sie in Scheiben und briet sie zusammen mit den Frikadellen, alles andere wäre ihr zu anstrengend gewesen.

Sie schauten kauend und schweigend aus dem Fenster. Danach sage sie: »Ich glaube, ich gehe ins Bett.«

»Ich auch. Ich hol nur noch schnell ein paar von den Welpen herein.«

Die Welpen durften ab und zu in ihrem Bett schlafen, damit sie lernten, den Geruch von Menschen mit Ruhe und Geborgenheit zu verbinden. Deshalb erwachte sie zwischen fünf Hundewelpen.

Es war dunkel, mitten in der Nacht, und sie wußte, daß sie ein entsetzliches Geheul gehört hatte. Jetzt war alles still.

Doch nun hörte sie es wieder. Sie knipste die Lampe an der Wand über ihnen an und blickte sich um. Er schlief.

»Du mußt aufwachen!« Sie schüttelte ihn.

Die Welpen zwinkerten verdutzt.

»Etwas ist passiert. Da schreit jemand!«

»Verdammt!« Er kämpfte sich aus den Decken, streifte seine Hose über und lief mit klappernden Holzschuhen aus der Tür. Sie stützte sich auf die Ellbogen und lauschte, dann stand sie ebenfalls auf und zog sich den Overall bis zur Taille hoch. Die Welpen gähnten, sie deckte sie wieder zu.

»Schlaft schön und pinkelt nicht ins Bett!«

Er preßte seine Stirn gegen den Maschendraht. Sie konnte nichts sehen, hörte nur die keuchenden Hunde und ein Stöhnen.

»Was ist los? Was ist passiert?«

Seine Stimme war so finster wie die Nacht. »Sie haben ihn fertiggemacht.«

»Ich kann nichts sehen ... ich ...«

Seine Hand schnellte hoch und schaltete die Beleuchtung ein. Sie hielt sich schützend die Hand vor die Augen. In der einen Ecke des Zwingers sah sie die Hundemeute, einen Sternhaufen aus glänzenden Augen, die sich beschämt zu Boden senkten, gebeugte Nacken und angelegte Ohren. Einzelne von ihnen fletschten die Zähne und warfen schräge Seitenblicke zum anderen Ende des Zwingers hinüber. Und dort lag er. Bewegungslos, auf der Seite, blutig an Kopf und Brust.

»Haben sie ... haben sie ihn ... bloß weil ...«

»Ja.«

»Um Gotteswillen!«

Er öffnete die Drahttür und ging zu den Hunden hinein. Sie folgte ihm. Die Hunde krochen ihm entgegen, er trat sie in die Einzelzwinger, einen nach dem anderen, sie hörte die Schnappschlösser klicken. Dann kam er heraus, hockte sich neben Togo, streichelte ihn vorsichtig.

»Das ist meine Schuld«, sagte er gepreßt. »Ich hätte niemals ...«

Togo hob kraftlos den Kopf und leckte ihm langsam das Handgelenk, dann ließ er seinen Kopf wieder sinken. »Aber er lebt doch noch!« rief sie erleichtert.

Sie konnte nur an einigen Stellen schieres Fleisch sehen, Risse, Wunden, Speichel und weißen Schaum, der am Fell klebte. Die Schnauze war auf der einen Seite aufgerissen, und ein Teil des Gebisses lag offen.

»Ja schon ... aber er wäre wohl lieber tot. Eine Schande ... daß sie das geschafft haben.«

Sie betrachtete seine Beine, die Pfoten. Dort konnte sie keine Wunden entdecken. »Warum liegt er so da? Hat er sich was gebrochen?«

»*Verdammt!* Begreifst du denn überhaupt nichts? Er war doch das Leittier, klar?«

Seine Stimme schien zu bersten. Er hustete und fügte mit tonloser Stimme hinzu: »Und jetzt hat er sich ihnen ergeben müssen.«

Sie betrachtete Togos Schwanz, der so selbstbewußt vor aller Augen hin- und hergefegt war. Der Schwanz lag jetzt im Schnee, dünn und armselig, mit kurzen Fellbüscheln.

»Sie haben ihn erledigt«, wiederholte er heiser. Sie spürte, wie ein Gefühl von Trauer in ihr aufstieg, als sie sich über Togo beugte und sanft sein Fell streichelte.

Doch Togo blieb bewegungslos mit offenen Augen liegen und starrte mit leerem Blick in die nächtliche Finsternis.

Sie erhob sich und trat zwei Schritte zurück. Der Kies knirschte unter ihren Holzschuhen, als er sagte: »Ich kümmere mich schon um ihn.«

»Brauchst du Hilfe? Soll ich ein Desinfektionsmittel holen oder ...«

»Nein. Geh du nur zu den Welpen.«

Auf der Treppe schaute sie sich um. Er hockte noch immer neben Togo, der dalag wie zuvor.

Die Welpen schliefen. Sie kroch unter die Decke und schmiegte sich an die kleinen Tiere. Wartete.

Und da kam es. Der Schuß zerriß ihr fast das Trommelfell und bohrte sich tief in ihren Kopf. Sie preßte einen Welpen an sich. Als der Schuß verhallt war, hörte sie die anderen Hunde verblüfft heulen, ein zähes Geheul, das kein Ende zu nehmen schien. Sie öffnete die Augen, schloß sie aber sofort wieder, als er zurück ins Bett kam.

Er brachte einen neuen Geruch mit, den Geruch von Pulver und Blut.

Vorsichtig schmiegte sie sich an seinen Rücken. Der war hart wie Eis. Langsam zog sie sich zurück.

Der Regen hatte den Hof in ein Schlammloch verwandelt. In regelmäßigen Abständen streute er Grassamen aus, er warf sie auf den Hof, als sei es Hühnerfutter. Die Samen konnten gerade noch ein wenig keimen – bis zur nächsten Regenphase, bis zum nächsten Stiefeltritt, bis zum nächsten heftig ruckenden Sulkyrad.

Am Rand des Hofs leuchteten hellgrüne Soden, dort hatten die Samen ungehindert Wurzel schlagen können. Sie wußte noch, wie er zuletzt gesät hatte, und konnte sich auch an das Mal davor erinnern. So lange war sie schon hier. Sie wußte das Datum nicht und auch nicht, wieviele Tage sie schon hier war. Sie wußte nur, daß er zweimal Grassamen gesät hatte und daß sich der Hof noch immer in braunen Matsch verwandelte, wenn neuer Regen darüber hereinbrach.

»Samen braucht Erdboden, keinen Lehm«, hatte sie beim ersten Mal gesagt, »und außerdem sät man doch im Frühling ...«

»Ich mache es aber so«, hatte er geantwortet und sich unter dem Wasserhahn die winzigen Samenkörner von den Fingern gespült.

In der Nacht war er sofort eingeschlafen. Er hatte in seinem harten Körper Schlaf finden können, nur sein Zeigefinger wußte noch genau, was er getan hatte, und der Lärm hallte ihm noch in den Ohren nach. Am Morgen war er früh aufgestanden. Er und die Welpen waren verschwunden.

Sie saß am Tisch und trank Kaffee, der nach Lebertran schmeckte, und starrte dabei in das flimmernde Morgenlicht und den strömenden Regen hinaus. Die Hunde waren gefüttert worden. Sie konnte hier und dort in den Zwingern die blankgeleckten Stahlnäpfe erkennen.

Da drinnen war alles still, die Hunde lagen wie weiße Wollbüschel in Deckung vor dem Regen, wie kleine Berge, denen man nicht ansehen konnte, wo vorne war und wo hinten. Sie schloß die Augen und holte Atem, wobei ihr der Trangeschmack wieder hochkam. Damit hatte sie immerhin noch nicht aufgehört. Das hatte er ihr nicht ausreden können. Ebensowenig wie das Augen-Make-up. Sie wollte Lebertran nehmen und Wimperntusche benutzen. Jeden Tag. Sich im Spiegel sehen und glauben, daß sie es war. Durch den Kaffee den Lebertrangeschmack wahrnehmen und wissen, daß ein neuer Tag anbrach. Nicht irgendein Tag, sondern ein neuer. Und hier war sie.

Sie fand einen Rest Brot in der Schublade. Schnitt eine Scheibe ab und ließ sie liegen, ging zurück ans Fenster. Obwohl sie nicht wußte, wo er steckte, wartete sie. Preßte ihr Gesicht an die Scheibe, um so weit wie möglich nach links sehen zu können. Bald würde er auftauchen, mit einem verdreckten Spaten in der Hand, denn das hatte er nachts nicht mehr geschafft, nicht in den wenigen Minuten. Sie kehrte zu ihrem Brot zurück und starrte es an. Braunes poröses Brot mit einer harten Kante. Sie bestrich die Scheibe mit Leberwurst und biß hinein. Sie hätte die Gelegenheit nutzen können, um normal zu sein, sie selber, statt auf ihn zu warten, denn er war ja nicht da. Sie hätte jemanden anrufen können. Sie hätte sich waschen können, sie wußte genau, daß sie sich jetzt hätte waschen können. Daß sie saubere Unterhosen und einen sauberen Waschlappen hatte. Aber sie wußte, warum sie es nicht tat: Sie hatte begonnen, diesen Geruch nach See zu mögen.

Sie konnte hören, daß er die Stiefel nicht ausgezogen hatte, sie schlurften schwappend über das Linoleum. Der Trangeschmack war inzwischen verschwunden, aber der Kaffee war kalt. Sie starrte die hellgrünen Grasbüschel an und dachte an kleine Samenkörner, die wirklich hart arbeiten mußten, um im Lehm Wurzel zu schlagen, wo ihnen kein einziger Regenwurm zu Hilfe kam. Eine dichte braune Masse, die Leben spenden konnte, wenn es den Wurzeln nur gelang, sich hineinzubohren.

»Ach, du bist schon auf.«

Eine Welpenschnauze berührte ihre Füße. Sie nahm den Hund auf den Schoß. Ein kleiner Bär mit blauen Augen und lebhafter Zunge, mit dichtem weißen Fell, in dem Regentropfen wie Perlen glitzerten. Sie bohrte ihr Gesicht in das Fell, spürte das kalte Stechen der Tropfen, blickte in das kleine Gesicht und mußte einfach lächeln.

»Im Kessel ist noch Kaffee.«

Dem Hundebaby gelang es, sie bei diesem kurzen Satz am Mund zu lecken.

»Warum hast du kein Feuer gemacht?«

»Ich finde es nicht so kalt.«

Sie hielt nach den anderen Welpen Ausschau, konnte aber keine entdecken.

»Warum hast du nur einen mitgebracht?«

»Ich dachte, er könnte dich ein bißchen aufmuntern.«

Sie sah ihm in die Augen: »Meinst du, das habe ich nötig?«

Sein Gesicht war schweißnaß, seine Augen wanderten vom Kessel zum Herd, zum Welpen und schließlich zu Boden.

»Die Stiefel. Ich zieh sie sofort aus.«

Sie reichte ihm den Welpen: »Bring den erst wieder raus.«

Sie kniff die Augen zusammen, als er über den Hof ging, machte sich hinter ihren Wimpern, die starr von der Wimperntusche waren, ein Flimmerbild. Er wurde zu einem dunklen Loch im Morgenlicht, einem dunklen beweglichen Loch, das etwas Zappelndes, Weißes trug, das sich offenbar dagegen wehrte. Sie suchte in sich, suchte nach Zorn, konnte aber keinen finden.

So saß sie manchmal da. Unterwegs nach … egal. Einfach unterwegs. Sie beobachtete seine Arme über dem Lenkrad. Sie lagen fast horizontal, das war wichtig. Sie wußte alles darüber; wenn sie durch das Fenster eines fremden Autos schaute und ein fast hochkantig montiertes Lenkrad sah, wußte sie, daß die Arme, die ein solches Rad umfaßten, kraftlos waren, kurz und in schroffem Winkel zum Lenkrad, wie zwei zerbrochene Holzscheite.

Diese hier dagegen … Männerarme, die weit ausholten, mit kräftigen Schultern und aufgekrempelten Ärmeln, der ganze Oberkörper mußte mitarbeiten. Sie blickte auf die Straße, die Schlaglöcher, die Pfützen; sie erinnerte sich an Touren per Anhalter, als sie hoch oben bei den LKW-Fahrern gesessen hatte, dachte an Rockmusik an glitzernden Regenabenden wie diesem hier, an Arme wie diese, fremde Arme, von denen sie später geträumt hatte, als sie wieder einmal am Straßenrand stand, ihr der ausgestreckte Daumen fast abfror und ihr noch immer der Wunderbaum-Geruch in der Nase hing.

Sie warf einen Seitenblick auf seine Unterarme, stellte sich vor, wie er plötzlich bremste, das Lenkrad losließ, die Hände nach ihr ausstreckte, sie rittlings auf sich hob, ihren Reißverschluß öffnete und sein Gesicht gegen ihre Brüste preßte. Sie würde das Lenkrad im Kreuz spüren, vielleicht mit dem Kopf an die Decke stoßen, denken: Wenn jetzt ein Auto kommt, dann sieht man uns. Seine schmutzigen Hände, der Dreck unter seinen Nägeln. Hundekot, Fett aus den Fellen.

»Hast du Geld?«

»Geld?«

»Ja. Münzen, Scheine. Womit man so einkauft. Lebensmittel, Bier, Trockenfutter.«

»Warum bist du so sauer?«

In diesem Moment mußte er das Rad besonders heftig herumreißen. Der riesige Wagen schlingerte, Kästen, Werkzeug und leere Flaschen schepperten. Eine Seilrolle rutschte zur Seite, traf mit weichem Geräusch auf die Wand hinter den Sitzen und verströmte den Geruch von nassem Hanf. Der Wagen sprang nach vorn, wie abgeschossen aus dem riesigen Schlagloch, das quer über die Straße verlief. Ihr Kopf schlug gegen die Decke. Jetzt stieß sie wirklich an die Decke.

»Ich bin nicht sauer, verdammt noch mal, was redest du eigentlich?«

»Du bist sauer. Sauer, weil ...«

»Halt die Fresse. Ich hab dich nach Geld gefragt.«

»Ich helfe dir doch, mit den Hunden. Bei ... früher hattest du eine andere. Die hast du bezahlt.«

»Du spielst dich vielleicht auf! Bist du pleite, oder was?«

»Ich hab mein Konto bei einer anderen Bank. Und von der gibt es hier keine Filiale.«

»Dann laß dir einfach Geld überweisen.«

»Willst du, daß ich gehe?«

Sie bemerkte auf einmal den Geruch im Wagen, von Hunden und Dreck und Trockenfutter und halb verrotteten Lederriemen. Spürte seine Arme um sich, Unterarme aus Stein, die in Händen endeten, die sie hochheben konnten, sie herumdrehen, sie auf den Bauch legen, auf den Rücken, sie in Hundestellung zu sich hochziehen konnten, sie unter den Knien packen und die Knie brechen wie Strohhalme, ihren Nacken packen und pressen. Warum hatte sie bloß diese Frage gestellt?

»Weinst du?« Er hielt an, ließ das Lenkrad los, legte dann aber nur die Hände in den Schoß. Der Motor lief im Leerlauf. Durch das Dröhnen des Viertaktmotors hörte sie den Regen aufs Dach prasseln. Der Sitz unter ihr war warm.

»Du weinst.«

»Nein.«

»Warum hast du mich nicht nach Togo gefragt? Entweder mußt du weinen oder du mußt dich einen Dreck um ihn scheren. So wie ich.«

»Du hast dich ja wohl nicht einen Dreck um ihn geschert.«

»Doch, jetzt wohl. Jetzt, wo er ...«

»Er hätte doch weiterleben können, auch wenn ...«

»Nein. Und du bleibst hier.«

Er schaltete und ließ die Gangschaltung so abrupt los, daß ihr Kopf nach hinten geschleudert wurde.

»Hast du jetzt Geld, oder was?«

»Hast du keins?«

»Erst wieder, wenn die Welpen verkauft sind. Die Anzeige steht heute in der Zeitung.«

»Ein bißchen hab ich noch. Ich kann es mir überweisen lassen.«

»Dann fahren wir erstmal zur Bank.«

Sie wollte nicht hier sein. Wollte nicht mit Holzschuhen und rotem Overall auf diesem Boden stehen. Sie machte Flecken, verdreckte alles. Parkettboden und ein kleiner Schalter mit vielen Lämpchen. Sicher stank sie auch. Aber die Dame am Schalter benahm sich ganz normal. Sie schrieb ihre Adresse auf das weiße Papier und reichte es der Frau. Hände nahmen es entgegen. Eine Brille senkte den Blick nach unten und las die Adresse.

»Ach«, sagte die Dame.

»Wieso ach?«

»Da ... wohnen Sie also.«

»Ja.«

»Zweitausend?«

»Ja.«

»Ich muß erst anrufen und fragen, ob das Konto ausreichend gedeckt ist.«

Niemand sah sie an, bemerkte irgend etwas. Niemand sah, daß sie hier stand und eine andere war. Wußten sie, daß er ihr den Overall gekauft hatte? Wußten sie, daß sie eben erst aus einem verdreckten Wagen mit Allradantrieb gesprungen war? Hatten sie den Schuß gehört? Hatten sie schon früher einmal Schüsse gehört? War ein Schuß so viele Kilometer zu hören, auf diese Entfernung?

»Das macht fünfzig Kronen Gebühr. Wenn Sie fünfzig passend haben, gebe ich Ihnen zwei Tausender.«

»Nein. Ich habe nur Kleingeld.«

Die Dame hob den Kopf, wirkte plötzlich vertraulich, ließ ihre Brille bis auf die Nasenspitze rutschen und fragte leise und nasal: »Wollen Sie nicht lieber ... soll ich vielleicht sagen, Ihr Scheck sei nicht gedeckt gewesen? Und es könnte noch einige Tage dauern?«

Sie verlagerte ihr Gewicht auf das andere Bein, wobei ihr Fuß im Holzschuh etwas verrutschte. Sie stützte die Ellbogen auf den sauberen Tresen und spürte einen Hauch von Angst in sich aufflackern.

»Wie meinen Sie das?«

Die Dame wollte das gerade erklären, sie beugte sich vor und öffnete den Mund, weiter kam sie jedoch nicht.

»Wie meinen Sie das eigentlich? Glauben Sie, ich weiß nicht, was ich ... jetzt geben Sie mir schon mein Geld!«

Die Brille wurde zurechtgerückt. Die Dame blätterte die Hunderter hin und legte den grünen Fünfziger auf den Stapel. Sie nahm das geradezu strotzende Geldbündel entgegen.

»Danke.«

Sie spannte beim Hinausgehen ihre Wadenmuskeln an, um nicht auszurutschen. Ihr fiel plötzlich ein, daß hinten auf dem Overall etwas stand, und es ärgerte sie, daß die Dame das jetzt lesen und wissen würde, was da stand, während sie selbst sich nicht daran erinnern konnte.

Er wartete draußen im Auto.

»Alles klar?«

»Ja.«

»Hast du eine Einkaufsliste?«

»Nein, geh du einkaufen, ich warte so lange im Wagen.«

Sie sah zu, wie die Leute im Laden ein- und ausgingen. Normale Menschen, die wahrscheinlich gut riechen würden, wenn sie plötzlich einen Unfall erleiden und auf einer sterilen, sauberen Krankenbahre nackt ausgezogen werden müßten. Jetzt war er dort drinnen. Lief mit seinen Armen und Händen zwischen ihnen herum und berührte Lebensmittel. Grellbunte Verpackungen, die Signale aussendeten. Über diesen Moment. Über diesen Ort. In diesem Land. Er legte sie in einen Einkaufswagen und war ein Mann wie alle anderen. Ein Mann mit Brieftasche und Führerschein und Personennummer, es war kaum zu fassen.

»Komm, mach schnell und komm«, flüsterte sie.

Und plötzlich fiel ihr ein, was hinten auf ihrem Overall stand, was die Dame gelesen hatte, als sie mit steifen Waden durch die Bank gegangen war: *Lifestyle.*

Ihm klebte Krabbensalat am Kinn, auf der linken Seite. Das sah sie. Er leckte sich den Salatrest mit der Zungenspitze in den Mund und schnitt dabei Brot – Weißbrot, das an der Kruste krümelte und so frisch war, daß der Teig zusammenklebte, sowie ihre Zähne ihn berührten. Er kaute mit offenem Mund. Sie sah seine Zunge das Brot hin- und herschieben, während es zu Brei zermahlen wurde. Er blätterte in der Reklame aus dem Briefkasten und las ihr etwas von einer Kompostmühle vor, lachte über die blöden Wörter in der Werbung. Die Küche umschloß sie wie eine Dekke. Die Hunde hatten sich schon beruhigt, waren wie betäubt vom Summen des Regens und der Gewißheit, daß es jetzt keinen Ausflug geben würde, aber es hatte einen Höllenlärm gegeben, als sie die Futtersäcke im Vorratsraum verstaut und Lady allein in einen der kleinen Zwinger ganz hinten gesteckt hatten.

Die Nacht war jetzt vergessen, dem Gebell der Hunde hatte jegliche Erinnerung gefehlt, jede Scham. Der Regen hatte Gerüche und Blut weggespült. Jetzt konnten sie an der Stelle herumtoben, an der er gelegen hatte, sie konnten ihr Fell ausschütteln, mit breiten Pfoten herumstapfen und die Schultern aneinanderreiben, um sich möglichst dicht an den Maschendraht zu quetschen, wo sie ihn sahen, der alles bestimmte, der alles lenkte, der ihnen seine Gaben auf den Kopf fallen ließ, wie es ihm paßte: Essen, Streicheln, Ausflüge, ein paar Worte. Sie hatte sie beobachtet, hatte bei ihnen nach Anzeichen für Scham oder Schuldgefühle gesucht und mußte sich noch einmal klarmachen, daß sie es hier mit Hunden zu tun hatte, mit Tieren. Das, was sie in der Nacht für Scham gehalten hatte, war wohl eher die Angst gewesen, etwas verbrochen zu haben, das eine Strafe von oben nach sich ziehen würde. Und nachdem die Strafe gekommen war, nachdem sie eingesperrt und ausgeschimpft worden waren, gab es die Tat nicht mehr. Und die Erinnerung daran auch nicht. Die überstandene Strafe brachte Frieden und ließ die Tat in Vergessenheit geraten, eröffnete neue Möglichkeiten.

»Noch eins?«

»Nein. Ich bin satt.«

Er hielt noch immer das Brotmesser in der rechten Hand, als er die linke über den Tisch streckte und ihre Wangen zusammendrückte, bis sie einen Schmollmund bekam. Er lächelte mit Brotresten zwischen den Zähnen und blickte ihr mitten in die Augen.

»Ach ... du wolltest also kein Geld abheben«, sagte er.

Sie konnte seinen Blick erwidern. Wenn er sie so direkt ansah, dann passierte ohnehin nur selten etwas. Sie versuchte zu lächeln, aber das Lächeln blieb im Schmollmund hängen. Er kniff sie noch etwas härter, sie spürte, wie die Haut in den Wangen zwischen ihre Backenzähne gedrückt wurde. Mit einem Ruck riß sie sich los. Er lachte:

»Willst du denn nichts tun?«

»Was denn?« fragte sie verblüfft und ließ dabei ihre Zunge durch die Mundhöhle wandern.

»Weiberkram. Müßt ihr denn nicht immer unglaublich viel *erledigen*?«

»Was denn?«

»Dinge umstellen, euch überlegen, wie alles aussieht, ummöblieren. Euch Gedanken über Farben machen, über Dreck und Wäsche und Essen und ...«

»So bin ich aber nicht.«

»Nein, das weiß ich. Du hast auch nichts zur Overallfarbe gesagt.«

»Gab's denn auch welche, die nicht rot waren?«

»Sicher.« Er lachte. »Es gibt auch blaue und braune. Und knallgelbe. Die meisten Weiber mögen die blauen am liebsten.«

»Deine Weiber?«

»Aber dir gefällt der rote.«

»Ich hab da nicht weiter drüber nachgedacht.«

»Der rote hat dir gefallen. Auf den ersten Blick. Du hast keine weiteren Fragen gestellt. So was gefällt mir.«

»Ich hab da nicht drüber nachgedacht.«

Er beugte sich über den Tisch und sagte leise: »Wenn der rote verschlissen ist, kriegst du einen blauen.«

Sie stand mit dem Aufschnitt in der Hand auf und ging zum Kühlschrank.

»Ich kann mir selber einen kaufen«, sagte sie und atmete leise aus, horchte, während sie das Essen in den Kühlschrank packte. Und sie spürte einen intensiven Triumph darüber, daß sie jetzt langsam anfing, ihn zu kennen, als er plötzlich mit einem Sprung hinter ihr stand und zu einem harten Ring aus Armmuskeln wurde, in dem sie gefangen war. Er hauchte ihr in den Nacken und leckte sie am Hals bis zum Haaransatz. Sie blieb zwischen ihm und dem Kühlschrankgriff hängen und spürte, wie erregt sie war. Sein Atem roch nach Brot und Milch, und hätte sie nach unten sehen können, dann hätte sie auf dem roten Stoff seine dreckigen Hände entdeckt.

»Mach die Tür zu«, flüsterte er. »Mach die Tür zu, damit das Essen nicht verdirbt.«

Sie ließ den Türgriff los und warf den Kopf in den Nacken, riß den Mund weit auf, um nach Luft zu schnappen. Er machte sich bereits an ihrem Reißverschluß zu schaffen. Sie wollte ihn schon selber öffnen, als seine Finger sich um ihre schlossen, zudrückten und den Reißverschluß nach unten zogen.

»Kann ich mitkommen?«

»Nein.«

»Warum nicht?«

»Falls jemand wegen der Anzeige anruft. Ich muß doch diese verdammten Welpen verkaufen.«

Sie mußten sich anbrüllen, weil die Hunde wie wahnsinnig bellten, denn alle wollten mitkommen. Er bückte sich über das Zaumzeug und das brodelnde Hundegespann, acht Hunde in vier Paaren, und ganz vorn der Leithund. Sein verdreckter Isländerpullover war am linken Handgelenk aufgerissen, gelbweiße Fäden ringelten sich wie Würmer.

»Ruhig! Ruhe, verdammt noch mal! Platz!«

Jetzt war das Zaumzeug angebracht, und das Gekläffe ging in angespanntes Fiepen über.

»Was soll ich sagen, wenn jemand anruft?«

»Ich habe den Stammbaum aufgeschrieben, der liegt auf dem Tisch ... da steht, an welchen Rennen sie teilgenommen haben und so ... Stillgestanden, verdammte Meute, sonst verheddert sich noch alles! Das schaffst du doch mit links!«

Sie musterte den Leithund. An Togos Stelle stand jetzt Varg da, noch ein richtiger Grünschnabel, viel zu ungeduldig. Aber das würde sich bald ändern. Er war aufmerksam und klug, begriff den Unterschied zwischen Sprints und langen Touren, zwischen rechts und links und konnte die Hunde hinter sich im richtigen Tempo halten.

»Dann geht's los. Höchstens zwei Stunden.«

Es hätte keinen Sinn gehabt zu antworten, er hätte es sowieso nicht hören können.

»Okay! Los!«

Varg zog brüllend die Leine stramm und steuerte den Waldweg an. Nicht den Weg zum Laden mit den vielen Löchern und Wasserlachen, sondern den Weg, der in die Berge führte und der von einem Kasten hinten im Wagen sorgfältig geglättet und mit Kies bestreut wurde.

Die Sulkyräder donnerten gegen den Boden. Das Gespann war eine flirrende Kolonne von hängenden Zungen, erhobenen Schwänzen und breiten, trommelnden Pfoten, die die Krallen in den Dreck bohrten und sich abstießen.

Sie horchte noch lange, nachdem sie verschwunden waren, hinter ihnen her, hörte das Kläffen nachlassen, als der erste Eifer der Hunde in eine zielstrebigere Arbeit überging. Sie wollten weiter! Nach oben! Weiter, weiter! Keinen kostbaren Atem mehr für sinnloses Geschrei vergeuden, jetzt, wo sie wußten, daß sie wirklich unterwegs waren! Mit Varg an der Spitze und dem Mann hinter sich, der nur zwei Wörter kannte: »Okay! Los!«

Sie liebte die Panik und die Wildheit vor dem Aufbruch eines Hundegespanns, das scheinbare Chaos aus Zaumzeug und Leinen, die so viel Energie in dieselbe Richtung lenken sollten.

Sie holte Atem und warf einen verstohlenen Blick zum Zwinger hinüber, zu den zurückgelassenen Hunden. Sie hatten verzweifelt gebrüllt, zusammen mit den glücklichen Auserwählten, doch als das Gespann nicht mehr zu sehen war, resignierten sie rasch, legten den Kopf auf die Pfoten und starrten mit trägem und leerem Blick den Waldweg an, während sie auf die Rückkehr der anderen warteten.

Sie öffnete die grüne Tür und ging zu Lady, die allein hinten im Zwinger stand.

»Hallo, Wuschelchen«, flüsterte sie und hockte sich neben die Hündin. Lady drängte sich mit wedelndem Schwanz, angelegten Ohren und breitem Lächeln an sie. Sie hatte vorher noch nie eine Hunderasse gesehen, die lächeln konnte. Doch Lady lächelte, und ihre Augen lachten vor Freude über den Besuch. Besuch, der nur gekommen war, um zu schmusen und zu quatschen, und sie weder füttern noch ihr die Pfoten mit Melkfett einschmieren, die Krallen schneiden oder die Ohren auf Milben und anderes Ungeziefer durchsuchen wollte. Ganz einfach ein Besuch ohne Ziel und Zweck, der streicheln und kuscheln wollte, ohne daß Lady dafür irgend etwas hätte leisten müssen. Lady lehnte sich mit ihrem ganzen Gewicht an sie und hätte sie fast umgeworfen.

»Hast du denn jetzt ein Baby im Bauch ...«

Sie streichelte Ladys Bauch. Auch hier war das Fell dicht und starr, aber ihre Fingerspitzen spürten doch die Wärme aus Bauch und Unterleib. Ob sie wußte, daß Togo tot war? Konnte eine Hündin begreifen, daß sie befruchtet worden war? In diesem Bauch lagen jetzt winzige Zellklumpen, aus denen neue Welpen werden sollten. Welpen, die geboren und gesäugt werden, die gute Zughunde werden und ihr eigenes Leben leben sollten. Vielleicht war ein guter Leithund darunter, einer, der schon früh trainiert werden könnte und im Gespann rasch aufrücken würde, einer, der nicht bereit sein würde, hinten zu laufen. Einer, der Tempo und Kurs selbst bestimmte, der alle Kommandoworte verstand, die ihm in den Nacken geschleudert wurden, einer, der vor sich nur ungebrochene Schneeweiten sah und dem nicht bei jedem Schritt die Schwänze und Pfoten der anderen ins Gesicht fliegen würden.

»Vielleicht hast du einen Leithund im Bauch ... vielleicht steckt da drinnen ein kleiner Togo?«

Lady leckte ihr kurz über die Wange. Sie kniff die Augen zu und spürte, wie etwas in ihr riß, ihre Wimpern wurden naß und kalt, sie vergrub ihr Gesicht im Fell und im vertrauten Geruch des ranzigen Hautfettes. Hier konnte sie sich ein wenig ausruhen, konnte weinen und mußte nicht allein sein. Doch Lady wich jetzt aus, betrachtete sie wachsam.

Sie blieb weiter dort hocken. Und mit den Händen vor dem Gesicht schluchzte sie so heftig und verzweifelt, daß ihr Hintern den Boden berührte und sie einfach umkippte. Als sie für einen Moment den Atem anhielt, hörte sie kurz in der Ferne das Telefon klingeln, aber das interessierte sie nicht. Nach langer Zeit ließ sie die Hände sinken und rieb sich die Augen. Lady stand immer noch da. Starrte sie unverwandt an, mit spitzen Ohren, unsicher, wie vor einem völlig unbekannten Wesen.

»Lady ... habe ich dir angst gemacht? Das ist nicht gefährlich ... Menschen weinen manchmal ... Wir heulen nicht wie ihr ... komm doch her, du ...«

Jetzt war es vorbei, sie wollte nicht mehr Tränen aus sich herauslassen als sie hinterher mit den Händen wegwischen konnte. Sie streckte ihre Arme nach dem Hund aus, und Lady kam mit eingezogenem Schwanz angekrochen.

»Keine Angst ... das ist nicht gefährlich ...«

Dicht vor ihr drehte Lady sich auf den Rücken. Ihr Schwanz wedelte noch immer und fegte Kieselsteine vor sich her. Sie mußte lachen.

»Feiner Hund, liebe kleine Freundin ... Bald darfst du wieder zu den anderen ... wenn du nicht mehr so duftest ... Wir wollen doch nicht, daß die Rüden auf dumme Gedanken kommen ... denen ist doch egal, daß vor ihnen schon jemand da war ... und dann geht vielleicht alles kaputt ... mein schönes kleines Mädchen ...«

Sie streichelte Lady das Bauchfell, blickte in zufriedene halbgeschlossene Augen und hörte den Hund wie eine

Katze tief in der Kehle schnurren. Sie zog sich Ladys Ohren durch die Finger, die wie bei einem Luchs in einer Fellspitze endeten.

»Du bist so schön ... so wunderschön ...«

In der nächsten Zeit würde sie beobachten können, wie sich Ladys Bauch mit Leben füllte, würde die Welpen zum Vorschein kommen sehen ... das Ergebnis des Nachmittags, an dem Togo zielbewußt auf sie gekrabbelt war.

Sie horchte zum Wald hinüber, erhob sich, und sofort stand auch Lady da und lauschte zusammen mit ihr. Nein, der Wald war still, die anderen waren weit weg in den Bergen, in wildem Galopp vor den Wagenrädern.

Und nun bemerkte sie den Geruch, den beißenden Geruch, der Regen ankündigte. Die Wolken sahen aus wie sonst, aber sie wußte, daß sich dahinter noch anderes verbarg. Dunklere Wolken, Kräfte im Himmelsgewölbe, die ein richtiges Dreckswetter servieren wollten. Sie hatte ihre Umgebung immer schon mit dieser Fähigkeit verblüfft: den Regen im voraus zu riechen. Vielleicht roch sie das Ozon, sie wußte es wirklich nicht. Aber dieser Regen duftete nicht, er stank. Sie ließ Lady in ihrem Zwinger zurück und überzeugte sich davon, daß die Futtersäcke, für die im Vorratsraum kein Platz mehr gewesen war, vor Regen geschützt waren, auch die Zementsäcke. Sie atmete durch die Nase ein und nahm wieder diesen Gestank wahr, wie er ihre Nebenhöhlen füllte und in ihrem Mund einen metallischen Geschmack hinterließ.

Etwas war im Anmarsch.

Drei Stunden vergingen, und noch immer war er nicht zurück. Es regnete jetzt. Sie blickte aufs Thermometer: vier Grad über Null. Ein paar Grad weniger, dann würde es schneien. Davon gingen all seine Träume und Pläne aus: daß Regentropfen zu Schnee gefrieren würden und Winter schaffen, so daß es überall in der Hochebene Wege geben würde. Fremde Menschen würden schon in der Zeit der Polarnächte anrufen, um Touren für Februar oder März zu bestellen, für ein Wochenende, eine Woche, vierzehn Tage. Sie würden von weither kommen, um etwas Wildes und Ungewöhnliches zu erleben, und dafür würden sie, ohne mit der Wimper zu zucken, die unverschämtesten Summen bezahlen.

Und dann die Rennen, die Wettbewerbe, von denen er erzählt hatte. Die Ausdauerrennen, bei denen die Konkurrenz zu den anderen Gespannen besonders brutal war. Man konnte ein Gespann vorbeipassieren lassen, wenn man wußte, daß es einem Grünschnabel gehörte, der die Hunde schon zu Anfang um ihre Kräfte bringen und ihre Pfoten ruinieren würde, so daß sie schon auf halber Strekke aufgeben müßten.

Ganz zu Anfang, als er noch nicht wußte, daß er sie schon erobert hatte, als er sie noch beeindrucken wollte, hatte er ihr erzählt, er täusche ab und zu vor, daß seine Hunde erschöpft seien. Er lasse sie vor den Augen der Konkurrenten absichtlich langsamer laufen und brächte diese dazu, sorglos zwei Stunden länger Pause zu machen – und schon hatte er einen Vorsprung, den sie fast niemals wieder aufholten.

»Das ist Psychologie«, hatte er gesagt. »Das ist die Erschöpfungsstrategie.«

»Ist das denn nicht Betrug?«

»Nein, spinnst du? Das gehört dazu. Die Pläne des Fahrers sind ebenso wichtig wie die Tagesform der Hunde. Und die der Pfoten. Ob die durchhalten.«

Draußen ging der Tag allmählich in einen stahlgrauen Herbstabend über. Schwarze Wolken schleppten sich zu den Hügelkämmen und wurden das viele Wasser einfach nicht los. Fette Tropfen prasselten herab und saugten sich an allem fest, was sie trafen, neue Bäche strömten über den Hof und wuschen glatte Gruben in den Lehm. Das Telefon hatte nicht wieder geklingelt. Sie lief im Haus umher und versuchte, sich alles anzusehen, berührte Gegenstände, Blumentöpfe mit toten Blättern, Bilderrahmen mit Fotos von Hundegespannen, Hochebenen unter blauem Himmel. Sie machte Feuer im Ofen und holte Kehrblech und Handfeger. Fegte hier und da planlos herum, sah aber überall nur Staub und Dreck. Sie ging ins Badezimmer, wühlte planlos in den Schränken. Fand eine unbekannte Flasche eingetrocknete Wimperntusche, wasserfest. Wasserlösliche Wimperntusche zu benutzen, hatte keinen Sinn, hier nicht, nicht bei ihm, das hatte offenbar schon eine vor ihr begriffen. In plötzlichem Eifer machte sie sich an den Schränken zu schaffen. Sie fand jede Menge Spuren: eine Packung Tampons, eine lila Haarbürste mit blonden Haaren, eine rosa mit kohlschwarzen, eine Dose Lip Gloss, einen kleinen Kulturbeutel. Sie öffnete ihn, doch er war leer. Das Plastikfutter war schmutzig, der Schmutz rostrot: Spuren von Lippenstift und Rouge, ein wenig dunkelbrauner klumpiger Staub. Lidschatten? Sie fand auch einen Tanga, ganz hinten im Schrank hinter den Waschlappen. Größe 38. Ganz sauber.

Ob alle diese Frauen blaue Overalls getragen hatten? Alle beide? Alle fünf? Wie viele hatte er vor ihr gehabt? Hatten sie am Kühlschrankgriff gehangen und um Atem gerungen? Hatte er sie auf den Futtersäcken gevögelt und danach nur über Alltagskram geredet und sich nicht einmal über die Wange streicheln lassen?

Sie ging ins Wohnzimmer, in das, was er Wohnzimmer nannte, wo es aber weder ein Sofa noch einen Fernseher gab, nichts von den Dingen, die sie mit einem »Wohnzimmer« verband. Sie öffnete die Schreibtischschubladen, suchte Fotoalben, Bilder, Briefe. Aber sie fand nur Kataloge, Startlisten, Stammbäume, tierärztliche Bescheinigungen, Quittungen, Broschüren aus Kanada und Alaska, Kugelschreiber und abgekaute Bleistiftstummel. Alles drehte sich um Hunde, es gab kein einziges Bild von einer Frau in blauem Overall.

Das hatte sie noch nie gemacht. Sie war auch noch nie so lange allein hier gewesen, nie so viele Stunden. Ob sie wohl etwas anderes hätte tun sollen? Putzen? Backen? Hatten die anderen das gemacht? Hatten sie sich wie Ehefrauen benommen, weil sie glaubten, sie müßten das?

Fast vier Stunden. Sie ließ ihren Kaffee stehen, ging ins Wohnzimmer und musterte den Schreibtisch, überzeugte sich davon, daß nichts ihre Wühlaktion verriet. Danach holte sie gedankenlos einen Eimer aus dem Badezimmer. Sie füllte ihn mit heißem Wasser, ließ Schmierseife hineinlaufen, betrachtete den Schaum, der wie Federwolken aufstob, nahm den Geruch in sich auf und ließ einen grauen Lappen hineinfallen.

Der Boden war hellblau mit winzigen schwarzen Tupfern. Sie produzierte blanke Rinnen, die den Bächen auf dem Hof ähnelten. Sie summte vor sich hin, dachte daran, was sie im Kühlschrank hatte und ob sie ihn vielleicht mit einem leckeren Essen überraschen sollte, wenn er kam. Wenn er zu ihr nach Hause kam. Dann könnten sie es sich gemütlich machen.

Aber erst, als sie das Wasser ausgegossen und den Lappen auf die Türmatte gelegt hatte und nun ihr Werk musterte, ging ihr auf, was sie getan hatte.

Sie schnappte keuchend nach Luft, jetzt mußte er bald kommen. Kommen, um die Räume wieder zu verändern, er durfte sie nicht hier allein lassen. Sie konnte es keine Sekunde mehr ertragen.

Sie füllte den Ofen mit Holz und ging hinaus. Erst, als sie auf der Vortreppe stand und den Regen prasseln hörte, hörte sie auch etwas anderes: ein fernes, verzweifeltes Fiepen aus den Welpenzwingern.

Sie hingen sofort an ihren Knien, eine weiße Lawine aus Fell, aus Schwänzen, die erleichtert wedelten, und aus Zungen, die sie lecken wollten.

»Was ist denn los? Ihr kleinen Trolle ... ihr Süßen ... Wieso seid ihr denn nicht im Zwinger?«

Offenbar hatte sie nach dem Füttern vergessen abzuschließen. Und die Hunde waren im Hinterzimmer gewesen. Sie schaute nach, ob sie wohl etwas angestellt hatten. Doch mit ihren kleinen Zähnen konnten sie sicher noch keine dicken Papiersäcke aufreißen, wie verheißungsvoll deren Inhalt auch duften mochte.

Da entdeckte sie ihn: einen kleinen Welpen, den mit dem grauen V-förmigen Fleck zwischen den Augen. Er schleppte sich auf sie zu, und auch er wedelte mit dem Schwanz, doch seine eine Hinterpfote war in einem unmöglichen Winkel abgeknickt. Sofort stand sie neben ihm, hob ihn vorsichtig hoch. Seine Augen glänzten fiebrig, und als sie seinen Fuß berührte, hörte sie wieder das durchdringende Fiepen, das ihr schon auf der Vortreppe aufgefallen war.

Sie schluchzte auf, während sie ihn durch einen Tränenschleier untersuchte, setzte sich auf einen Sack und drehte den Kleinen behutsam auf den Rücken.

Der Hinterfuß war am Fersengelenk quer durchgebrochen, nur das Fell und vermutlich ein paar Sehnen hielten ihn noch zusammen. Der Hund verdrehte die Augen, als sie die Bruchstelle berührte, ein leises Stöhnen preßte sich aus seiner Kehle, der Kleine bleckte hilflos die Zähne, und sie sah die zwischen den Backenzähnen eingeklemmte Zunge. Unter ihren Händen verlor er das Bewußtsein.

Sie hatte den Käfig nicht verschlossen, das sichere Gefängnis, das sie vor solchen Unfällen beschützen sollte. Und sie wußte, was passiert war: Er war mit dem Fuß hinter dem Paneelofen hängengeblieben, dem schmutzigen kleinen Ofen, der an der Wand befestigt war.

Vermutlich waren die Welpen wild herumgetobt; schon oft hatte sie gesehen, wie sie wie kleine Katzen hochgesprungen und einen Meter weiter wieder gelandet waren. Dabei war er hängengeblieben, bis sein Fuß gebrochen war und er sich befreien konnte. Und sie hatte nichts gehört, weil der Regen einen solchen Lärm machte. Sie hatte in Schränken herumgewühlt und an den Unterhosen fremder Frauen gerochen und Schubladen durchsucht, die sie nun wirklich nichts angingen. Während der kleine Hund am Ofen gehangen hatte wie ein Fuchs in der Schlinge, während er um Hilfe geheult und gewartet hatte, eingeschlossen in eine Hundeseele, die weder Zeit noch Wirklichkeit begreifen konnte.

Sie legte ihn vorsichtig auf einen der Futtersäcke. Dann scheuchte sie schluchzend die anderen Welpen in den Käfig und stellte ihnen noch nicht eingeweichtes Trockenfutter hin, um sie würde sie sich später kümmern. Jetzt war nur dieser eine hier wichtig. Ehe sie mit dem Kleinen auf dem Arm aus dem Zimmer rannte, warf sie noch einen Blick auf den Paneelofen, ein unschuldiges, an der Wand angebrachtes Viereck, eine Todesfalle. Sie sah deutlich vor sich, wie der Kleine daran gehangen hatte. Sie konnte sich in ihren Holzschuhen kaum auf den Beinen halten, als sie durch den Schlamm über den Hof lief und dabei das kleine Pelzbündel an ihren Hals preßte. Die Regentropfen stachen in ihre Kopfhaut wie Nadeln.

Sie hörte das Telefon klingeln, lief aber nicht schneller und kam deshalb wieder zu spät.

Er kam. Stand plötzlich auf dem Hof, ganz lautlos im Regen. Sie preßte ihr Gesicht an die Fensterscheibe und sah, wie er die Hunde hinter den Drahtzaun scheuchte. Zwei hinkten stark. Sie hörte, wie das Trockenfutter singend in die Metallnäpfe fiel, die dann mit Wasser gefüllt und zum Einweichen hochgestellt wurden. Wenn die Hunde jetzt sofort gefüttert wurden, konnten sie sich lebensgefährliche Magenkrämpfe einhandeln. An das alles dachte sie, während sie beide gleichmäßig atmeten – sie und der kleine Hund auf ihrem Schoß. Jetzt kam er über den Hof, durchquerte rasch die zehn bis zwölf Meter, die die Hundezwinger vom Wohnhaus trennten, kam die Treppe hoch und zu ihr in die Küche. Sie blickte den sauberen Fußboden an, ob er wohl den Geruch der Schmierseife bemerken würde? Begriff er wohl, daß er zu lange ausgeblieben war?

»Eine Scheißtour war das. Scheißregen. Scheißboden. Ich mußte zwei von den Hunden ausspannen und in den Wagen nehmen. Danach haben wir eine Runde auf der Hochebene versucht. Bis dieser Scheißregen eingesetzt hat, wirkte der Boden hart und gut, und ... sag mal, was zum Henker ist denn in dich gefahren? Du bist ja total blaß um die Nase!«

»Ich ... du hast zwei Stunden gesagt.«

Er konnte den Welpen nicht sehen. Der lag in ihrem Schoß, außer Sichtweite, vom Tisch verborgen.

»Hab ich, ja ... Scheißtour. Wie kalt ist es?«

»Vier Grad über Null.«

Er grinste. »Weiter so. Lieber Gott, gib mir Minusgrade, damit ich hier etwas ausrichten kann. Hat irgendwer angerufen?«

»Nein.«

»Was? Niemand?! Überhaupt keiner?«

»Nein.«

»Verdammt. Ich muß sie unbedingt verkaufen. Ich brauch die Kohle.«

Er ging zum Kühlschrank. Wenn er sich jetzt umdrehte, würde er den Welpen sehen. Er drehte sich mit dem Brot in der Hand um und sah ihn.

»Schläft der?«

»Nein, der ... der ...«

Sie brach in trockenes Schluchzen aus. Weil sie es schon im voraus wußte, er würde nie im Leben ... es hatte ja kein einziger wegen der Welpen angerufen.

»Wir müssen los ... wir müssen ... zum Tierarzt.«

»Was faselst du da eigentlich, verdammt noch mal?«

Sie fing an zu heulen, ein resigniertes, fast schläfrig klingendes Weinen. Hilflos reichte sie ihm den Welpen. »Der Fuß ... hinten ... meine Schuld ... wir müssen ... müssen ...«

Er riß das kleine Fellbündel an sich. Legte es auf den Küchentisch und tastete es ab. Fand die Bruchstelle. Zog an der Pfote. Der Kleine rührte sich nicht. »Völlig durch«, sagte er leise.

»Wir müssen zum Tierarzt ...«

»Hör auf mit dem Gequengel. Wenn du unbedingt zum Tierarzt wolltest, hättest du doch schon längst losfahren können.«

»Aber ich wollte doch warten, bis du ... ich dachte die ganze Zeit, du kommst ... ich weiß nicht, wo es einen Tierarzt gibt ... oder wie ich ...«

Er drehte sich zu ihr um, eine Hand ruhte auf dem Welpen.

»Weißt du etwa nicht, wie man ein Auto startet und fährt? Und insgesamt sind es nur hundert Kilometer zum Tierarzt!«

»Doch ... doch ...«

Sie legte ihren Oberkörper über die Tischplatte. Konnte sein höhnisches Gesicht nicht ertragen, seinen Mund, der sich bewegte. Ihre Tränen fielen auf die Tischplatte, die nach Brot und Wurst roch und nach Holz, das vom Kaffee angefeuchtet war. Sie öffnete die Augen und starrte den Tisch an, ihre Hände fingen ein braunes Licht ein, beschützten ihr Gesicht und sperrten ihn aus. Sie hörte, wie die Tür ins Schloß fiel und hob den Kopf mit einem Ruck.

Er hatte den Welpen mitgenommen. Sie erhob sich halbwegs, dann ließ sie sich auf den Stuhl sinken. Ich warte, bis ich das Auto höre, dachte sie. Dann gehe ich hinaus zu den anderen Welpen. Und ich werde denen, die mit ihm unterwegs gewesen sind, die Pfoten einschmieren. In einer Dreiviertelstunde muß ich sie füttern. Sie kriegen ein bißchen Bierhefe und Fett ins Trockenfutter gemischt. Und die Kleinen kriegen jeder ein rohes Ei, mit Sauerrahm verrührt. Und Tran? Ja, Tran kriegen sie auch. Die ganze Bande, große und kleine. Sie würde mit dem Ganzen fast eine Stunde zu tun haben. Und danach würde sie den Materialschuppen ausfegen und ein bißchen aufräumen. Die Leinen abspülen, die er unterwegs benutzt hatte. Die Sulkyräder saubermachen, die Speichen einschmieren, alles tun, was er ihr beigebracht, gezeigt hatte. Wenn sie doch nur endlich das Auto losfahren hörte, damit sie endlich anfangen könnte!

Statt dessen wartete sie noch immer auf das Geräusch eines Schusses, als er zurückkam. Sie hatte keine Ahnung, wieviel Zeit vergangen war.

»Jetzt will ich was zu essen.«

Sie baute sich vor ihm auf.

»Was hast du mit ihm gemacht?«

»Reiß dich zusammen, verdammt noch mal!«

Ihr Schultern sackten schwer nach vorn, er hielt sie mit den Händen auf Armeslänge von sich weg. Sie schluchzte heiser und fragte noch einmal: »Was hast du mit ihm gemacht ... was hast du ...«

Er ließ sie los. Sie sank an der Wand entlang zu Boden und blieb in der Hocke sitzen. Der Boden war wieder schmutzig. Schon. Zum Glück.

»Jetzt reiß dich verdammt noch mal zusammen. Ich muß jetzt essen. Und den Welpen kannst du vergessen. Das war nicht deine Schuld. Gut, er ist am Ofen hängengeblieben. Das hab ich dir doch mal erzählt. So was ist schon häufiger vorgekommen.«

»Aber dann *war* es doch meine Schuld ... du hast ja selber gesagt ...«

»So was kommt eben vor.«

»Wie hast du ihn umgebracht?«

»Ich hab ihn nicht umgebracht. Ich hab ihm das Leben genommen. Den wollte ja ohnehin keiner haben.«

»Wie ...«

»Für solche Fälle hab ich einen guten Stein. Wenn sie so klein sind. Wenn du das unbedingt wissen willst.«

Langsam kam sie auf die Beine und ging hinaus, machte die Tür zu ihm und zur Küche hinter sich zu. Er ließ sie gehen. Es war jetzt dunkel. Der Himmel war ein weiches Dach ohne Sterne, der Wald stand schwarz da und vibrierte unter den Kaskaden des herabbrausenden Wassers. Sie füllte die Lunge mit Luft und trat vorsichtig, um nicht auszurutschen, in den dichten Regenschleier. Hinter dem Drahtzaun sah sie fragende hungrige Blicke.

»Nein. Ihr müßt noch ein bißchen warten. Bald ...«

Sie wollte zu Lady.

Doch sie gab sich alle Mühe, nicht zu weinen, als sie sich mit dem Hund auf dem Schoß auf den Boden setzte.

Sie drückte Lady an sich und sog den Geruch ihres Fells ein, genoß die warme Zunge an ihrer Wange, versank in diesem Leben, innerlich und äußerlich.

In dieser Nacht wollte er sie im Bett. Das war bisher noch nie passiert.

Er legte sich auf sie und stützte sich mit seinen Armen zu beiden Seiten ihrer Wangen ab, die von ungeweinten Tränen geschwollen waren und glänzten. Sie dachte: Diesmal können wir danach beieinander einschlafen, das haben wir noch nie getan. Die Daunen knisterten, als er die Fäuste ins Kopfkissen bohrte und mit einem Stöhnen kam. Jetzt schlafen wir zusammen ein, dachte sie, das war ihr einziger Gedanke. Sie war verblüfft darüber, wie feucht sie war, da sie nicht die geringste Erregung verspürte. Sie rutschte zu ihm hinüber und spürte das klebrige Laken zwischen ihren Beinen, dann schmiegte sie sich in seine Armbeuge.

Schon bald begann er sich umherzuwälzen und schnaufte gereizt durch die Nase.

Schließlich murmelte er, mit geschlossenen Augen, bereit, den Schlaf in Empfang zu nehmen: »Ich kann so nicht liegen … dann schwitz ich mich tot …«

Es regnete nicht mehr. Ein schwacher Wind wehte durch das einen Spaltbreit offene Fenster. Sie schob sich eine Hand zwischen die Beine und lag da und schnupperte an ihren Fingern, bis sie ihn leise schnarchen hörte.

Der halbe Meter zwischen ihnen war leer in dieser Nacht, ohne schlafende Welpen.

Am nächsten Morgen wollte er allein zum Laden fahren. Er hatte ihr den Rücken zugekehrt, als er das sagte, und er schaltete gerade das Radio ein. »Ich fahr mal kurz zum Laden.«

»Willst du einkaufen? Ich glaube, wir brauchen Kaffee.«

»Im Schrank ist massenhaft Kaffee. Ganz oben.«

»Ach. Und was willst du dann kaufen?«

»Ketten. Und ich muß zur Post. Eine Anmeldung abschicken.«

»Eine Anmeldung?«

»Zu einem Rennen. In vierzehn Tagen.«

Er drehte sie plötzlich zu sich um und begrub sein Gesicht in ihrem Nacken, atmete tief. Sie warf den Kopf zurück, preßte ihr Gesicht in seine Bartstoppeln und merkte, daß sein Mund nach Kaffee roch. Ihr Overall hing im Schlafzimmer an einem Haken, sie trug nur Unterhose und T-Shirt. Es fehlte ihr etwas, wenn er sie nicht erst ausziehen mußte. Ein Rennen, in vierzehn Tagen.

»Glaubst du, bis dahin hat es geschneit ... in vierzehn Tagen?« fragte sie.

»Pssst ...«

Er legte die Hände um ihre Brüste, Arbeitshände mit so harter Haut, daß sie sich kalt anfühlten. Er drückte und knetete, atmete schneller, leckte ihr den Nacken, saugte an ihrem Ohrläppchen. Sie spürte, wie ihre Knie zitterten. Anfangs war es nur ein schwaches Vibrieren, dann schienen sie sich auszurenken, in alle Richtungen davon zu wollen. Ein Stöhnen stieg in ihr auf, sie schluckte es aber wieder herunter, sie wollte von diesem Schnee reden und nicht ...

Sie wollte sich zu ihm umdrehen, doch er beugte sie über den Küchentisch, streckte einen Fuß aus und zog einen Hocker heran, während er ihr die Unterhose abstreifte. Gehorsam hob sie den richtigen Fuß, ohne sich umzublikken. Er packte ihr eines Bein unter dem Knie und stellte den Fuß auf den Hocker. Sie starrte die Wand über dem Tisch an, gemusterte Aufkleber, weiß mit blauen niederländischen Windmühlen. Sie legte ihr Gesicht auf die Arme, und ihre Augen brannten. Das Radio brachte deutsche Schlagermusik, und da ihr einer Fuß, der auf dem Boden stand, sie nicht mehr tragen wollte, sank sie langsam nach unten. Da ließ er ihre Taille los und packte ihre Hüften. Sie roch ihren eigenen Schweiß und sah, wie sich die niederländischen Windmühlenflügel immer schneller drehten, und bald war sie ganz oben, während die Musik weiter ins Zimmer floß und sie merkte, daß er bald kommen würde. Und doch war es ein Schock, als er ihr Haar packte, es mit einer Hand hochriß, während der andere Arm das ganze Gewicht ihrer Hüften hielt. Ihre Kopfhaut brannte, und ihr Kehlkopf wurde so heftig nach hinten gepreßt, daß sie kaum noch Luft bekam, dann wurde alles still, eine dröhnende Stille mit unbeweglichen Körpern, mit schwach pulsierendem Nachhall.

Der Tisch war übersät von trockenen Krümeln, ihre Unterarme waren beim ganzen Vor und Zurück aufgeschrammt worden. Die Windmühlenflügel bewegten sich nicht mehr, und sie entdeckte, daß es sich um Abziehbilder handelte, einzelne davon warfen mitten im Bildmotiv Falten, die dort nichts zu suchen hatten. Wer sie wohl angebracht hatte? Er nicht. Sie sah Frauenhände vor sich, die behutsam die Bögen mit den Abziehbildern eingeweicht hatten, um sie dann vorsichtig vom Papier an die Wand zu schieben.

Sie drehte den Kopf noch immer nicht um, ließ ihn auf den Unterarmen ruhen. Er zog ihr mit noch immer kalten Händen die Unterhose an, zog sie ganz hoch und sagte: »Du hättest ruhig duschen können.«

Ich muß meinen Lebertran nehmen, dachte sie, ich darf meinen Tran nicht vergessen. Das ist ein neuer Tag, ein neuer Tag.

»Brauchst du etwas aus dem Laden?«

»Binden«, antwortete sie, um ihn zu ärgern. Es gefiel ihm nicht, wenn sie ihre Regel hatte. Kannst es ja Hitze nennen, wie bei den Hunden, hatte sie einmal gesagt. Aber seltsamerweise hatte er das nicht gewollt.

»Ich kaufe keine Binden. Für niemand.«

»Soll ich dann vielleicht Stoffreste nehmen?« lachte sie und hob ihr Gesicht zu ihm. »Stoffreste, die ich waschen und zum Trocknen hier über den Ofen hängen kann? Ganz sauber werden die nie. Blut hinterläßt braune Flecken.«

Sie setzte sich auf den Tisch, mitten zwischen die Krümel, und genoß seine Verwirrung, seine Hände, die sich am Papierstapel auf der Fensterbank zu schaffen machten.

»Soll ich?«

»Okay, okay. Ich bin dann weg.«

»Was war das noch für eine Anmeldung?«

»Ein Rennen in vierzehn Tagen.«

»Was ist mit dem Schnee?«

»Der wird schon noch kommen ... bis dahin. Aber das Rennen ist nicht hier.«

»Sondern?«

»Siebenhundert Kilometer weiter im Norden.«

»Und was ist mit mir?«

»Ist das alles, woran du denken kannst? Ich fahr jetzt. Kümmerst du dich um die Hunde?«

Sie haßte diese Art von Duschen, hätte lieber eine Handbrause gehabt, mit der sie sich überall hätte abduschen können, auch aufwärts und seitwärts. Doch diese Dusche war an der Wand festmontiert wie eine große Straßenlaterne und hatte keinen normalen Wasserhahn darunter.

Sie mußte erst die richtige Temperatur einstellen, aus weiter Entfernung, vom Klo aus, während sie sich mit dem Duschvorhang schützte und im kalten Badezimmer eine Gänsehaut bekam, durch die Kälte unter den Fußsohlen und den starren Plastikvorhang, der ihr an Brust und Bauch klebte. Sie litt schon jetzt, weil sie später die warmen Wasserstrahlen wieder verlassen mußte.

Richtig warm wurde das Wasser nie. Am Ende hatte sie den roten Hahn voll aufgedreht, den blauen jedoch kaum berührt. Sie trat unter das lauwarme Wasser und versuchte, es vor ihrem Schritt in den Händen zu sammeln und es nach oben zu lenken. Statt dessen wurden ihre Haare tropfnaß, und das hatte sie nicht gewollt. Die Haarwäsche fand am Spülstein in der Küche statt und war ein eigener Vorgang. Sie fluchte leise, legte den Kopf in den Nacken und preßte die Hände so dicht wie möglich aneinander. Sie versuchte, Wasser zwischen ihre Beine zu werfen, seifte sich ein und entdeckte dabei in dem geborstenen Seifenstück gekräuselte Schamhaare. Das Wasser war inzwischen schon ziemlich kalt, sie mußte sich beeilen.

Als sie danach trocken und in sauberen Kleidern dastand, war sie glücklich, weil sie endlich wieder Wärme im Körper spürte. Und dann stieg sie in den Overall. Den alten, verdreckten. Eine schmutzige Verpackung für einen sauberen Körper in sauberer Unterwäsche und sauberem T-Shirt. Sie mußte lächeln. Und sie lächelte, als sie einen Becher mit Kaffee füllte und einem Moderator zuhörte, der gleichgültige Worte zu eleganten Stapeln aufeinandertürmte, um den Leerraum zwischen zwei Platten zu füllen, während sie sich ein Brot mit Orangenmarmelade machte und Lebertran auf einen Eßlöffel goß. Rasch nahm sie den Tran ein und biß in das Marmeladenbrot, um den Geschmack loszuwerden. Trank dann Kaffee. Der Kaffee war gut. Er hatte ihn gekocht. Über eine Stunde würde er noch fort sein. Jetzt mußte sie versuchen, ein wenig Arbeit zu erledigen.

Es hatte ihn so überrascht, daß sie sich nicht vor den Hunden fürchtete. »Ich weiß doch, daß sie nur etwas von mir wollen«, hatte sie geantwortet, »wenn sie so herumkläffen und hochspringen. Sie wollen essen oder schmusen oder eine Tour machen. Ich glaube nicht, daß sie mich beißen wollen!« Das hatte ihn beeindruckt, und sie hatte sofort gefragt, ob andere Frauen sich gefürchtet hätten, wo er doch so verwundert war, daß sie ...

Die anderen seien schon vorher Hunde gewöhnt gewesen, antwortete er. Und mehr wurde über diese Angelegenheit nicht gesprochen.

Sie war heute als erste bei ihnen. Sie hatten Hunger und waren verrückt nach Aufmerksamkeit, sprangen am Draht hoch und kämpften um ihren Blick. Im Futterraum füllte sie alle Näpfe mit Futter, ließ Wasser hineinlaufen und gab etwas Bierhefe und Fett dazu. Dann ließ sie die Welpen aus dem Käfig und ließ sie nicht aus den Augen; sie spielten vor dem Paneelofen und strichen um ihre Beine, gähnten mit ihren rosa Mäulchen und Zungen, die so schmal waren wie ein kleiner Finger. Eine kleine Hündin balancierte unsicher auf den Hinterbeinen, um auf den Tisch blicken zu können, wo das Essen stand.

Sie schlug Eier auf und mischte ein wenig Tran und Maisöl hinein, außerdem etwas Reismehl und Sauerrahm.

»Kraftfutter für kleine Trolle«, sagte sie, und alle sabberten und wedelten erwartungsvoll mit den Schwänzen.

Die Hundeaugen funkelten gierig, als sie den Napf auf den Boden stellte. Die Köpfchen umkränzten ihn symmetrisch, das Bild ähnelte einer zottigen weißen Sonnenblume. Sie hörte zu, wie die Zungen die Leckerbissen aufleckten und wie sie danach ausgiebig im Napf herumfuhren, als ob das Metall doch noch ein wenig Maisöl absondern könnte, wenn sie sich nur genug Mühe gäben. Drei Köpfe hingen noch immer standhaft über dem Napfrand, als sie ihn hochhob. Sie folgten dem Napf mit den Augen, erhoben sich sofort auf die Hinterbeine und streckten ihre Zungen in die Luft. Sie mußte lachen.

»Keine Panik, es gibt noch mehr.«

Dann bekamen sie einen Napf mit Trockenfutter. Sie konnten darauf herumbeißen und sich dabei gegenseitig beobachten, schnelle, aufmerksame Blicke austauschen, wenn einer den Kopf in den Napf senkte und einen Mundvoll herausholte. Alle schluckten so schnell, wie sie nur konnten. Woher kam nur diese Gier? Begriffen sie denn nicht, daß es für alle genug gab? Sie hockte sich hin und streichelte die Kleinen, aber sie achteten kaum auf sie, solange es noch etwas zu essen gab. Mehr als ein halbherziges Schwanzwedeln gönnten sie ihr nicht, und deshalb füllte sie lieber die Futternäpfe der anderen, der erwachsenen Hunde, die unterwegs gewesen waren, und derjenigen, die zu Hause hatten bleiben müssen und ein wenig Essen zum Trost brauchten, um die Unruhe in ihren Körpern zu dämpfen.

Die erwachsenen Hunde begrüßten sie mit derselben Begeisterung wie die Welpen, doch bei ihnen lag ein größeres Körpergewicht dahinter. Sie zauste Fell und Ohren, immer von drei oder vier Hunden auf einmal. Alle wollten an ihrem Körper hochspringen, zu ihrem Gesicht, wollten vorsichtig lecken und beißen. Sie lachte und redete mit ihnen, stand breitbeinig da, um nicht aus dem Gleichgewicht zu geraten, jeder wollte mehr Zuneigung als die anderen. Dann holte sie die drei größten Rüden aus dem Zwinger und legte sie, ausreichend voneinander entfernt, an die Kette. Danach verteilte sie die Hunde, die sich nicht um das Futter prügeln würden, auf Käfige und Gruppen. Das war nicht leicht. Sie hatte erst nach einigen Wochen begriffen, wer zusammenpaßte. Und nach einem Ausflug im Gespann konnte sich das durchaus geändert haben. Wenn ein Junghund zum Beispiel weit vorn eingesetzt wurde, konnte ihm das zu Kopf steigen. Plötzlich würde er das Futter für sich haben wollen und in aufgestacheltem Selbstbewußtsein alle anderen angreifen.

Dieser Hunger. Daß Essen so unglaublich viel wichtiger sein konnte als alles andere! Sie hatte von wählerischen Hunden gehört, die nicht fressen wollten. Das waren Hunde, die allein zusammen mit Menschen lebten. Vielleicht förderte also die Konkurrenz im Zwinger dieses Roheit zu Tage. Soviel wie möglich herunterzuschlingen. Futter in Kraft und Zugmuskeln verwandeln. Um zu überleben. Und es reichte nicht, stark zu sein. Man mußte stärker sein als die anderen. Denn dann brauchte man nicht zu kämpfen, dann reichte es, wenn man durch kurzes Kläffen seine Stellung in Erinnerung rief.

Varg mußte jetzt isoliert werden, an die Kette gelegt werden, an Togos Pfahl hinter den Hundezwingern. Er kam ihr größer und kräftiger vor, schien den Schwanz höher zu halten und schärfer zu blicken. Hochmut kommt vor dem Fall, dachte sie und scheuchte ihn weg, als er ihren Schritt beschnuppern wollte. Sie stellte ihm seinen Freßnapf hin, an dessen Rand sofort einige Regentropfen hingen.

Varg schielte zu Soyus hinüber, dem weißgrauen Soyus, der noch keinen Napf bekommen hatte und der Varg in den wenigen Sekunden, bis er seine eigene Portion erhielt, nicht aus seinen wütenden, herausfordernden Augen ließ.

Als alle versorgt waren, blieb sie noch etwas stehen und horchte mit geschlossenen Augen. Diese seltsame Welt aus Hunden und Futter und der Angst, beiseitegeschoben zu werden. Überall das Geräusch von intensiv arbeitenden Kiefern, der Gestank von Morgenurin und Kot. Und mittendrin sie. Allein. Und sie wußte genau, wie sie allein mit zweiunddreißig Hunden fertigwurde. Mit Schlittenhunden, Herdentieren. Statisten in einem derart exotischen, rauhen und heftigen Sport, daß er sie einfach faszinieren mußte, sie wollte ihn verstehen, meistern, ihn im Körper spüren. Und hier, genau hier, gab es diese Herde, mitten im wilden Wald, Hunde, die alles geben konnten, wenn sie wollten, wenn es ihnen befohlen wurde. Sie stand hier und war für sie verantwortlich. Sollte er doch zum Laden und zur Post fahren, Ketten kaufen. Ihr die Hunde überlassen. Siebenhundert Kilometer weiter nördlich. Siebenhundert Kilometer weit weg würde er fahren. Zum Schnee und zum Rennen. Allein. Ganz bestimmt ohne sie.

Nun hörte sie Lady weinen. Ein geduldiges, leises Fiepen, das nicht drängelte, sondern einfach nur davon ausging, daß das Essen heute etwas später kommen würde. Sie hatte Lady vergessen!

Sie stopfte die Welpen in ihren Käfig und ließ Lady zu sich. Lady grüßte wie die anderen, vielleicht etwas einschmeichelnder, etwas vorsichtiger. Lady sollte Leckerbissen bekommen, wie die Kleinen. Sie wartete mit fegendem Schwanz und sah aufgeregt zu, wie das rohe Ei unter das Trockenfutter gerührt wurde, zusammen mit ein wenig Fett und Bierhefe.

Während Lady aß, machte sie noch einige Runden durch Zwinger und Käfige, lud dicke Haufen aus braunem Kot auf ihren Spaten und deponierte sie im Graben am Waldrand. Im Moment litt kein Hund an Durchfall. Darüber würde er sich freuen. Und die beiden, die gestern gehumpelt hatten, waren heute nur noch ein wenig steif. Kein Grund zur Aufregung.

»Wir müssen mit den Pfählen anfangen«, sagte er. »Wir brauchen noch mindestens zehn.«

Wir? dachte sie und lächelte ihn über den Kochtopf hinweg an. Er hatte eine Dose mit Labskaus und frisches Weißbrot gekauft. Ein spätes Mittagessen für die arbeitende Bevölkerung.

»Heute wird also nicht geheult?« fragte er plötzlich. Sie senkte den Blick. Die Gabel mit Labskaus war unterwegs zum Mund, in der linken Hand hielt sie ein Stück Brot.

»Damit meine ich nicht, daß du jetzt anfangen sollst!« grinste er.

»Ich will nicht darüber sprechen.«

»Glaubst du denn, sowas käme nicht häufiger vor? Bei so vielen Hunden?«

»Es war einfach zuviel. Erst Togo. Und dann ... der Kleine.«

»Es geht hier auch um Respekt.«

»Respekt?« Sie blickte auf.

»Ja, Respekt. Tiere sollen nicht leiden müssen.«

»Und weshalb gibt es dann wohl Tierärzte?«

»Hör mal, nun blas dich nicht so auf. Der Fuß wäre nie wieder richtig geheilt. Er sollte ein Schlittenhund werden, verdammt noch mal, das mußt du doch raffen!«

»Du hast angefangen.«

»Ich war bloß froh, weil du nicht mehr geflennt hast. Weiter nichts.«

»Wie willst du wissen, ob ich heule?«

»Ich will gar nicht wissen, ob du heulst. Aber wenn,

dann mußt du schon einen richtigen Grund haben ... Hältst du mich für einen Brutalo?«

»Ja.«

»Schön. Bin ich auch.«

»Warum brauchst du ausgerechnet jetzt so viele Extrapfähle?«

»Weil Togo nicht mehr da ist. Um Ordnung zu schaffen. Er hat keine Prügeleien in der Meute geduldet ... oder am Freßnapf. Varg schafft das nicht so gut. Und deshalb müssen wir sie voneinander trennen.«

Die Pfähle wurden in Beton eingelassen. Ganz unten wurde ein solider Haken angebracht, an dem eine Kette befestigt war. Alles wurde genau berechnet, die Pfähle mußten so weit voneinander entfernt stehen, daß die Hunde nicht übereinander herfallen konnten.

Es war harte Arbeit.

»Wir müssen das erledigt haben, ehe der Boden gefriert. Vielleicht ist es ja schon zu spät. Aber wer konnte auch ahnen, daß ...«

»Daß Togo ...«

»Halt die Klappe. Darüber reden wir nicht mehr. Bring die Schubkarre auf die andere Seite.«

Sie gruben tiefe Löcher. Der Boden war mit Lehmschichten durchsetzt, und Steine kratzten schrill am Metall des Spatens. Sie schauderte und versuchte, die Schubkarre im Gleichgewicht zu halten, ehe auch sie sich einen Spaten nahm und Erde auf die Karre warf. Aus dem Augenwinkel folgte sie seinen Bewegungen, beobachtete, wie der Overallstoff in den Achselhöhlen spannte, und hatte sofort Lust auf ihn. Sie mußte nach Luft schnappen und die Augen fest zusammenkneifen, um die Tränen zu unterdrücken. Der Spaten wurde ihr zu schwer, ihre Finger schlossen sich kraftlos um den Griff. »Du?«

Rasch blickte er auf. »Ja?« Seine Haare hingen ihm schweißnaß in die Stirn, klebten zwischen glitzernden Tropfen.

Sie wußte nicht, wie sie es sagen sollte, hatte es nie gesagt, nie darum gebeten.

»Nichts. Nur so.«

Aber es hörte nicht auf.

Die physische Arbeit. Sein Anblick, die gebückte Haltung, die verdreckten Stiefel, der Geruch des fetten Bodens, sie hätte sich hier und jetzt hinlegen können und hätte keinen Gedanken an Dreck und Nässe vergeudet.

»Du?«

Er richtete sich auf, stützte sich auf den Spaten. »Ja? Was ist denn?«

»Ich ...«

Sie holte tief Luft, suchte seinen Blick, ließ ihn sehen, wie scharf sie auf ihn war. »Ich ... ich ...«

»Ja, das sehe ich. Aber wir müssen heute noch diese Pfähle anbringen. Und außerdem hast du deine Tage.«

»Nein, das hab ich bloß gesagt, damit du ...«

Da grinste er. Machte zwei Schritte auf sie zu und biß sie in die Halsgrube, hart, heiß. Es tat weh. Fieberhaft machte sie sich an ihm zu schaffen, suchte Hände, einen Nacken.

»Hast du heute morgen nicht genug gekriegt ... oder was?« Seine Stimme klang gepreßt, und sie selber bekam kaum noch Luft.

»Was soll ich denn tun?« Er ließ sie los, stand groß und kräftig da, die Hände um den Spaten.

»Du sollst ... sollst ...«

»Sag schon. Du hast es noch nie gesagt!«

Ihr Blick suchte die Stelle, wo der Reißverschluß seines Overalls aufhörte. Dort unten wuchs etwas, vor ihren Augen, wurde zusehends größer.

»Du willst doch auch«, flüsterte sie.

»Nicht, wenn du das nicht sagst. Ich bin ein Mann ... ich kann nur ...«

»Vielleicht geht es vorbei ... wenn ich ein bißchen weiter buddele.«

»Nun sag schon.«

Und nun sah sie ihm voll in die Augen. Sie ahnte den Wald um sie herum, Bäume und Vögel und darüber den spätherbstlichen Himmel. Kein einziger anderer Mensch. Nur die Hunde und sie beide. »Nimm mich«, flüsterte sie. »Los ... vögel mich ...«

»Hier draußen?«

»Ja ...«

Sie konnte sich nicht mehr aufrecht halten und taumelte auf ihn zu. Die Spaten kippten um. Sie machten zwei Schritte über das saubere Gras, über sauberes nasses eiskaltes Gras. Er streifte ihr den Overall ab, riß so hart am Ärmel, daß ihre Armbanduhr aufging, danach kam der eine Stiefel an die Reihe, ein Hosenbein. Er selber öffnete sich nur in aller Eile die Hose und schob sie in einem Wahnsinnstempo bis zu den Knien hinunter, und die ganze Zeit blieben ihre Münder aneinandergepreßt. Sie küßten sich heftig, während er sie ins Gras drückte, und sie spürte, wie kalte Nässe ihr T-Shirt und die Haare im Nacken durchtränkte. Sie preßte die Hacken in den kalten Boden, warf den Kopf in den Nacken, registrierte, daß die Bäume auf dem Kopf standen, ein Kamm aus schwarzen Zacken vor den Federwolken. Sie schrie. Ein durchdringendes Tiergeschrei, das ein hallendes Echo hinterließ, dem alle lauschen mußten, während seine Knie und Handflächen braun von der Erde wurden. Sie wimmerte kraftlos und wußte, daß es weitergehen würde, in die nächste Runde. In Stücke geschüttelt, in Fetzen gerissen, sie packte seine Schultern und stemmte sich dagegen, noch immer mit den Hacken im Boden, und sie begegneten einander mit einer solchen Kraft, daß alles brechen oder zu *einem* Körper werden mußte, zusammenhängend wie ein grotesker Doppelmensch. Schweiß troff in ihren Mund.

Alles hörte im selben Moment auf, Blut und Herzen standen still und nahmen Anlauf, und zusammen wurden sie in einen wilden Ritt getrieben. Sie hing unter ihm wie ein Schimpansenjunges, und sie hoben gleichzeitig ab. Dann fiel er bleischwer über sie und blieb keuchend liegen.

Sie sah den Himmel durch seine Haare. Horchte auf das Echo ihrer eigenen Schreie. Von den Hunden war kein Mucks zu hören. Keiner bellte. Keiner fiepte. Sie stützte sich unter seinem Gewicht auf den Ellbogen und schaute zum Zwinger hinüber.

Da standen sie, wie die Salzsäulen. In Reih und Glied. Mit leuchtenden, vor Erstaunen weit aufgerissenen Augen. Sie glotzten sie an. Glotzten ihn an. Sie horchten unbeweglich und atmeten kaum. Varg hatte das Maul halb geöffnet und seine Zunge tief in die Mundhöhle zurückgezogen.

»Alle glotzen uns an … auch Varg«, flüsterte sie.

Er kam zu sich, hob den Kopf und schaute zu den Hunden hinüber.

»Na, Alter!« sagte er. Varg wedelte abwartend mit dem Schwanz, entspannte sich und fing leise an zu schnaufen. »Sie gehört mir, mach dir also keine Hoffnungen!«

Sie erwarteten jemanden. Und vorher mußten sie zumindest die drei ersten Pfähle fertig haben.

Immer wieder belud sie die Schubkarre und leerte sie am Waldrand aus, und ab und zu fuhr sie sich mit den Fingern in die Nackenhaare und fischte, als sie trockneten, Erdklümpchen und Grashalme heraus. Nach einer guten Stunde hatten sie drei tiefe Löcher gegraben.

»Den Zement schaff ich schon allein. Und die Pfähle anbringen auch. Kannst du nicht solange Pfoten schmieren?«

»Bei wem denn?«

»Bei allen. Außer bei Lady natürlich.«

»Ich ganz allein? Das sind viermal einunddreißig, Mann! Das macht ...«

»Hundertvierundzwanzig. Fang einfach irgendwo an. Bei denen, mit denen ich gestern unterwegs war. Und merk dir, welche schon fertig sind.«

Eigentlich gefiel ihr diese Arbeit, obwohl sie nach kurzer Zeit Rückenschmerzen bekam. Aber sie kam den Hunden so nah, konnte in aller Ruhe mit ihnen plaudern. Außerdem lernten die Hunde, daß sie hier das Sagen hatte. Denn die meisten hätten sich gern gedrückt, sie wollten eigentlich nicht von ihr so behandelt werden. Sie hatten Angst um ihre Pfoten, pflegten sie sorgfältig, wuschen sie und bissen die Krallen ab, hielten ihr Fell glänzend weiß und sauber.

Die Tube war riesengroß, ein kiloschwerer unhandlicher Plastikzylinder voller hartem Melkfett. Sie mußte die Tube zwischen Ellbogen und Oberkörper quetschen, um ein Würstchen davon herauszupressen, und jedes Mal dachte sie: Ich muß sie hinterher mit ins Haus nehmen und an eine warme Stelle legen, dann geht es nächstes Mal leichter.

Sie mußte auch die kleinste Stelle zwischen den Zehenballen erreichen. Und es reichte nicht, einfach schnell Fett daraufzuschmieren, sondern sie mußte es auch einmassieren. Denn sobald sie die Pfote losließ, setzte ein wütendes Lecken ein. Obwohl sie den Hunden einen Klaps auf die Schnauze gab und sagte: »Nein, nicht lecken!«, kam die Zunge doch bald wieder zum Vorschein. Und sobald sie mit einem neuen Hund anfing, machte der vorige sich an eine Generalreinigung aller vier Pfoten.

Sie stand mit gespreizten Beinen über jedem Hund, wie beim Ziegenmelken, hob eine Pfote nach der anderen, beugte sie nach hinten, um jede Stelle zu erreichen. In der Overalltasche steckten eine Zange und eine kleine Schere, um Fell zwischen den Zehenballen und zu lang gewordene Krallen abzuschneiden. Wenn sie sich über die Hunde beugte, nutzten sie die Gelegenheit, ein bißchen zu schmusen, zu lecken, mit dem Schwanz zu wedeln und an ihren langen Haaren herumzuschnuppern, und sie redete mit allen, sinnloses Gefasel, das die Hunde gern hörten, über das Wetter, darüber, wie schön sie waren, und über das Leben ganz allgemein. Auch über *ihn* erfuhren die Hunde das eine oder andere, und sie waren meistens ihrer Meinung, wedelten verständnisvoll mit dem Schwanz und starrten sie hingerissen an.

Als sie Gaya einschmierte, tastete sie ihre Zitzen ab. Sie waren jetzt fast verschwunden, nachdem sie geduldig sieben Wochen lang ihre Welpen gesäugt hatte. Der Bauch war stramm und hart. »Fehlen sie dir nicht?« flüsterte sie. Gaya wedelte mit dem Schwanz, klimperte mit den Augen und leckte ihr die Stirn.

Sie hatte sich darüber gewundert, daß die Mutter nach einiger Zeit nicht mehr mit ihren Jungen zusammensein wollte, daß sie ihnen auswich und sie nicht mehr an ihren Bauch lassen mochte, daß sie einfach nichts mehr von ihnen wissen und nicht einmal mehr mit ihnen zusammen schlafen wollte. Zu diesem Zeitpunkt wurden sie von ihr getrennt und in eigene Käfige gesperrt. Die Hündin selber durfte wieder zu den anderen und wieder ein normaler erwachsener Hund werden, für den die eigenen Bedürfnisse an erster Stelle standen. Das war jetzt drei Wochen her, und weil Gaya vorher eine so gute Kondition gehabt hatte, würde sie die auch bald wieder erreichen, hatte er erklärt.

»Keine Milch mehr«, flüsterte sie und schmiegte ihr Gesicht an die Hundeschnauze. »Und bald ist Lady an der Reihe ...«

Nach sieben Hunden war sie erschöpft und mußte sich an eine Wand lehnen. Auch Varg stand jetzt im Zwinger und musterte sie aus der Ferne.

»Varg, komm mal her!«

Aber er wollte nicht.

»Nur ein bißchen schmusen ... Die Pfoten können doch warten ...«

Er wollte noch immer nicht. Sie legte die Tube auf den Boden und ging in die Hocke.

»Komm!«

Schließlich machte er zwei Schritte auf sie zu, legte die Ohren zurück, schnupperte. »Was ist denn los mir dir? Du Dummkopf!«

Er wedelte nicht einmal mit dem Schwanz. Da stand sie auf und ging zu ihm hinüber.

Er hatte sich total verändert, sank fast in sich zusammen, starrte den Boden an und ließ langsam seinen Schwanz hin- und herwandern. Sie setzte sich neben ihn und streichelte seinen Kopf. Er wollte nicht zu ihr aufblikken. Er ließ auch kein Geräusch hören. Knurrte nicht und schnurrte auch nicht tief in der Kehle vor Wohlbehagen, wie sonst. »Was ist denn los mit dir?«

Sie ließ ihn in Ruhe. Nahm statt dessen die Tube und machte mit einem anderen Hund weiter, spürte aber die ganze Zeit Vargs Blick. Er stand nun wieder einige Meter von ihr entfernt, aufrecht und entspannt, doch sobald sie ihn ansah, legte er die Ohren an und schlug die Augen nieder.

Nach zehn Hunden konnte sie nicht mehr. Ihre Hände waren klitschnaß von dem zähen Melkfett, und dicke Büschel von Hundehaaren klebten an ihnen. Die zehn Hunde hatten sich hingelegt, ihre Pfoten umgedreht und leckten wie besessen daran. Sie störte sie ein wenig dabei, ging hier und da mit der Stiefelspitze dazwischen, erreichte aber nur eine winzige Unterbrechung, in der sie unschuldig zum Himmel hochblickten und darauf warteten, daß sie endlich wegging.

Die Schubkarre war inzwischen zur Zementmischmaschine geworden. Er rührte mit einem Holzstock darin herum und verfluchte den immer stärker werdenden Nieselregen. Dann goß er den Zement ins Loch und strich die Oberfläche einigermaßen glatt und eben, ehe er den Pfahl hineingleiten ließ und ihn mit dünnen Leinen ausbalancierte, die mit Heringen im Boden befestigt wurden.

»Varg ist so komisch.«

»Komisch?«

»Scheint fast Angst vor mir zu haben.«

Er lachte: »Hunde!«

»Wie meinst du das?«

»Er hat Angst davor, dich zu mögen. Das darf er nicht.«

»Das darf er nicht?«

»Ja, das bildet er sich zumindest ein. Nachdem er uns so gesehen hat. Du bist jetzt die Wolfsmutter. Die Frau vom Chef.«

»Spinnst du?«

»Nein. Aber laß seine Pfoten in Ruhe, die kann ich übernehmen. Dann braucht er seine Kraft nicht damit zu vergeuden, vor dir zu kriechen.«

»Aber vor dir kriecht er doch auch nicht? Obwohl du der Chef bist?«

»Das ist etwas anderes. Wir fahren zusammen auf Schlittentour. Vor mir muß er stark sein, das ist sein Job.«

»Das klingt total verrückt ...«

»Das kann man wohl sagen.«

»Bist du jetzt fertig? Wann kommt unser Besuch?«

»So gegen fünf. Vielleicht kauft er zwei oder drei Welpen. Er kriegt Mengenrabatt. Oder er nimmt sogar alle vier ...«

»Hast du ihn im Laden getroffen?«

»In der Post.«

»Wer ist das überhaupt?«

»Toivo? Ein Kerl aus den Bergen. Er baut gerade ein neues Gespann auf.«

»Was ist aus dem letzten geworden?«

»Hat im Zwinger einen Vielfraß zu Besuch gehabt. Der hat vier Hunde gerissen. Die anderen wurden danach verrückt und legten sich nur noch richtig in die Seile, wenn sie hundert Kilometer freien Blick vor sich hatten. Er konnte sie nur noch erledigen.«

»Erschießen, meinst du.«

»Ja, genau das meine ich. So, das wär's. Holst du mal die Schubkarre?«

»Nein. Ich bin total kaputt. Hab zehn von den Hunden übernommen.«

»Wer fehlt denn noch?«

»Silla und Kaspar. Von denen, die gestern mit dir unterwegs waren. Ich geh ins Haus.«

»Fängst du jetzt wieder an zu flennen?« Er grinste und sah sie an. Sie machte auf dem Absatz kehrt und konnte gerade noch ausweichen, um nicht über eines der anderen frischgegossenen Löcher zu stolpern, dann marschierte sie wortlos aufs Haus zu.

Es war ein Wahnsinnsanblick, zum Heulen. Aber gleichzeitig so verrückt, daß sie losprusten mußte.

Denn auf dem Dachgepäckträger des Autos war mit Schnüren und Lederriemen ein komplettes Rentier festgezurrt. Die Lenden wogten im Takt der Unebenheiten auf der Straße, der Rentierkopf hing über die Windschutzscheibe, und das Geweih war am Seitenspiegel befestigt. Aus dem Mund floß etwas, woraus die Scheibenwischer milchweiße Fächer geformt hatten. Das Dach und die Seitenfenster hatten Streifen von schwarzem Blut.

Der Wagen kam mit einem kleinen Hüpfer vor der Treppe zum Stehen, und ein riesiger Bart mit einem grinsenden Mund sprang heraus und rief:

»Hallo!«

»Hallo!« antwortete sie. »Bist du gekommen, um dir die Welpen anzusehen?«

»Sehen will ich sie nicht, ich will sie haben«, antwortete Toivo. »Wo steckt dein Alter?«

»Hier ist er schon.«

Toivo spuckte Tabak aus, stampfte mit dem Fuß auf und rief: »Was sagst du? Bezahlung für drei und Fleisch für den vierten?«

Für alle anderen außer ihr war das Rentier auf dem Dach offenbar ein ganz normaler Anblick, deshalb drehte sie sich um und wollte ins Haus gehen. Außerdem hatte sie keine Lust, mit ihnen zu reden, sie wollte nur Toivo so schnell wie möglich wieder los sein.

Durch das Küchenfenster sah sie, wie die Männer das

Tier vom Dach herunterholten. Sein Maul tropfte, als es auf den Boden stürzte, als sei es eben erst von einem Schuß erlegt worden. Sie wollte sie nicht sehen, die schwarzen, leeren Augen. Doch er rief nach ihr und fuchtelte mit den Armen.

Sie öffnete das Fenster einen Spaltbreit.

»Mach die Gefriertruhe leer!«

Wortlos schloß sie das Fenster wieder.

Sie hatte bisher höchstens einmal einen Arm unter den Deckel der Gefriertruhe gesteckt und Lebensmittel herausgeholt, die sie selbst hineingelegt hatte. Jetzt öffnete sie sie ganz. Das Lämpchen war kaputt, die Truhe halbvoll. Wenn sie alles ordentlich aufstapelte, würde viel Platz sein. Aber für ein ganzes Rentier? Sie hörte ihn in der Küche herumwühlen, in den Schubladen. Danach hörte sie das Geräusch von einem Messer, das geschliffen wurde, und von fließendem Wasser. Er pfiff vor sich hin. Er wollte ein Tier abhäuten, und er pfiff. So sind sie, dachte sie, Männer, die Tabak ausspucken und sich niemals waschen. Sie fahren mit Rentieren auf dem Dach durch die Gegend und erschießen ihre Hunde, wenn die zuviel Todesangst spüren, oder erschlagen sie mit einem Stein. Solche Männer pfeifen, wenn sie Fleisch zerschneiden wollen.

Sie hob einzelne Tüten aus der Truhe und sah sie sich genauer an. »Preiselbeeren« stand mit einer unbekannten Schrift auf der einen Tüte, und außerdem waren da drei selbstgebackene Brote, wenn die Form nicht täuschte. Die würde sie hinter seinem Rücken den Hunden geben, beschloß sie. Die Brote konnten hier im Halbdunkel auftauen. Die Preiselbeeren brauchten sie wohl, bei dem vielen Rentierfleisch, das draußen auf dem Hof lag.

Sie konnte fast alles in den Körben unterbringen, so

daß schließlich der ganze Truhenboden frei war. Dann ging sie wieder in die Küche, um aus dem Fenster zu schauen.

Toivo hatte eine Axt in der Hand. Sie hatten den Kadaver auf eine Plane gerollt und weitere Plastikplanen geholt.

Rasch drehte sie das Radio voll auf, hörte aber doch die ersten Knochen zersplittern, ehe seichte Musik das Zimmer erfüllte. Sie schaute gerade so oft aus dem Fenster, daß sie die kleinste Bewegung der Männer draußen verfolgen konnte. Der Oberkörper des Rentiers nahm eine andere Form an, als die Nackenwirbel gekappt wurden. Jetzt sah das Tier aus wie ein Sack mit einem Schwanzstummel. Es wirkte nicht mehr lebendig, und deshalb entspannte sie sich ein wenig. Der Kopf sah künstlich aus, als ob er nie lebendig gewesen sei. Der halboffene Mund war sorgfältig gezeichnet, die feuchten Nasenlöcher hätten frisch lackiert sein können. Der Kopf hing schief über den Nacken, der nicht mehr da war. Die Geweihzacken rissen Löcher in den Lehm.

Sie drehten den braunen Pelzsack auf den Rücken und stützten ihn mit den Knien, während sie den Bauch aufschlitzten. Magen und Gedärm quollen heraus und dampften vor Nässe. Ob er das Tier selbst geschossen hatte? Sicher – und vielleicht war es nicht das einzige gewesen. Vielleicht hatte er irgendwo in den Bergen einen ganzen Haufen von toten Tieren aufgestapelt und sich ein passendes ausgesucht, ehe er zu ihnen gekommen war? Eines, das aufs Autodach paßte? Vermutlich hatte er dabei gepfiffen. Und die Hunde, die er sich schon zugelegt hatte, hatten zugesehen, wie das Tier festgezurrt wurde.

Was sie wohl gedacht hatten? Daß sie sich vor dem Vielfraß hüten müßten, damit ihnen das nicht auch passierte? Was wissen Tiere über den Tod? überlegte sie. Nichts? Alles.

Die Männer hatten die Haut abgezogen, das dichte Fell. Jetzt schnitten sie große Stücke rotes Fleisch heraus. Kappten Sehnen, Fett und Adern, wickelten Fleisch in Plastikfolie, banden Kordeln darum. Sie standen da und schnitten das Fleisch mit gekrümmten Rücken und Blut bis zu den Ellbogen. Sie hätten auch Fellkleider tragen, sich Pelz um die Füße wickeln können. Das einzige, was sie von Höhlenmenschen unterschied, waren ihre Stahlmesser. Abgesehen vom Feuerstein war alles beim Gleichen geblieben. Sie öffnete das Fenster einen winzigen Spalt, um zu horchen, und drehte das Radio leiser. Ja, sie pfiffen. Pfiffen und plauderten und waren so unglaublich erfahren und wußten ganz genau, wo die Klinge angesetzt werden mußte. Nie im Leben würde das alles in die Gefriertruhe passen.

Jetzt richteten sie sich auf und sahen sie an. Sie wandte den Blick ab.

»Na los! Komm und hilf uns beim Tragen!«

Sie hatte Angst, in dem vielen Blut und in den überall herumliegenden Eingeweiden auszurutschen. Die Hunde heulten leise, mit einem seltsam rauhen Unterton. Sie standen nebeneinander am Zaun und verschlangen den Anblick mit großen Augen, witterten das Blut, fletschten die Zähne.

»Soll ich sie trennen? Einige in Käfige sperren?« schlug sie vor.

»Nein. Die sind jetzt nicht gefährlich. Toivo und ich kümmern uns um sie. Schöner Mist, daß wir die Pfähle noch nicht haben. Alles, was in Plastik gewickelt ist, muß in die Gefriertruhe.«

»Und der Rest?«

»Wird gekocht. Zerschnitten und gekocht, das meiste jedenfalls. Einiges kriegen sie auch roh. Die Füße und den Kopf. Und danach die Knochenreste. Das mach ich schon.«

Blut tropfte aus der Plastikplane, aber das war ihr egal, sie ließ einfach alles in die Gefriertruhe fallen. Sie mußte neunmal hin- und herlaufen. Die Plane beschlug von innen, und die Fleischstücke fühlten sich weich an, wie Oberschenkel mit entspannten Muskeln. Es war wunderbar, den Deckel zuknallen zu können, und seltsamerweise war Platz genug für alles. Ein Rentier war mehr als rotes Fleisch zum Einfrieren, das war ihr jetzt klar.

Dann holte sie den Wischlappen, stellte den Holzschuh darauf und zog den Lappen an den Blutspuren auf dem Boden vorbei, bis er sich vollgesaugt hatte und selber eine rote Spur zog. Wusch ihn aus. Fing von vorne an.

Ihre Hände stanken, fast wurde ihr schlecht davon. Sie hielt sie lange unter den Wasserhahn.

Und nun hörte sie aus dem Zwinger einen Höllenlärm. Ein Geschrei aus einer anderen Welt, irrwitziges Gebrüll, das in Fauchen und Kläffen überging. Sie stürzte nach draußen. Drei Hunde waren im Kampf ineinander verkeilt, die Männer sprangen um sie herum und versuchten, sie an den Hinterbeinen zu packen. Aber bei drei Hunden half es nichts, zwei auszuschalten. Sie stand sofort im Zwinger und knallte hinter sich die Tür ins Schloß. Die ältesten Hunde waren aneinandergeraten. Die jüngeren standen mit glühenden Augen ein Stück entfernt und wagten nicht einzugreifen.

Ohne zu fragen, ohne zu denken, rief sie: »Ich nehm den Schwarzen!« In der Eile konnte sie sich nicht einmal an seinen Namen erinnern.

Jeder von ihnen packte einen Hund und trat zwei Schritte zurück. Blieb stehen und hielt seinen Hund an den Hinterbeinen, wie eine Schubkarre. Alle drei Hunde schnappten wild um sich und bellten los, wütend, weil sie die beiden anderen nicht mehr beißen konnten. Toivo hatte Varg erwischt. Der beachtete sie jetzt gar nicht und vergeudete auch keine Kräfte mit Kriecherei, wie ihr das früher am Tag erklärt worden war.

Da kamen zwei von den jüngsten Hunden angestürmt, um die Gelegenheit auszunutzen. Es kam nicht oft vor, daß die Älteren ausgeschaltet waren und die Beine in die Luft streckten.

Voller Todesverachtung gingen sie zum Angriff über. Nicht auf Varg, sondern auf die beiden anderen. Sie versuchte, die Hunde mit der Ferse wegzustoßen, doch das brachte nichts.

»Soll ich ihn loslassen?« brüllte sie.

»Nein, zum Teufel. Halt ihn fest! Toivo, laß Varg los!«

Toivo ließ Varg los, der sich sofort auf die beiden Junghunde stürzte. Seine Gegner von vorhin waren vergessen. Einer gegen zwei, für ihn war das überhaupt kein Problem. Die Jüngeren begriffen ziemlich schnell, daß der Leithund jetzt wieder über alle vier Beine verfügte, und ließen sich fallen, kniffen die Augen zu und machten ihre Rücken so krumm, daß sich die Haare erschrocken sträubten.

»So, ja. Jetzt ist gut, Varg! Es reicht ...«

Aber Varg wollte noch nicht aufhören. Er hatte den einen Hund jetzt an der Schnauze gepackt und hielt ihn fest. Er machte weiter, bis ein leises Fiepen zu hören war, ein Fiepen, das dem Grünschnabel alle Würde nahm.

Das Ganze hatte nur wenige Sekunden gedauert.

Toivo spuckte einen schwarzen Klumpen aus, grinste und sagte: »Da hast du dir vielleicht ein Weib zugelegt! Hast du nicht gesagt, die könnte bei einem Hund vorn und hinten nicht unterscheiden?«

»Verdammt lang her«, antwortete er und grinste ebenfalls.

Sie ging. Wollte sich in solchem Gerede nicht sonnen und setzte sich wieder auf ihren Platz an der Fensterbank.

Die beiden Männer verteilten weiter die Hunde auf die Käfige. Das war an diesem Tag nicht leicht. Sie holten Ketten und setzten auch in den Hundezwingern noch einige fest, ausreichend weit voneinander entfernt.

Danach hackten sie die Rentierfüße in passende Stücke und warfen jedem Hund seine Portion zu. Diesmal wurde nicht mit der Hand gefüttert, dabei hätten leicht ein paar Finger verloren gehen können, das wußte sie. Sie hörte zu, wie die Knochen zerhackt wurden, und machte sich nicht mehr die Mühe, das Radio einzuschalten. Das beim Kampf mit den Hunden ausgestoßene Adrenalin machte die Musik überflüssig. Sie sah auch noch zu, wie der Kopf abgehauen wurde. Zuerst wurde mit mehreren Schlägen das Geweih abgeschlagen, danach kam der Schädel an die Reihe. Nach mehreren Axthieben steckte die Axt schließlich in den Stirnknochen fest. Etwas schwappte heraus. Ein Auge. Sie sah auch Zähne, schaute aber weiter zu. Kaffee, dachte sie, er will sicher Kaffee, der bärtige Teddy aus den Bergen mit dem Rentier auf dem Dach. Aber sie blieb stehen, machte das Fenster weit auf und blickte zu den Zwingern hinüber.

Jeder Hund machte sich über die zugeteilte Portion her, riß die braune Haut herunter, preßte die Zunge ins Mark und drückte die Nase am Knochen platt. Die Hunde knurrten beim Fressen und wirkten wie wilde Tiere, nicht wie Hunde, die man streicheln und denen man die Pfoten einschmieren konnte.

Er holte einen riesigen Kessel aus dem Holzschuppen, so groß, daß sie darin hätte baden können. Danach schleppten er und Toivo einen alten Herd nach draußen. Sie wußte, daß es ein Herd sein mußte, weil er vorne drehbare Schalter hatte. Ansonsten sah der Herd aus wie ein von Fett und Dreck verschmierter brauner Betonklotz. Er verband ihn über eine Verlängerungsschnur mit dem Schaltkasten und setzte den Kessel auf eine der Platten.

»Fang schon mal an, Wasser zu holen«, rief er ihr zu. Sie beugte sich aus dem Fenster und rief zurück: »Nimm den Schlauch!«

Die beiden Männer tauschten Blicke aus und lachten, dann holten sie den Schlauch und drehten das Wasser voll auf. Während es in den Kessel sprudelte, wuschen sie sich darin die Unterarme, dann warfen sie die Innereien hinein und schnitten weiter am Rentierkadaver herum.

Plötzlich fiel ihr Lady ein, die allein im hinteren Zwinger steckte. Ob sie auch etwas bekommen hatte? Sie stürzte nach draußen.

»Habt ihr Lady was zu essen gegeben?«

»Ja, sicher. Sie sitzt in einem von den Käfigen, wir mußten die Tiere ein bißchen austauschen.«

»Also hat sie was abgekriegt.«

»Ja. Sogar von der Leber.«

Sie mußte sich selbst davon überzeugen und hockte sich vor die Käfigtür.

»Na, hast du heute Leckerbissen gekriegt?« flüsterte sie. »Knochen und Leber?«

Lady erwiderte ihren Blick. Doch der Blick der Hündin war fremd, schwarz und stechend. Sie bleckte die Zähne und knurrte, blutige Fasern und fettes Mark hatten ihr Gebiß rosa gefärbt.

»Ich nehm dir nichts weg, das ist doch klar ...«

Doch Lady war das offenbar gar nicht klar. Sie erhob sich halb, starrte die Käfigtür an und knurrte noch einmal.

»Ja, ja, ich geh ja schon.«

Sie brachte es nicht über sich, einen Blick in den Kessel zu werfen. Auf dem Herd zischte und knallte es schon. Eiskalte Tropfen liefen außen über den Topf. Einige Knochen ragten über den Rand, und die Männer brachten die Plane, in der sie das letzte Blut und das Gedärm aufgefangen hatten. Sie falteten die Plane zu einer Rinne und gossen Blut und Innereien in den Topf.

»Ich koch uns erst mal einen Kaffee«, sagte sie.

»Gib mir den Schlauch, dann kann ich gleich den Wagen mit saubermachen«, sagte Toivo.

Die Küche war plötzlich zu eng. Keiner von beiden sprach mit ihr, sie schlürften nur ihren Kaffee und diskutierten über Fahrtechniken, Berge, Hochebenen und Hütten, Entfernungen und die Anzahl von Hunden. Toivo hatte Heu anzubieten, für die Käfige auf dem Hof und für die Käfige auf dem Anhänger. Sie sprachen über die Touristen, die nach Weihnachten erwartet wurden, über Geld und Einnahmen. Die affektierten Typen, die im hundert Kilometer entfernt gelegenen Hotel eintrafen und sich innerhalb weniger Tage in bärtige, verschwitzte Hundeführer verwandelten. Verfeinerte Menschen, die Dreck und Knochenarbeit genossen, weil sie wußten, daß nach der Tour temperierter Rotwein und Daunendecken auf sie warteten und die Entwicklung der exotischen Fotos. Bilder von grinsenden Menschen in Schneehöhlen, zwischen sich den Primuskocher. Von eingeschneiten zusammengerollten Hunden, bei denen nur die Nasenspitze eisfrei war. Schwungvolle Farbbilder, die sie selber auf dem Schlitten zeigten, vor dem die Hunde in wilder Jagd dahinstürmten. Von Bergen und Tälern, von Schnee und Eis und von der Märzsonne, die im Objektiv trompetenförmige Reflexe bildete.

Über all das redeten sie in wenigen Worten. Wichtiger waren ihr rauhes Gelächter und die Spekulationen darüber, wie hoch sie in diesem Winter wohl mit dem Preis gehen könnten.

Toivo wollte an dem Rennen in vierzehn Tagen nicht teilnehmen, und zwar, wenn sie es richtig verstanden hatte, weil er noch kein brauchbares Gespann hatte.

»Geld hätte ich schon!« sagte er und blätterte einen Stapel Tausender hin.

Sie war gar nicht traurig, als sie die Welpen zum Wagen brachten. Für sie bedeutete das weniger Arbeit. Daß hier eigentlich noch einer fehlte, wurde nicht erwähnt. Die Welpen wurden auf dem Rücksitz verstaut und stellten sich auf die Hinterbeine. Sie glotzten aus der verdreckten Rückscheibe und fiepten verwirrt.

»Eigentlich eine idiotische Zeit zum Welpenkaufen«, sagte Toivo.

»Dafür hast du sie auch billiger gekriegt«, antwortete er.

»Du hast nicht zufällig ein paar erwachsene Hunde, die ich ...«

»Ich kann dir welche leihen.«

»Nein, das ist nicht dasselbe.«

Als er ins Haus kam, fragte sie ihn: »Warum nicht? Du hast doch so viele.«

»Nicht genug. Wenn du fahren lernst, habe ich vier Gespanne für die Touristen. Für jeden von uns ein festes und eines in Reserve.«

Sie kehrte ihm den Rücken zu, als sie den Tisch abräumte. Sie hätte ihn jetzt unter Druck setzen und ihn dazu bekommen können, daß er sagte, sie solle bleiben. Vielleicht hätte das geholfen. Einen solchen Satz von ihm zu hören. Vielleicht würde er dann für sie zum Menschen werden.

»Es kocht«, sagte er. »Ich geh mal hinaus und kümmer mich darum.«

Die Dunkelheit, die sich über den Wald gesenkt hatte, glich alle Konturen aus. Ein oranger, schiefer Mond lugte über den Baumwipfeln hervor, sandte aber nicht viele

Strahlen aus. Im Licht der Hoflaterne hantierte er am Herd herum. Er hatte einen Lappen um eine Rentierkeule gewickelt und benutzte sie zum Rühren. Der Dampf quoll in dicken Schwaden hervor und verschwand in der Finsternis. Bei diesem Anblick schauderte ihr: Der Mann über dem kochenden Tier. Der Mond. Die Nacht, die ihn in einem schimmernden Lichtkreis umgab. Der Dampf.

Ich brauche ein Bier, dachte sie. Ist dies die Wirklichkeit? Die Wirklichkeit, die immer dieselbe ist, gleichgültig welche Zeiten kommen und gehen? Hunger und Tod. Tod und Fleisch. Fleisch und Essen. Essen und Kräfte. Kräfte und Geschlecht. Geschlecht und Sperma und Welpen und Milch, und Innereien, die auf einem Hof mitten im Wald sprudelnd kochen. Darunter hätte auch ein Feuer brennen, statt des Kochtopfs hätte ein Kessel an einem dicken Ast hängen und sich von den Flammen den Bauch lecken lassen können. Danach könnten sie mit glühendheißen Fleischstücken in den Händen um das Feuer sitzen, mit den Zähnen Fetzen herausreißen und einander anfauchen. Die Hunde würden untertänig im Schatten liegen und darauf warten, daß ihnen über die Schultern hinweg der eine oder andere abgenagte Knochen zugeworfen würde, Brosamen vom Überfluß des Menschen. Und sie würden die Hunde hören, die in wilden Raufereien herzzerreißend aufheulten, und sie würden sich nicht einmal danach umsehen, denn es wäre ihnen viel wichtiger, die fettesten Stücke aus dem Kessel zu fischen. Und wenn sie satt wären, würden sie sich auf den Rücken sinken lassen, rülpsen und sich an den Körpern der anderen zu schaffen machen. Satt und zufrieden würden sie auch diese Bedürfnisse befriedigen.

»Komm mal her und hilf mir ein bißchen!«

Sie spürte einen Geschmack wie Galle im Hals, als sie sich dem Kessel näherte, doch zum Glück war die ganze Oberfläche von Schaum bedeckt. Mit fettem Schaum, der Blasen warf und fauchend einen stinkenden Dampf absonderte. Er rührte ein letztes Mal und ließ die Keule dann an den Topfrand gleiten.

»Du mußt mir mit dem Rentierfell helfen.«

Er wollte das Fell mit der Innenseite nach außen an die Hauswand nageln.

»Willst du nicht ... irgendwas damit machen? Es waschen und ausschaben oder so?«

Sie versuchte mit aller Kraft, ihre Stimme einigermaßen gleichgültig klingen zulassen, als sei ihr diese Sache nun wirklich ganz egal.

»Ich will es einfach aufspannen. Ganz straff.«

»Verfault es so denn nicht?«

»Heute nacht wird es wahrscheinlich frieren. Und dann ist der Winter da. Dann kann das Fell sich sauber frieren, das muß reichen.«

Er holte einen Hammer und Nägel, die er sich zwischen die Lippen schob. Sie versuchte, das Fell straff zu halten, während er am ganzen Rand entlang Nägel in die Wand schlug. Es war glatt, klebrig und zäh vom Fett, das unter dem Fell gesessen hatte. Sie preßte die Fäuste so sehr zusammen, daß die Fingerknöchel weiß wurden.

Das Fell tropfte. Roch nach lebendigem Tier. Vielleicht war es noch früh an diesem Tag der selbstverständliche Teil eines Körpers gewesen. Ein Kopf hatte sich nach hinten gebeugt und sich ein wenig den Bauch geleckt. Eine Bremse, die dort gesessen und das Tier gequält hatte, war durch heftige Nackenbewegungen vertrieben worden. Das Tier war keineswegs besonders dankbar gewesen, daß es diese

Oberfläche besaß, die die Welt zusammenhielt. Es hatte geatmet. Ein und aus. Aus und ein. Und die Haut hatte sich erweitert und sich zusammengezogen, im Rhythmus der Lunge hinter den Rippen.

Sie spürte, wie ihr ein wenig Blut über den Arm zum Ellbogen lief, und sie ließ los.

»Halt fest, verdammt noch mal.« Er redete aus dem Mundwinkel heraus, während die Lippen die Nägel festhielten.

»Das ist so eine Sauerei …«

»Verflucht noch mal, halt doch fest, ich bin gleich fertig. Was ist heute eigentlich in dich gefahren?«

Er blickte auf sie herab, wartete mit erhobenem Hammer.

»In mich gefahren? Wieso denn?«

»Kannst du nicht mal ein bißchen Blut vertragen?«

»Doch, schon. Irgendwie machen die Köter doch nur Arbeit. Schlägereien und …«

Er hämmerte weiter. Sie hielt das Fell fest.

»Mit Trockenfutter wäre das leichter. Übrigens kann das schon stressig genug sein.«

»Haben sie alles aufgefressen … das Fleisch von vorhin?«

Jetzt floß das Blut auch den anderen Arm hinab. Sie schluckte, hatte Essiggeschmack im Hals. Am Rand, dort, wo die Hammerschläge nicht trafen, rollte die Haut sich auf, so daß Haare und Fell zu sehen waren.

»Sie haben kein Fleisch gekriegt. Schaust du eigentlich nie hin, oder was? Knochen gab's. Von den Füßen und vom Kopf. Die Rippen, den Stirnknochen und den Kiefer.«

»Und haben sie alles aufgefressen?«

»Das schaffen sie nicht, dazu sind die Knochen viel zu dick und solide. Die nagen sie nur sauber und saugen das Mark heraus. Ich sammele die Knochen morgen wieder ein. Das darfst *du* auf keinen Fall versuchen.«

Er schmunzelte ein wenig.

»Ja, das wäre vielleicht was! Dann hätte ich auch morgen den Kochtopf voll. So, jetzt ist gut.«

Sie drehte sich auf der Treppe um, um das Fell noch einmal anzusehen. Es prangte rot und glänzend an der Hauswand, und bei diesem Anblick fuhr sie zusammen. Denn es sah aus wie eine Wunde, eine Wunde am Haus, rote Schamlippen, die dort, wo der Kopf abgehackt worden war, zu einer Spitze zusammenliefen. Das Geweih hatte er daneben gehängt.

Er warf den Hammer in den Schuppen, lief zum Herd zurück und drehte die Platte herunter. Dann starrte er den Mond an, der jetzt weiß und sehr viel kleiner war, weil er höher am Himmel stand.

»Heute nacht wird es frieren. Endlich«, hörte sie ihn sagen.

Sie schwieg, als er ihr drei Tausender reichte. Saß einfach nur da und hielt sie zwischen den Fingern.

»Reicht das nicht?« Er rührte jetzt mit einem Holzlöffel, und der Kochtopf war wesentlich kleiner als vorhin. Er goß aus einer Tüte Salz hinein und holte Sauerrahm und Ziegenkäse aus dem Kühlschrank.

»Reicht das nicht?«

»Doch ... die zweitausend, die ich dir geliehen hatte, und ...«

»Eintausend Gehalt. Willst du mehr? Du kriegst doch Kost und Logis ...«

Er lachte. »Und dazu noch diverse andere Dienstleistungen ... Da kannst du kein volles Gehalt erwarten.«

»Ich bezahle also dafür. Verdiene deshalb weniger.«

»Du wolltest es doch selber. Da draußen, vorhin.«

»Und *du* mußt nicht dafür bezahlen? Hätte ich nicht eigentlich ein paar Tausender extra verdient?«

»Männer bezahlen nur, wenn die Frauen nicht von selbst wollen. Wenn es ihnen nicht gefällt. Und das gilt nicht für dich.«

Sie wollte darüber reden, mit ihm ein Gespräch führen, das sich nicht um Hunde und Fleisch und Essen drehte, aber sie wußte nicht, was sie noch sagen sollte.

In seiner Argumentation steckte ein logischer Fehler, aber sie konnte ihn nicht entdecken, verstand ihn nicht. Also knüllte sie die Tausender zusammen und steckte sie in die Brusttasche, zog sie aber sofort wieder heraus.

»Ich muß den Overall waschen, der ist total blutig.«

»Das Essen ist bald fertig. Und verbrauch nicht das ganze warme Wasser.«

Sie hätte die Waschmaschine hervorzerren, sie an Strom und Wasser anschließen, noch andere Klamotten waschen, eine Menge erledigen können.

Aber das brachte sich nicht mehr über sich. Sie holte sich lieber eine Plastikwanne, gab reichlich Waschpulver und heißes Wasser hinein, streifte den Overall ab und stopfte ihn in den Schaum. Sofort war das Wasser rot. Sie stand in T-Shirt, Strumpfhose und Holzschuhen da und sah zu, wie die rote Farbe die Wanne füllte. Je mehr sie den Overall auswrang, um so mehr färbte der Dreck das Wasser braun. Blut und Hundespeichel und Erde und Melkfett.

»Was willst du denn anziehen, während der Overall trocknet?« flüsterte er plötzlich hinter ihr.

»Sag mal, kochst du nicht gerade?«

»Das köchelt ganz gut allein vor sich hin … zumindest eine Weile.«

Rasch zog er sie ins Schlafzimmer. Es war dunkel, roch nach nächtlichem Atem und nicht sonderlich sauberem Bettzeug. Er warf sie aufs Bett und zog ihr die Strumpfhose aus, legte sich auf sie und war plötzlich halbnackt. Als er in ihr war, sah sie die beiden Männer über dem Rentier vor sich. Äxte, Blut und Körperteile, die auf uralte Weise voneinander getrennt wurden. Vier Männerarme, die sich an Fasern und Knochen zu schaffen machten, in verdreckten, blutverschmierten Kleidern. Sie sah das Feuer, den eisernen Kessel über den Flammen, sah, daß sie auf sie warteten. Sie waren satt, und jetzt wollten sie sie.

Sie rieb sich die Brüste, betastete die Brustwarzen, und er war es, der andere, der das tat, beide waren jetzt bei ihr. Sein Bart piekste. Sie bemerkte den süßlichen Geruch seines Kautabaks. Die Flammen des Feuers leckten ihre Zehen und wanderten dann nach oben, endeten hinter ihrer Stirn. Kleine stechende Flammenspitzen, die bis in ihre Ohrläppchen reichten, während sich das Tempo steigerte. Irgendwer stöhnte. Er? Der andere? Sie selber? Die Dunkelheit des Schlafzimmers barg sie alle drei, sie bewegte ruckhaft den Kopf und hatte Welpenhaare im Mund. Überall spürte sie Bart und Hände, und sie schrie. Sie bohrte den Hinterkopf in die Decke und leerte ihre Lunge, vergaß, sie neu zu füllen. Immer weiter wurde sie zum Kopfende hochgeschoben, und sie verschränkte ihre Beine hinter seinem Rücken und hob ihren Oberkörper, stützte sich mit den Ellbogen ab und suchte sein Gesicht, ehe sie über eine Flammenmauer geschleudert wurde.

Es hatte nur wenige Minuten gedauert.

»Ich muß den Topf umrühren«, schnaufte er in die Dunkelheit. »Vielleicht brennt etwas an ... ich hab doch noch Sauerrahm dazugegeben ...«

Sie mußte den Overall fünfmal ausspülen und so sehr auswringen, daß ihr hinterher die Handgelenke wehtaten. Dann trug sie den Overall in die Küche, drapierte ihn über zwei Stühle und legte Zeitungen darunter, um das tropfende Wasser aufzusammeln. Es roch nach Essen – nicht nach Tier und Blut, sondern nach Sauerrahm und Gewürzen. Sie saß in Strumpfhose und T-Shirt am Tisch, als er mit etwas blauem in den Händen aus dem ersten Stock kam.

«Bis morgen wird der nicht trocken, nimm so lange den hier.«

Es war ein blauer Overall, der genau wie ihr alter roter geschnitten war. Sie nahm ihn in die Hand.

»Darf man nach Dienstschluß seinen Overall nicht mitnehmen? Nicht mal als Erinnerung?«

»Sag doch sowas nicht. Das klingt ziemlich blöd. Zieh ihn an.«

»Ich warte bis morgen. Ich friere nicht.«

Sie brachte den Overall ins Schlafzimmer, ein kleines Bündel, an dem sie nicht einmal zu riechen wagte. Später. Sie würde das später machen. Dann nahm sie die Preiselbeeren aus der Tiefkühltruhe und betastete gleichzeitig die Brote. Sie waren jetzt weich. Die Welpen konnten sie zum Frühstück haben. Bloß … die Welpen waren ja nicht mehr da. Dann eben Lady. In kleinen Portionen mit Leberwurst. Genau. Lady konnte sie für ihre Welpen haben.

»Kommst du? Das Essen ist fertig.«

»Ich komme schon.«

Mit den beiden Tausendern in der Hand stand sie in ihrem blauen Overall vor dem Schalter. Diesmal wich die Frau ihrem Blick aus, schob nicht die Brille auf ihre Nasenspitze, um nasale Andeutungen anzubringen. Notierte einfach nur mit Roboterfingern Kontonummer und Namen und schob diverse Vordrucke in einen kleinen Schlitz am Computer. Drinnen hämmerte es, und der Vordruck kam mit langen Reihen von grauen Zahlen versehen wieder zum Vorschein.

»Dann dürfte alles in Ordnung sein«, sagte die Kassiererin.

»Ach, ist wirklich alles in Ordnung? Müssen Sie heute nicht irgendwo anrufen, um irgend etwas zu überprüfen?«

»Das ist nur nötig, wenn Geld abgehoben werden soll«, antwortete die Kassiererin pikiert und wirkte sehr unbeholfen, als sie die beiden Tausender auf den richtigen Stapel legte. Ihre Dauerwellen vibrierten beim Reden.

»Vielen Dank für Ihre Hilfe.«

Die Frau blickte auf, als sie sich zum Gehen umdrehte. Ihre Brille war frischgeputzt und vergrößerte ihre Augen zu einem Hundeblick.

Lifestyle, dachte sie, als sie die Bank verließ, sieh dir nur dieses Wort an, sieh es dir an und mach dir dazu deine Gedanken. Du bist einfach nur neidisch, hast zu Hause einen kleinen Softie als Mann, der höflich mit Dackelblick anfragt und von dem du eigentlich Geld verlangen solltest. Sieh dir nur meinen Lifestyle an und glaub, was du willst, denk, was du willst, über diesen Rohling von einem Mann, bei dem ich wohne, stell dir uns zusammen vor, wenn dein Dackelmann nächstes Mal eingeschlafen ist, nachdem er sich müde und traurig gebettelt hat. Und jetzt werde ich mir einen Thermoanzug kaufen, wo rein gar nichts auf dem Rücken steht, so daß du dir den Rest selber ausdenken mußt.

Sie wirkten einsam, wie sie da so hingen, wie geschlachtete Menschen ohne Köpfe und Schuhe und Hände. Stahlblau und grau. Nylon mit Teddyfutter. Ein Gürtel baumelte schlaff herab und wartete auf einen Körper, um den er sich schlingen konnte.

»Bitte schön?« Der ältere Mann hatte buschige Augenbrauen und um den Hinterkopf einen Kranz aus Haaren. Der Bleistift hinter seinem Ohr ließ ihn aussehen wie den Prototypen eines Dorfkaufmanns.

»Ich möchte so einen. Einen in meiner Größe. Die sehen so riesig aus.«

»Im Anzug muß ja auch noch Platz für Kleidung sein. Für Pullover zum Beispiel. Probieren Sie doch einfach mal einen an.«

Die Arme spreizten sich schräg vom Körper ab. Sie mußte lachen. Die Füße schienen von selbst zu gehen, stocksteif.

Der Mann befingerte seinen Bleistift und sagte aufmunternd: »Die sind nur anfangs ein wenig steif. Wenn sie noch neu sind.«

Was du nicht sagst, dachte sie und hätte über diese Assoziation fast losgekichert, dann fiel ihr aber ein, daß sie heute ihren Lebertran vergessen hatte. So eilig hatte sie es gehabt. Sie war schnell und ebenso wild wie er gefahren, jetzt, wo sie mit den Pferdestärken allein war. Es war einfach ein schönes Gefühl, mit dem Kopf gegen die Decke zu stoßen, wenn sie selber die Kontrolle über das riesige, potente Lenkrad hatte. Und sie hatte es wirklich eilig gehabt. Wenn nun eine andere Frau am Schalter gesessen und die andere nie erfahren hätte, daß es sich beim Geld nur um eine Leihgabe gehandelt hatte! Und was, wenn die Frau sie im blauen Overall nicht wiedererkannt hätte? Und vielleicht geglaubt hätte, er habe schon eine Neue. Eine, die sich die Farbe selbst hatte aussuchen dürfen.

»Sie meinen also, der hier paßt?«

»Ja. Kleiner darf er bestimmt nicht sein.«

Sie hatte sich nicht bei ihm abgemeldet, die Schlüssel steckten immer im Schloß des Wagens. Sie sah ihn vor sich: Wie er den Kopf gehoben und auf das Motorendröhnen gehorcht hatte. Wie er das Dröhnen gehört und gewußt hatte, daß sie wegfuhr.

Die Pfützen am Straßenrand waren mit Eis bedeckt gewesen, doch die tiefstehende Herbstsonne brachte bereits die letzten Reste zum Schmelzen. Frostnebel zitterte über dem Boden, als sie zurückfuhr. Er dämpfte die scharfen Herbstfarben und ließ die Baumwurzeln seltsam unscharf erscheinen, als ob sie aus flauschigen Wolken aufragten. Sie war hier noch nie allein gewesen. Sie hatte beim Autofahren nie auf die Natur geachtet, sondern hatte nur seine Arme gesehen oder manchmal auch blind ins Leere geblickt, damit ihr Starren nicht auffällig und verräterisch wirken würde – wie eine Bitte, von seinen starken Händen augenblicklich rittlings auf ihn gehoben zu werden. Sie konnte von hier aus Berge sehen, der Wald hatte sich noch nicht um das Haus geschlossen, sie sah rauh gezackte Berge, an denen es in tiefen Rinnen orange und rot hinunterfloß.

Sie hoffte, daß er schon alle Pfoten eingefettet hatte, denn das hatte er vorgehabt, als sie gefahren war. Sie hatte ihn schon schimpfen gehört, weil er zuerst die Knochen aufsammeln mußte. Mit einem langen Besen hatte er sie zusammengefegt. Hatte die Hunde warnend angebrüllt, als er die Knochen auflas, in den Ställen, draußen bei den Pfählen. Dort hatten die Hunde in der Nacht geschlafen, auf einer dünnen Heuunterlage eine Frostnacht durchschlafen. Sie mußten dort übernachten, wenn sie ihre Leckerbissen behalten wollten, bis kein Mark und keine Fleischfasern mehr abzunagen waren. Sie hatten auf altem verfaulten Heu geschlafen, das Toivo durch frisches zu ersetzen versprochen hatte. Sie fragte sich, wann er wohl kommen würde. Sie war froh gewesen, als er gefahren war, aber damals hatte sie seinen Bart noch nicht an ihren Brüsten gespürt.

Sie blickte an sich hinunter und registrierte plötzlich die ungewohnte blaue Farbe, die ihren Körper bedeckte. Sie hatte nicht an dem Overall gerochen, sondern ihn einfach übergestreift, den Reißverschluß hochgezogen und beschlossen, daß sie sich jetzt, wo sie in der Bank gewesen war, einen eigenen Thermoanzug kaufen würde. Sie hatte sich die angesehen, die im Flur hingen. Sicher war einer dabei, der ihr gepaßt hätte, vermutlich gab es sogar mehrere, die einer Frau passen würden. Deshalb mußte sie sich beeilen, sich einen eigenen zuzulegen.

Er stand draußen am Herd. Seine verdreckten Jeans sahen in der Vormittagssonne zottig und braun aus. Die Gesäßtaschen waren ausgebeult. Er stocherte mit einer Keule im Topf herum. Plötzlich war sie froh, weil sie geistesgegenwärtig genug gewesen war, um sich im Laden einen Sechserpack Bier zu kaufen. Das Bier stammte aus einer Brauerei, die sie nicht kannte, es war eine andere Sorte als sonst. Und an diesem Abend wollte sie es trinken. Sie brachte den Wagen genau vor dem Rentierfell an der Wand zum Stehen. Das Fell war nicht mehr so rot, es schien sich langsam grau zu verfärben. Die Blutstreifen an der Wand darunter waren inzwischen schwarz. Dann kam er.

»Wo zum Teufel hast du denn gesteckt?«

»Ich war in der Bank.«

»Ich dachte, du wärst weg. Hättest den Wagen oben auf der Straße abgestellt und wärst weitergetrampt. Aber dann hab ich deine Tasche gefunden.«

Er hatte noch immer die Keule in der Hand. Brühe tropfte herunter, und die Keule war stellenweise von geronnenem Fett bedeckt.

»Das Auto oben auf der Straße abgestellt? Hat das schon mal eine gemacht?«

»Vergiß es.«

Clever, dachte sie, gute Methode. Sorgt für einen schönen und überraschenden Vorsprung und erspart das Abschiednehmen.

»Ich hab mir einen Thermoanzug gekauft.«

»Warum denn?«

»Weil es jetzt kälter ist.«

»Ich hab hier doch massig Anzüge, Mann.«

»Ich wollte aber einen eigenen.«

Er ging wieder zum Herd. Stocherte weiter. In einer Plastikwanne sammelte er die Fettklumpen, die oben im Kessel geschwommen hatten. In derselben Wanne hatte sie ihren Overall gewaschen. Sie ging zu ihm hinüber. Ohne aufzublicken sagte er:

»Ich hab mir deine Klamotten angesehen. Die schwarzen in deiner Tasche. Warum zieht du die nie an? Die, die du anhattest, als du gekommen bist.«

»Die sind schmutzig.«

»Dann wasch sie doch. Oder zieh sie an, wie sie sind. Die sind doch sowieso ganz schwarz.«

»Warum bist du eigentlich so sauer?«

»Ich bin nicht sauer. Aber was für eine vergeudete Fahrt zum Laden, wo ich vielleicht was gebraucht hätte! Du hättest Plastiktüten kaufen können. Für das Fett.«

»Das war keine vergeudete Fahrt.«

»Nicht?«

»Nein. Ich bin doch schließlich zurückgekommen, oder?«

Darüber sollte er ein bißchen nachdenken, es war eine gute Bemerkung, von der Qualität seines Kommentars über die Dienste, die er ihr erwiesen habe. Es war ein unangreifbarer Kommentar. Einer, der ihr die Überhand verschaffen und beweisen könnte, daß sie ... sie wußte nicht so recht. Und sie bereute ihn schon, noch ehe sie die Küche erreicht hatte. Nicht, weil sie ihm vielleicht einen gemeinen Stich verpaßt hatte, sondern weil sie ihm nicht zeigen wollte, daß sie so etwas sagen konnte, sie wollte sich nicht derartig bloßstellen.

Ich bin jetzt eine andere, dachte sie, und das hier ist ein neuer Tag. Ich habe Wimperntusche aufgetragen, und jetzt nehme ich meinen Lebertran.

»Weißt du, wo die Küchenwaage steckt?« Er war ihr gefolgt.

»Die Küchenwaage? Nein, du wohnst doch schließlich hier, oder?«

»Verdammt noch mal! Haben wir Krieg oder was?«

Er knallte die Wanne auf den Küchentisch, sie schwieg. Er riß Schranktüren auf, wühlte und machte Lärm. Sie mußte plötzlich an Haarbürsten und eine fremde Unterhose denken, und an die neue Packung Binden, die ungeöffnet neben dem Klo auf dem Badezimmerboden lag.

»Plastiktüten. Ich hab keine Plastiktüten, verdammt noch einmal ...«

»Was machst du eigentlich?«

»Fettportionen ... für das Rennen ... fünfhundert Gramm in jeder.«

»Da ist die Waage.«

»Wo?«

»Im obersten Fach. Da. Wie viele Tüten brauchst du?«

»Acht. Zwei für jeden Tag.«

»So viele haben wir bestimmt noch. Mach dir keine Sorgen.«

Sie half ihm beim Abwiegen, fand eine Rolle mit sechs unbenutzten Plastiktüten und außerdem zwei benutzte. Das Fett war zu gelben Platten erstarrt, die zerbrochen werden mußten; oben waren sie glatt, unten körnig, und winzige Stückchen gekochtes Fleisch steckten darin. Sie füllten die Tüten und knoteten sie zu.

»Sollen die in die Tiefkühltruhe?«

»Nein, ich hänge sie draußen an die Wand.«

»Hast du den Hunden die Pfoten eingeschmiert?«

»Nicht alle. Ich mache mich gleich an die letzten. Übrigens habe ich sie ein bißchen umverteilt. Sie sind jetzt wieder ruhig, du brauchst also keine Angst zu haben. Jetzt werden sie Trockenfutter mit Brühe riechen, kein Blut.«

»Soll ich dir helfen?«

»Amüsier dich lieber hier drin mit deinem neuen Anzug. Schneid die Etiketten raus und so.«

»Gefrühstückt habe ich auch noch nicht.«

»Dann mach doch das solange.«

Sie mußte ebenfalls den Inhalt ihrer Tasche untersuchen. Ziellos hob sie ein Kleidungsstück nach dem anderen hoch: einen Minirock, schwarze Leggings, einen schwarz-grünen Pullover, ein dunkelbraunes Jackett mit schmaler Goldborte, eine enge schwarze Baumwollhose. Nur die Unterwäsche und zwei T-Shirts waren aus hellem Stoff. Alle Unterhosen waren weiß. Sie schnüffelte ein wenig am Minirock, er roch schwach nach Zigarettenrauch. Sie schloß die Augen und hörte Musik. Musik, die sie lange nicht mehr im Kopf gehabt hatte.

Dann faltete sie die Kleider zusammen. Sie brauchte keine Musik, nicht, wenn sie mit ihm zusammen war. Das war schon aufregend genug. Der Walkman lag unten in der Tasche, in ein Handtuch gewickelt. Sie wollte ihn nicht ansehen, ihr fiel plötzlich die Prince-Kassette ein, die mitten in ›Cream‹ steckengeblieben war, als er sie an jenem Abend am Straßenrand aufgelesen hatte. War es da ein Wunder, daß sie hier gelandet war? Mit ›Cream‹ in den Ohren und seine Arme um das Lenkrad vor Augen? Ob sie das Stück jetzt zu Ende hören sollte?

Nein. Rasch stopfte sie die Kleider wieder in die Tasche und zog den Reißverschluß zu.

Sie hatte ihm ihren neuen Anzug vorführen wollen, als sie die beiden entdeckte. Er hatte sie noch nicht bemerkt, sie standen hinten, bei den neuen Pfählen. Die Schubkarre war mit Erde aus einem neuen Loch gefüllt, in das ein Pfahl gebohrt werden sollte. Ihr Blick fegte zuerst über die Schubkarre und den Spaten, dann hielt er bei ihm inne. Sie dachte zuerst, er wolle sich die Schnürsenkel zubinden oder suche etwas auf dem Boden.

Aber er war mit Varg beschäftigt.

Er hatte ihr den Rücken zugekehrt und Varg halb auf seinen Schoß gezogen. Der Kopf des Hundes ruhte an seiner Schulter, und Varg hatte die Augen geschlossen. Seine Ohren standen vor lauter Genuß schräg vom Kopf ab.

Er umfing den Hund mit beiden Armen und schmiegte sein Gesicht ins Nackenfell. Sie konnte ihn etwas murmeln hören, mit einer hellen zärtlichen Stimme, die ihr ganz fremd war. Bisweilen streichelte er Varg den Rücken, unendlich behutsam, die Haare senkten sich kaum unter seinen Fingerspitzen. Den Rücken hinunter und den Bauch hoch, ein kreisrundes, gleichmäßiges Liebkosen mit Fingerspitzen, denen auf einmal Schwielen und Hornhaut zu fehlen schienen.

Er saß da mit einer Frau, umarmte eine Frau. Eine Frau, die er anbetete, zu der er gut sein wollte. Eine Madonna, die er unendlich lange liebkosen konnte, wenn ihr gerade der Sinn danach stand. Dieser gesenkte Kopf, wie bei einer Umarmung ...

Sie wich lautlos zurück, während die Tränen ihr nur so übers Gesicht strömten. Sie konnte ihr Schluchzen gerade noch unterdrücken, bis sie um die Ecke gebogen war, und dann rannte sie los, vorbei am Herd und am offenen Kessel, zum Waldrand, in den Schutz der Bäume, und dann noch tiefer in den Wald, bis sich in ihrem Mund Blutgeschmack und Salzgeschmack mischten und der Thermoanzug vorne triefnaß war.

Sie sank im gefrorenen Moos auf die Knie und schluchzte, sie registrierte nicht einmal, daß ihre Knie in dem neuen Anzug weder feucht noch kalt wurden – es war ein guter Kauf gewesen. Sie konnte sich hier richtig ausweinen, er war weit genug weg. Sie zog die Luft bis zum Zwerchfell ein und stieß sie als jammerndes Geheul wieder aus, bis ihr Bauch leer war und Tränen und Schleim ihre Nebenhöhlen zu sprengen drohten. Sie rappelte sich auf, rieb sich das Gesicht und bekam Moos ins eine Auge.

»Verdammt«, sagte sie halblaut, »verdammt.«

Auf dem Rückweg entdeckte sie die Stelle. Einen großen Haufen frisch umgegrabene Erde, daneben einen etwas kleineren. Und noch andere Hügelchen, die mit Gras und verfaulten Blättern bedeckt waren, die aber doch ihren Inhalt verrieten, auch wenn sie schon leicht eingefallen waren.

Hier wurden sie also begraben.

Bewegungslos stand sie da und starrte das neueste Grab an, das größte. Und dann mußte sie lachen, das Lachen stieg aus ihrem Bauch hoch, weil ihr plötzlich ein absurder Gedanke gekommen war: Eigentlich müßte sie doch überglücklich sein, daß er sie bloß als Möse und Hundesitter betrachtete. Denn sonst könnte auch sie hier enden, falls sie ihm eines Tages plötzlich leid täte. Er würde sie mit grobem Kaliber erschießen und sie mit Overall und allem drum und dran begraben, würde vielleicht auch ihre Tasche mit ins Grab stopfen. Wenn dann jemand fragte, was denn aus ihr geworden sei, die Frau in der Bank zum Beispiel, dann würde er antworten, er habe sie nicht leiden sehen können, wo er doch solchen Respekt für sie empfand. Deshalb habe er sie ganz einfach umgenietet.

Verdammt noch mal, er soll mich nicht weinen sehen, dachte sie, und auf so einen Scheißschlittenhund bin ich ja wohl nicht eifersüchtig.

Die Verwandlung war total. Sie spürte sie in dem Moment, als sie die Augen öffnete, am Licht im Zimmer, am Geruch. Die Erwartung steckte zitternd in ihr wie bei einem Kind: Sie hatte Lust, sich rasch anzuziehen, in den neuen Tag hinauszuspringen und sich im Weißen zu wälzen, bei anderen Kindern zu klingeln, sie herauszulocken, ehe der Regen kommen und ihnen alles wegnehmen würde. Schließlich wußte jedes Kind, daß der erste Schnee nur ein Aufflackern war, ein Vorbote der herrlichen Zeiten, die nun bevorstanden.

Das Bett war auf seiner Seite leer. Sie setzte sich auf und spürte, daß es hinter ihrer Stirn wütend pochte. Sechs Flaschen Bier hatte sie allein getrunken, während er sich an Riemen und Schlitten, an allerlei Metallclips und Haken zu schaffen gemacht hatte. Er hatte sogar schon das Trockenfutter gepackt, obwohl er erst in zehn Tagen losfahren würde. Sie hatte allein in der Küche gesessen, hatte getrunken und kalten Rentiereintopf gegessen und sich dabei geschworen, daß sie um nichts in der Welt den Walkman holen würde, an den sie sich nun plötzlich wieder erinnerte. Sicherheitshalber hatte sie nicht einmal das Radio eingeschaltet. Sie wollte nicht denken, an gar nichts, wollte sich nur betrinken, ihr Spiegelbild im Fenster anstarren und nicht zu ihm nach draußen gehen, ihn nicht mit der Frage nerven, wann er endlich fertig sein würde. Wenn er käme, würde sie keine Lust auf ihn haben. Nie im Leben würde sie Lust auf ihn haben. Ich will nicht, würde sie sagen.

Das Bier hatte ihren Körper gleichgültig werden lassen, bevor ihr die angenehme, matte Lähmung ins Gehirn stieg und es in Watte packte. In diesem Zustand war sie in der Lage, einfach ins Bett zu gehen und nicht zu ihm nach draußen, sich nicht um ihn zu kümmern, selbst wenn er mit seinem Bein hinter einem kleinen Paneelofen hängengeblieben wäre und voller Panik geheult hätte.

Sie stützte den Kopf in die Hände und stöhnte. Ich werde duschen, beschloß sie, ich werde duschen und mir die Haare waschen, ehe ich mich wie ein Kind diesem weißen Tag hingebe. Außerdem bin ich erwachsen und werde weder heulen noch Freude zeigen. Niemand soll die Achtung vor mir verlieren, niemand soll mich leiden sehen.

Er war auch nicht in der Küche, als sie kam, um Kaffee zu trinken, frischgeduscht in ihrem zerknitterten roten Overall. Was hätte sie in ihrem neuen Thermoanzug draußen zu suchen gehabt? Er hatte sie um nichts gebeten. Außerdem war er selbst dort draußen. Sie hörte ein Rasseln und ging zum Fenster.

Einer der Schlitten stand mitten auf dem Hof, in einem Tageslicht so blendend weiß, wie sie es kaum je gesehen hatte. Es sah aus, als sei es ein seltsamer großer Tretschlitten, an dem er sich eifrig zu schaffen machte, mit seinen Händen voller Riemen und etwas, das langen Stöcken ähnelte. Mehrere Hunde beobachteten aufgeregt seine kleinsten Bewegungen, während die älteren seiner Kleidung entnahmen, daß es sich hier nur um ein Einleitungsmanöver handelte.

Sie öffnete das Fenster, denn das mußte sie, um dann ihre Ruhe zu haben. »Hast du die Hunde gefüttert? Soll ich dir bei irgendwas helfen?«

»Nein, nein.«

Seine Stimme war anders als sonst, vielleicht sollte sie doch nach draußen gehen. Rasch wusch sie sich die Haare, nahm einen Löffel Lebertran und schenkte sich einen großen Becher voll Kaffee ein. Danach holte sie Thermoanzug und Fön aus dem Schlafzimmer. Ein neuer Tag, dachte sie, ein ganz anderer Tag, der Anfang von etwas Neuem. Es würde nicht regnen. Wenn der Schnee erst gekommen war, dann würde er auch bleiben. Ganz und gar, mit Haut und Haaren.

Mit warmem Fönwind um die Ohren und ohne Spiegel zupfte sie ihre Haare zurecht zu sauberen trockenen Wellen, die nach Zitrone dufteten, und dabei trank sie ihren Kaffee und starrte die ganze Zeit in den Winter hinaus. Die Bäume waren von frischem Schnee bedeckt, das Dach, der Boden im Hundezwinger. Und die Hunde selbst. Zwei von ihnen rollten sich im Schnee und streckten die Pfoten in die Luft. Andere schauten sich einfach nur zufrieden um, wobei sie ihn und den Schlitten aus den Augenwinkeln heraus beobachteten. Die Baumwipfel stützten einen blauen Himmel – einen Himmel, der sich bis auf Weiteres gänzlich entleert und statt dessen die Sonne vorgelassen hatte, um die ganze Pracht zu zeigen.

»Kopfschmerzen?«

»Nicht besonders.«

»Du hättest mir was übrig lassen können.«

»Du warst ja nicht da.«

»Aber *so* weit weg war ich ja auch wieder nicht.«

»Ist jetzt Winter?«

»Auf dem Schnee kann man noch nicht fahren. Aber das kommt schon noch. In zwei Tagen vielleicht.«

»Das mit den Pfählen ist Pech … die sind jetzt sicher angefroren …«

»Das geht schon.«

»Wie viele Hunde nimmst du mit?«

»Vierzehn.«

Sie hatte sich den riesigen Anhänger bisher noch nicht näher angesehen. Er stand in einem der Schuppen, ein Anhänger mit einem gigantischen braunen, kastenähnlichen Aufbau, der an den Seiten in zwei Etagen kleine Türen aufwies. Atemlöcher. Nicht besonders viel Platz für jeden Hund. Er bezeichnete diesen Aufbau als »Hotelplattform«.

»Wie lange bleibst du weg?«

»Acht Tage.«

»So lange?«

»Zwei Tage Fahrt in jeder Richtung. Das Rennen selbst dauert vier Tage.«

Das Eis knirschte unter den Holzschuhen, als sie zu den drei neuen Pfählen hinüberging und an ihnen rüttelte. Sie waren brauchbar. Doch der letzte, den er gestern eingegossen hatte, war lose. Wenn die Kälte ihn einfror, würde er sicher besseren Halt bekommen, auch wenn der Zement noch nicht ausgehärtet war. Er hätte schneller arbeiten sollen, statt wie ein Trottel mit einem großen Rüden zu schäkern, während sich der Frost unter der Erde voranfraß und mit kräftigen Hauern zubiß.

Sie versetzte dem Pfahl einen Tritt, so daß er ein wenig schief dahing.

Dann trampelte sie ein Weilchen ziellos im Schnee herum, für den Fall, daß er sie dabei gesehen hatte.

Das Licht stach ihr in die Augen, und sie kniff sie zu schmalen Schlitzen zusammen. Alles war sauber, es war nicht zu glauben. Weiß weiß weiß. Der verschlammte Hofplatz, der Haufen von Hundekot hinten am Waldrand, den sie von hier aus sehen konnte. Er dampfte ein wenig, aber nicht genug, um Reif und Schnee zum Schmelzen zu bringen. In der Tiefe waren sie an der Arbeit, Darmbakterien, die in aller Ruhe vor sich hinbrodeln und sich auf den Frühling freuen konnten. Es war kein neuer Kot hinzugekommen, dazu hatte er also noch nicht die Zeit gefunden. War vollauf mit dem jungfräulichen Winter beschäftigt gewesen. Mit einer neuen Wirklichkeit, einer Natur, die starb und überall offene Türen hinterließ. Offene Moore und Hochebenen wurden zu Wegen, über die er fahren würde, zu vielen Meilen, die er mit den keuchenden Hunden hinter sich lassen konnte.

Sie holte den Spaten und sammelte erst einmal eine Runde Hundekot. Das war eine passende Arbeit für sie. Die Klumpen waren schon steif gefroren und stießen unter dem Spaten leise Jammerlaute aus. Sie holte einen Eimer, um nicht so oft hin- und herlaufen zu müssen. Ihre Finger froren.

Als sie zurückkam, saß er mit einer Zigarette in der Hand auf dem Schlitten und starrte zum Waldrand hinüber.

»Ich wußte gar nicht, daß du rauchst.«

»Im Winter schon.«

»Nur im Winter? Warum denn?«

»Das gehört dazu.«

»Aber wie schaffst du es, im Sommer darauf zu verzichten? Du bist komisch.«

»Im Sommer habe ich keine Lust dazu. Im Winter finde ich es schön.«

»Und das ist die erste für diesen Winter?«

»Nein, die hab ich gestern abend geraucht. Als du schon im Bett warst.«

Jetzt sah er ihr voll in die Augen. Irgend etwas hatte sich verändert. Sie konnte jetzt etwas sagen, konnte ihm wieder näher kommen. »Ist auf dem Schlitten noch Platz?«

»Setz dich nur. Ich hab viel zu tun. Jetzt kommt das Auto an die Reihe ... die Winterreifen.«

»Ich kann dir helfen.«

Er balancierte auf der Radaufhängung und lockerte die Bolzen. Sie starrte seine Hose an und fragte sich, wie das Waschwasser wohl aussehen würde. Seine Oberschenkelmuskeln unter dem Stoff waren angespannt, während er mit den Hacken Rost vom Gewinde klopfte. Als er die Bremse löste, um das Auto eine halbe Radumdrehung nach vorn zu schieben, ging sie hinter den Wagen, um ihm dabei zu helfen. Doch als sie die Heckklappe erreichte, hatte er das Auto gerade in Bewegung gesetzt und brachte es abrupt zum Stehen. Sie stolperte und schlug mit dem Unterleib auf die Stoßstange auf. Er bemerkte es nicht. Sie rappelte sich wieder auf.

Während er auf der Radaufhängung stand und die restlichen Bolzen lockerte, sagte er mit dem Gesicht zum Autodach: »Schöner Anzug.«

»Ein bißchen steif. Aber das gibt sich. Der ist noch zu neu.«

»Hol mal den Wagenheber. Der liegt im Schuppen beim Anhänger.«

»Können wir nicht eine Runde fahren? Mit den Hunden ... nachher irgendwann ... ich habe noch nie ...«

»Die Schneedecke ist noch zu dünn, hab ich gesagt ... du mußt noch zwei Tage warten.«

Die Winterreifen waren nicht gekennzeichnet. Lange musterte er das abgenutzte Gummimuster, dann rollte er einen Reifen an jede Wagenecke.

»Was soll ich tun?«

»Die Muttern schmieren. Im Schuppen steht eine Dose mit Schmierfett, da wo der Wagenheber lag.«

Sie hörte Vögel singen, während sie dort an der Arbeit waren. Zum ersten Mal, seit sie hier war. Lag das daran, daß jetzt Winter war? Führte sie die Futtersuche zu den Menschen?

Als die Muttern schließlich eingefettet auf dem Boden lagen, setzte sie sich auf einen Futtersack und spreizte die fettigen Finger, während sie seinen Rücken und die Arme musterte, die mit Wagenheber und Radaufhängung beschäftigt waren, die riesigen Reifen auf den richtigen Kurs bugsierten und aufzogen. Er pfiff vor sich hin. Sie hatte schon lange da gesessen und ihm zugesehen, als sie sagte: »Was ist mit der Straße? Schneit die nicht zu, wenn ...«

Er fuhr herum. »Hier sitzt du? Ich dachte ...«

»Ich sehe dir zu. Und außerdem habe ich an die Straße gedacht.«

Er stieß keuchend Luft aus. »Du hast mir vielleicht einen Schrecken eingejagt. Mach dir keine Gedanken wegen der Straße. Ich bestelle für den Tag, an dem ich fahre, und für den, an dem ich zurückkomme, den Schneepflug.«

»Und was ist mit den Tagen dazwischen?«

»Da hast du keine Straße.«

»Aber ...«

»Wozu denn auch? Du kaufst vorher ein, was du brauchst. Und dann zeige ich dir, wie der Motorschlitten funktioniert.«

Sie lachte. »Willst du mir erzählen, du hättest neben zweiunddreißig Schlittenhunden auch noch einen Motorschlitten?«

»Mit den Hunden einkaufen nervt nur. Die Leute sind stocksauer, wenn die Köter vor dem Laden stehen und kläffen. Außerdem fahre ich mit dem Motorschlitten die Strecke ein, wenn ich auf Tempo trainieren will.«

»Meinst du denn, ich werde damit fertig?«

»Das schafft jeder Idiot.«

»Braucht man dazu keinen besonderen Führerschein oder …«

»Nein. Du mußt nur Gas geben und bremsen.«

»Wo steht der Motorschlitten?«

»Auf einem Untergestell, unter einer Plane. Im anderen Schuppen. Ich zeige ihn dir später.«

Doch sie ging gleich hin. Rieb ihre eiskalten Hände an der Wand, um sie vom Fett zu befreien, während ihre Augen sich ans Halbdunkel gewöhnten. Acht Tage allein. Achtzehn Hunde. Und ein Motorschlitten. Sie hob die Plane an und starrte auf eine schwarze glänzende Front mit drei längslaufenden Goldstreifen, wie ein Brustkasten mit Hosenträgern. Handgriffe. Die Windschutzscheibe aus getöntem Hartplastik. Ein langer Fellsitz, Taschen und Kästen, die ganz hinten an den Seiten angebracht waren. Sie ließ die Plane los, die steifgefroren wieder heruntersackte. Ob er noch mehr Überraschungen dieser Art unter solchen Planen versteckt hatte? Jetzt, wo der Schnee gekommen war, schienen die seltsamsten Dinge aus den Schuppen und Wirtschaftsgebäuden zu quellen. Sogar Tabakpackungen, von denen sie keine Ahnung gehabt hatte.

»Ich fahre zur Tankstelle und laß den Luftdruck überprüfen. Kannst du die Brühe durchseihen, ehe sie festfriert? Ich habe den Topf in den Vorraum gestellt.«

Sie starrte auf Rippen und Rückenwirbel. In der Brühe schwammen allerlei undefinierbare Stückchen. Nichts hing noch irgendwie zusammen. Alles war ein grauer Schlamm aus totem Tier, Hundefutter, ein aufgelöster Kadaver. Nichts erinnerte noch an ein lebendiges Wesen, an ein weiches Maul, das sich rückwärts drehte, um eine zudringliche Bremse zu verjagen. Sie fand im Vorraum alles, was sie brauchte; was Hunde, Touren und Futter anging, konnte sie sich nicht beklagen. An solchen Dingen fehlte es hier nicht.

Eimer, ein großes Sieb, ein Schöpflöffel. Sie trug alles zum Kessel und legte das Sieb über den ersten Eimer. Sie fing an zu schöpfen, und da sie jetzt die Teile hätte definieren können, die im Sieb hängenblieben, starrte sie die Baumwipfel an und lauschte dem ungewohnten Vogelgezwitscher, wenn sie eine neue Portion über den Topfrand hievte. Sie wollte nicht durch Zufall von einem grauen, zerkochten Augapfel angestarrt werden. Jedesmal, wenn sie die letzte Brühe aus dem Schöpflöffel goß, schlug sie das Sieb in einem anderen Eimer aus.

Es wurden fünf volle Eimer. Zwei jüngere Hunde lagen am Zaun und klimperten schläfrig mit den Augen. Pelzbüschel lugten durch die Zaunmaschen. Die Hunde waren satt und träge. Ein paar Hündinnen spielten im größten Zwinger, machten unsichere Sprünge. Ihre Schnauzen und Pfoten waren vom Schnee bedeckt, sie waren aufgeregt über dieses viele Weiß, von dem sie genau wußten, wozu es zu gebrauchen war. Der Duft von Brühe und zerkochten Innereien schien sie allesamt kalt zu lassen. Sie brauchten frisches Blut, um Kraft genug zu finden, einander zu hassen. Sie sah Varg ein Stück weiter entfernt liegen, auch er dicht hinter dem Zaun, allein. Sie fischte eine graue Fleischschliere aus dem Eimer und ging vorsichtig am Zaun entlang auf ihn zu.

Seine Augen waren zwei schmale schwarze Striche in weißem Fell. Ein geschlossener schräger Blick, der ihm Ähnlichkeit mit einem Chinesen verlieh. Seine Nasenspitze drückte er an ein Drahtstück, tief in den Nasenlöchern konnte sie rosa Schleimhaut erkennen. Er atmete leise, fast lautlos. Als sie sich neben ihn hockte, knackte ihr Kniegelenk. Varg schlug die Augen auf, starrte für den Bruchteil einer

Sekunde ins Nichts, dann richtete er seine Aufmerksamkeit auf sie und stand plötzlich auf allen Vieren da, wachsam, mit gesenktem Kopf. Sie stand auf der anderen Seite des Zaunes, deshalb brauchte er nicht vor ihr zu kriechen.

»Möchtest du etwas Leckeres?« flüsterte sie und hielt ihm den Fleischfetzen durch den Zaun hin, während sie ihm voll in die Augen starrte. Er wich zurück. Verflixt noch mal. Sie hatte ihn nur am Fleisch schnüffeln lassen wollen, um es dann zurückzuziehen und Varg leer ausgehen zu lassen.

»Hicr! Ich hab was für dich!«

Varg wich noch weiter zurück. Einer der beiden dösenden Junghunde, der sich gleichgültig nach ihr umdrehte, roch plötzlich den Fleischfetzen und stand mit einem langen Sprung vor ihr.

»Nein! Nicht du!« Denn nun hatte sie Angst vor einer Prügelei, fürchtete, Varg könne dem Grünschnabel eins auf die Nase geben, wenn sie die beiden allein ließ. Varg dagegen ließ sich nichts anmerken. Ruhig sah er zu, wie der Junghund am Zaun herumschnüffelte, und ließ ihn gewähren.

»Dann nimmst du ihn eben«, sagte sie und schob den Fleischfetzen dem eifrigen Junghund zu, der ihn sofort herunterschlang.

Varg schüttelte sich, von den Ohren bis in die Schwanzspitze. Dann warf er ihr einen düsteren Seitenblick zu, ging zum anderen Ende des Zwingers und rollte sich dort wieder zusammen.

»Scheißköter!« murmelte sie. »Und dir hab ich die Pfoten geschmiert, und das oft. Als Togo noch der Chef war und du nur ein kleiner Heini. Bild dir bloß nichts ein, nur weil er eine Runde mit dir herumgeschmust hat.«

Sie wollte gerade zu Lady gehen, auf der Suche nach Trost und Zuneigung, als ihr die Brote einfielen. Jetzt war sie allein. Sie wußte genau, wer sie bekommen sollte: die Vögel. Lady kam auch ohne das Brot gut zurecht. Außerdem fütterte sie gerne Vögel, sah gerne zu, wie sie gierig die Krümel aufpickten, die sie ihnen hingeworfen hatte. Früher hatte sie immer Tauben gefüttert, Stadttauben, auf Asphalt und Pflastersteinen. Aber noch nie solche Vögel wie hier, im wahrsten Sinne des Wortes vogelfreie Geschöpfe, mit Gefieder in allen erdenklichen Farben, die in den Baumwipfeln wohnten. Vögel wie auf den Bildern in Vogelbüchern, Vögel mit seltsamen kleinen türkis gesprenkelten Eiern, die in den Naturkundesälen aller Schulen die Schaukästen füllten. Dort waren sowohl die Eier als auch die Vögel selbst immer ausgestopft. Mit Augen, an denen man mit den Fingernägeln herumpulen konnte, mit winzigen Köpfchen, die sich hart wie Tennisbälle anfühlten. Ja, die Vögel sollten die Brote haben. Alle drei. Sie konnten tagelang davon leben, vielleicht sogar wochenlang. Wenn es weiterschneite, würde sie die Krümel eben wieder für sie ausgraben.

Hinter dem Haus fand sie eine passende Stelle, eine Stelle, zu der nie jemand kam und die er vom Wohnzimmerfenster aus nur dann sehen würde, wenn er sich am Schreibtisch zufällig umdrehte.

Sie ließ alle drei Brote in den Schnee fallen und öffnete eifrig die Tüten. Noch drei Plastiktüten, die er hätte verwenden können, wenn er von ihnen gewußt hätte.

Die Brote hatten aneinander geklebt, Seite an Seite. Einige Sekunden lang amüsierte sie sich damit, sie nebeneinander in der Reihenfolge in den Schnee zu legen, in der sie gebacken worden waren. Dann fing sie an, sie zu zerkrümeln. Innen waren sie aus grobem gelblichen Mehl. Hier und da leuchtete ein Sonnenblumenkern auf. Die Frau hatte den Teig gut geknetet, kein einziger Mehlklumpen war zu entdecken. Sie hatte wohl starke Arme, diese Frau, hatte sicher auch den einen oder anderen Futtersack gestemmt.

Sie krümelte so energisch drauflos, daß ihre Fingerspitzen schmerzten, es roch nach Frühstück, Frühstück im Weißen. Sie kicherte, bohrte eifrig im Brot herum und fischte die Innereien heraus. Das nächste brach sie zuerst in der Mitte durch. Sie hätte eine Axt nehmen und auf einer Plastikunterlage alle drei auf einmal zerhacken können.

Es wurde ein riesiger Krümelhaufen. Ihre Arme zitterten. Sie spürte die Anstrengung bis in die Brustmuskeln, und als sie sich endlich erhob, tanzten vor ihren Augen rote Punkte. Vielleicht kriege ich bald meine Tage, dachte sie, und kann die Binden benutzen, die er unter solchen Qualen gekauft hat. Aber nein, ich bin nur verkatert, das erklärt alles.

Sie hatte sich ein paar alte Ölfässer ausgesucht, die sie nun mit Krümeln bedeckte, mit wahren Krümelbergen, garniert mit dicken Krustenstücken. Ein Festmahl für kleine Irrwische, die ihr Essen bei anderen erbetteln mußten. Da hörte sie plötzlich Motorendröhnen. Sie wischte sich die Hände ab und öffnete den Reißverschluß ein wenig. Schweißgeruch stieg ihr in die Nase, der herbe Geruch von eingesperrter Muskelarbeit. Sie beschloß, lieber den roten Overall anzuziehen, dieser war zu warm, um darin zu arbeiten. Sie trampelte um die Hausecke und stand bei dem Kessel und dem Eimer, als er auf den Hof kam und vor dem Geweih an der Wand anhielt.

»Ich habe auch gleich den Schneepflug bestellt.«

Wieder hatte er eine Zigarette in der Hand.

»Wird dir nicht schlecht, wenn du plötzlich soviel rauchst?«

»Nein.«

Da fielen ihr die Plastiktüten ein. Sie lagen noch auf dem Boden. Und während er Eimer mit Rentierbrühe in den

Futterraum trug, lief sie zurück, knüllte sie zusammen und schob sie unter eine Tonne. In den Bäumen saßen bereits einige Vögel und klimperten mit ihren blanken Knopfaugen.

Auf der anderen Seite des Hauses hörte sie ihn brüllen:

»Haltet die Fresse! Wir wollen doch gar nicht weg!«

Sie hatte keinen einzigen Hund bellen hören. Er war heute wohl ziemlich ungeduldig, sie hatten ihn wahrscheinlich nur ein bißchen bittend angesehen, und schon knallte er ihnen ein Löwengebrüll um die Ohren, das alle Hoffnungen zunichte machte. Morgen haben wir sicher einen halben Meter Schnee, dachte sie, und dann komme endlich auch ich zu meiner Schlittentour.

Erst am Abend sagte er etwas.

»Warum zum Henker schmeißt du gutes Essen weg?«

»Wie meinst du das?«

»Das viele Brot. Woher kommt das?«

»Es war nicht mehr gut ... total vertrocknet ... aus der Gefriertruhe.«

»Tiefgefrorenes Brot hält sich jahrelang.«

»Ich dachte, du würdest nie hinters Haus kommen.«

»Ich habe deine Spuren gesehen. Hab mich gefragt, was das denn wohl wieder sollte.«

»Wer hat die Brote gebacken?«

»Vergiß es.«

»Du?«

»Vergiß es, hab ich gesagt. Sollen die Vögel sich doch vollstopfen, bis sie von den Zweigen fallen und von den Kötern gefressen werden.«

»Im Brot waren Sonnenblumenkerne. Kein Mann würde ...«

»Jetzt nerv hier nicht rum. Komm lieber mit zum Pfoten schmieren.«

»Schon wieder? Jeden Tag?«

»Nicht alle, aber die vierzehn, die ich ausgesucht habe. Ich weiß jetzt, welche ich mitnehme. Und von jetzt an müssen die jeden Tag geschmiert werden. Die anderen können wir so lange überspringen.«

Die Nacht war weiß und neu, ein sternklarer Himmel zog sich über den Dächern dahin. Der Mond grinste ein wenig und amüsierte sich damit, zum ersten Mal Schatten über den Schnee zu werfen. Sie sah seinen Rücken an. Er hätte sich umdrehen können, warten, den Arm um sie legen, auf den wenigen Metern bis zu den Hunden. Sie hätten zusammen hingehen können. Statt dessen bückte er sich plötzlich nach rechts und schneuzte sich aus beiden Nasenlöchern. Sie ging wortlos an ihm vorbei. Ging in den Futterraum, nahm eine Tube Melkfett, klemmte sie sich zwischen Ellbogen und Oberkörper. Verdammt, dachte sie, daß ich immer wieder vergesse, sie mit ins Haus zu nehmen, damit das Fett geschmeidiger wird.

Erst eine Woche später erwähnte er wieder Toivo und das Heu. Und zwar beim Frühstück, ohne daß sie gefragt hätte. Er lebte jetzt in seiner eigenen Welt, *sie* war für ihn nur Hände, die helfen konnten, Dinge festzuhalten, zu schmieren und zu tragen, Trockenfutter zuzuteilen und Kartoffeln zu schälen. Sie existierte weder im roten Overall noch im Thermoanzug. Sie endete an Handgelenken und Kragen. Im Bett endete sie am Rand der Bettdecke. Und sie selber bat um nichts.

Es hatte nicht mehr geschneit, deshalb hatte der Ausflug auch nicht stattgefunden. Seine Stirn hatte tiefe Furchen bekommen, weil er die Hunde nicht trainieren konnte. Der Schnee war jetzt schmutzig geworden, der Hof sah wieder aus wie früher, neuer Dreck bedeckte den alten, dazwischen zog sich eine dünne Schneeschicht dahin. Aber nichts schmolz. Alles lag einfach da und wartete darauf, daß es weiterging.

»Toivo bringt morgen das Heu.«

»Bist du ihm im Laden begegnet?«

»Ja. Er hat sich den Bart abgenommen. Das sah vielleicht komisch aus.«

Sie mußte aufs Klo gehen, um darüber nachzudenken. Hielt lange drei Lagen Klopapier in der Hand und stellte sich Toivo ohne Bart vor. Das, was sie gepiekst und erregt hatte, war nicht mehr vorhanden. Als sie wieder in die Küche kam, fragte sie:

»Warum?«

»Warum was?«

»Warum hat er sich rasiert?«

»Wenn du ihn mal nach einer langen Tour mit den Hunden gesehen hättest, dann würdest du nicht fragen. Dann ist er immer ganz weiß im Gesicht, und Rotz und Schlamm sind zu einem einzigen Eismatsch gefroren.«

»Vielleicht ist so ein Bart ja warm.«

»Kann ich mir nicht vorstellen.«

Er schenkte ihnen noch einmal Kaffee ein, Dampf stieg aus den Tassen auf. Aus einem Topf goß er heiße Milch und Zucker hinzu. Sie protestierte nicht, denn sie gewöhnte sich langsam an diese Energiebombe zum Tagesanfang, nach ihrem Lebertran und einer Scheibe Brot. Diese Mischung war mit dem Schnee gekommen, wie so vieles andere.

»Ich hab noch nie gesehen, wie du dich rasierst.«

»Vielleicht mach ich das ja, während du schläfst.«

Sie merkte es selber. Sie benahm sich jetzt anders, wo er sie nicht mehr wollte. Sie hatte eines Tages sogar den Küchenboden gewischt, während er am Tisch saß und zuschaute. Er hatte sie ausgelacht. Ob sie nicht auch bald Brot backen wollte? Sie mochte darauf nicht antworten. Sie wechselte Bettwäsche, wobei die Hundehaare wie Schneegestöber durch die Luft wirbelten, zog Laken und Kissenbezüge ab, lüftete, zog die Vorhänge auf und fand überall klebrigen Schlafzimmerstaub, den sie mit Aufnehmer und Besen entfernte, einen Staubsauger besaß er nicht.

»Du brauchst einen Staubsauger«, sagte sie.

»Jetzt nimmt die Sache langsam Form an«, hatte er grinsend geantwortet.

Draußen gab es genug zu tun. Die vier mal vierzehn Hundepfoten, die viele hundert Kilometer zurücklegen sollten, wurden jeden Tag mit Fett eingerieben und massiert, das

Fell wurde kurz getrimmt und die Krallen zu weißen Stummeln beschnitten.

Er saß mit dem Geschirr im Vorraum und überprüfte stundenlang jede Naht, tastete mit dem Mittelfinger den Haken ab, der jeden Riemen mit dem Gespann verband. Er versah den Schlitten mit neuen Spanngurten, belastete ihn seitlich, vorne und hinten. Stellte ihn auf den Kopf und putzte und polierte die Kufen. Sie half bei allem, worum er sie bat. Auch wenn sie mit etwas ganz anderem beschäftigt war, ließ sie alles fallen und war zur Stelle, wenn er sie rief. Doch eines Tages hatte sie in einem Regal eine Hundebürste gesehen und sich am Fell eines Hundes zu schaffen gemacht, der mit auf die Tour sollte. Da hatte er sich von hinten auf sie gestürzt, ihr die Bürste entrissen, sie gegen den Zaun geschleudert und gebrüllt: »Hast du denn restlos den Verstand verloren?«

Der Hund war ihr seitwärts entwichen und hatte sich im sicheren Durcheinander von vierbeinigen Zuschauern verkrochen. Sie durften nicht gebürstet werden, jedes Haarbüschel gab ihnen zusätzliche Wärme. Auch lose Haare wärmten, und deshalb sollten sie im Fell hängen, bis sie von selbst hinunterfielen. Er hatte sich dann zwar beruhigt, aber keineswegs um Entschuldigung gebeten, sondern ausgiebig erklärt, wie die Riemen beim Rennen das Fell aufscheuerten, so daß beim harten Lauf vom Rückenfell sowieso nur noch Fetzen übrig blieben.

Von da an machte sie überhaupt nichts mehr aus eigener Initiative. Statt dessen wartete sie, bis er etwas sagte, und wußte immer, wo er war und womit er gerade beschäftigt war. Sie ertappte sich dabei, wie sie lautlos hinter ihm herschlich, um ihn herum. Sie konnte in der Luft das Reisefieber wittern. Er wartete. Zählte die Tage. Sie auch. Nur würde er am Tag seiner Abreise fertig gezählt haben. Und für sie würden die Tage dann erst beginnen.

Am nächsten Tag wurde Toivo erwartet. Mit Heu. Ohne Bart. Sie schlürfte die hellbraune süße Kaffeemischung.

»Ich muß heute noch ein bißchen Holz hacken«, sagte er. »Für dich. Falls es ganz kalt wird. Und dann muß ich dir noch einiges zeigen. Für alle Fälle.«

Ihr Magen krampfte sich bei diesen Worten zusammen.

»Für was für Fälle?«

»Falls es viel Schnee gibt. Oder mit den Hunden was passiert. Wenn Tiere kommen. Wenn sich die Hunde raufen.«

»Tiere? Was für Tiere?«

»Vielfraße. Füchse, Rentiere. Wölfe. Oder wenn ...«

»Wölfe?«

»Streuner. Wenn es viel Schnee gibt, kommen sie manchmal her. Und dann gibt es ein Höllenspektakel, wenn die Hunde an den Pfählen stehen.«

»Dann müssen sie eben in den Zwinger. Herrgott ...«

»Übrigens habe ich heute Lady untersucht. Ihr Bauch ist ganz weich. Trächtig bis zum Gehtnichtmehr.«

»Ich begreife nicht, wie du ...«

»Reine Übungssache.«

Er schaute mit zusammengekniffenen Augen aus dem Fenster. »Übung, tja. Vielleicht sollte ich auf die Lenkskier pfeifen und einfach ein paar Runden fahren. Drei für jede Tour, das macht . . . fünf Touren.«

Er sprach mit sich selber. Sie wartete. Dachte an die Wölfe, wollte aber nicht zugeben, daß sie ... Es würde sicher kein Wolf auftauchen. Plötzlich sprang er auf und schob mit Vehemenz den Tisch beiseite. »Ja genau! So mache ich das.«

»Was denn?«

»Drehe heute mit ihnen eine Runde. Mit dem Motorschlitten.«

»Geht das denn?«

»Alles geht.«
»Darf ich mitkommen?«
»Von mir aus.« Er grinste.
»Warum lachst du? Ich hab doch noch nie ...«
»Reg dich ab. Komm einfach mit.«

Der Motorschlitten war schon seit einigen Tagen von der Plane befreit. Er hatte ihr beim ersten Schneefall das Fahren beibringen wollen, aber der Motorschlitten wartete noch immer. Und in drei Tagen würde er aufbrechen. Alles Mögliche konnte passieren. Natürlich würden Tiere herkommen. Es roch nach Nahrung. Die Vögel hatten sich gierig an den Ölfässern bedient, aber es lag noch immer sehr viel Brot herum. Ob sie die Reste lieber wegnehmen sollte? Sie wollte keine Tiere auf dem Hof haben, kein Rentier, das von achtzehn Hunden angeglotzt werden würde, die nur zu gut wußten, daß alles in einem Kessel Platz fand, wenn man nur ein scharfes Messer und ein wenig Übung mit der Axt hatte. Oder ein Wolf. Der Vorfahre derer, die jetzt hinter dem Maschendrahtzaun standen und zum Verkehrsmittel gezüchtet und gezähmt worden waren. Sie wagte nicht, daran zu denken.

Er kam mit einem Kanister aus dem Schuppen, drehte am Sitz des Motorschlittens einen Deckel ab, schob einen Metalltrichter hinein und füllte den Tank, bis alles überschwappte und nach Benzin stank. Sie hatte schon Thermoanzug, Mütze, Handschuhe und zwei Paar Socken unter klobigen Schneestiefeln angezogen. Das Thermometer zeigte neun Grad unter Null. Das Barometer stieg. Der Himmel war wolkenlos.

Die Lenkskier, auf die er pfeifen wollte. Sie musterte sie, zwei Skispitzen, die unter dem Motordeckel hervorlugten.

»Was ist mit dem Raupenband?« fragte sie. »Reißt es nicht unter der starken Belastung?«

»Scheiß drauf. Ich muß eine Runde mit ihnen fahren, Um den Rest kümmere ich mich später.«

»Warum nimmst du nicht einfach den Wagen, den du im Sommer benutzt?«

»Die Räder finden keinen Halt. Das geht nicht.«

»Hast du hier je ... Wölfe gesehen?«

»Sicher. Aber reg dich ab. Du hast doch die Knarre.«

»Was habe ich?«

»Ich zeig sie dir später.«

»Kann man so einen Motorschlitten einfach unter der Plane wegziehen und dann funktioniert er, oder was?«

»Ich geb ihn im Frühling zur Wartung.«

»Warum nimmst du nicht einfach den normalen Schlitten?«

»Ha! *Da* kann ich nun wirklich keine Kratzer unter den Kufen gebrauchen.«

»Aber du hast doch noch mehr Schlitten ...«

»Jetzt nerv hier nicht rum. Ich kann bei keinem der Hundeschlitten Kratzer gebrauchen.«

Den Hunden kam langsam ein Verdacht, als er das Geschirr brachte und dabei vor sich hinmurmelte. Außerdem hatte er seine Jeans mit einem Thermoanzug vertauscht. Sie beobachteten ihn jetzt atemlos, mit glänzenden Augen.

Und dann stieß einer versuchsweise ein Geheul aus. Und die anderen stimmten ein. Plötzlich wußten sie, daß etwas passieren würde. Sie standen auf den Hinterbeinen am Zaun und heulten ausgiebig, schlugen dann in hysterisches Kläffen um und verloren jegliche Würde. Das hier war nackte Bettelei, kein schlaues Manipulieren oder vage Andeutungen. Sieh mich an, nimm mich mit! grölten sie auf ihre Weise.

Fresse halten, verdammt noch mal! lautete die Antwort, aber das half nichts.

Er trat wild um sich, als er zuerst Varg herausholte und den zappelnden Hund zu einem der Pfähle schleppte. Dann holte er noch zwei andere, und blitzschnell rannte sie hinüber und schloß die Tür vor der Nase der verschmähten Heerschar von verzweifelt kläffenden Schlittenhunden.

Die drei wurden angeschirrt, und bei jedem von ihnen wurde an einem Haken am Rücken eine lange Leine befestigt. Die Leinen waren mit einem dicken Flechtwerk aus Gummi versehen, das wußte sie. Er sah wütend aus. »Das ist der reine Wahnsinn«, murmelte er. »Aber was soll ich machen, zum Teufel ...«

»Sollen sie an der Leine nicht hintereinander laufen?«

»Das bringt jetzt nichts. Ich spanne sie fächerförmig an.«

Er drehte den Zündschlüssel um. Der Motorschlitten stieß ein solches Gebrüll aus, daß die Hunde sofort verstummten. Blaue Auspuffgase wogten über den vereisten Hof. Er trat neben den Motorschlitten und hob das Raupenband vom Boden hoch. Sie stand sofort neben ihm, um ihm zu helfen. Es war schwer. Dann streckte er den Arm zum Handgriff aus und gab Gas, mehrere tiefe Lungenzüge, die sie in Auspuffgase einhüllten und zum Husten brachten.

Die Hunde wurden vorn an einem Haken befestigt. Varg hatte die längste Leine und wurde in der Mitte angeleint, die beiden anderen lagen einen Meter hinter ihm. Er setzte sich rittlings auf den Motorschlitten, sie setzte sich hinter ihn. Sie versuchte, sich irgendwo festzuhalten, rutschte aber ein Stück weiter nach vorn und griff nach den Taschen seines Anzugs. Sie atmete mit offenem Mund, spürte ihren Puls im Zwerchfell hämmern, obwohl das hier nur eine Probe war, nur Jux und Tollerei, und vielleicht sogar ruinierte Lenkskier zur Folge haben würde. Und doch, sie fuhren los. Und sie war dabei!

»Okay«, rief er und gab Gas. »Go!«

Sie hatten noch nicht einmal das Wäldchen hinter sich, als sie auch schon vom Motorschlitten fiel.

»Liiinks!« hatte er gebrüllt, und Varg war brav nach links abgebogen, während sich das Gefährt auf einer Felskuppe, die durch Moos und Eis hervorlugte, nach rechts legte. Und ehe sie sich's versah, lag sie da, auf der Seite, und zählte die Sekunden bis zum Einsetzen der Schmerzen. Sie war vom Sitz geschleudert worden und mit der linken Schulter und der Schläfe auf den Boden aufgeprallt. Sie starrte einen Multebeerenstrauch mit blaßgelben, erfrorenen Beeren an, während ihr Kopf hämmerte und das Gebrüll des Motorschlittens sich entfernte. Sie drehte sich auf den Bauch und roch den Duft von Erde und Moos, bevor sie mit Hilfe des rechten Arms auf die Knie kam und ihr Nacken sich langsam, unendlich langsam so weit straffte, daß er das Gewicht des Kopfes tragen konnte.

Er war einfach weitergefahren. Hatte ihren Sturz nicht bemerkt. Oder sich nicht darum gekümmert. Wahrscheinlich hatte er die zottigen Rücken angestarrt und vorwärts gedacht, weiter.

Sie horchte auf das Motorendröhnen, das langsam leiser wurde, rappelte sich auf und schleppte sich zu einem Moor, von dem aus sie vielleicht etwas sehen konnte. Aber noch ehe sie dort angekommen war, umgab sie nur noch Stille. Sie versuchte, die linke Hand zur Faust zu ballen, und das schaffte sie. Es tut bloß weh, dachte sie, gebrochen ist nichts.

Sie konnte jetzt Berge sehen, schneebedecktes Hochgebirge, auf dem noch hier und da Herbstfarben leuchteten.

»Scheiße«, murmelte sie.

Doch das Adrenalin, das vorhin in ihren Körper gepumpt worden war, war noch nicht verbraucht. Es linderte die Schmerzen ein wenig, konnte ihre Wut jedoch nicht dämpfen.

»Scheiße!« rief sie den vagen Spuren des Motorschlittens zu. »Du verdammter Arsch!«

Langsam ging sie zurück. Er hatte es gewußt. Es hatte in seinem Grinsen gesteckt, als sie darum gebeten hatte, mitfahren zu dürfen.

Die Hunde kläfften los, als sie sie sahen.

»Haltet die Klappe«, murmelte sie. »Ich bin's bloß.« Das Bellen legte sich von selber, als sie sahen, daß sie wirklich allein war.

Sie hatte sich den Anzug vorn geöffnet und die Mütze abgesetzt. Sie trampelte in ihren klobigen Stiefeln in die Küche, schmiß die Handschuhe auf den Tisch und fluchte noch einmal, während sie zuerst den linken, dann den rechten Arm aus dem Anzug befreite und die Ärmel schlaff herabhängen ließ. Er soll mich nicht weinen sehen, dachte sie, ich werde mich schon ausgeweint haben, bis er wieder hier ist. Sie ließ sich auf einen Stuhl sinken und umklammerte mit der rechten Hand die schmerzende Schulter. Sie drückte fest zu, bis ihr die Tränen in die Augen schossen und die Schleusen öffneten. Ihr Weinen ging in Schluchzen über, danach in nacktes Geheul, und bei jedem Atemzug hörte sie ihr Geschrei von den Wänden abprallen. Wenn sie hin und wieder die Augen aufmachte, blieb ihr Blick an den niederländischen Windmühlen haften. Die Flügel bewegten sich nicht, und sie konnte noch von ihrem Stuhl aus die Falten in den Abziehbildern erkennen.

Schließlich konnte sie den letzten Schluchzer herunterschlucken. Sie ging ins Badezimmer, sah in den Spiegel und starrte ihre Schläfe an, die angeschwollen war und ein wenig blutete. Sie wischte das Blut ab, putzte sich mit Klopapier die Nase und wusch ihr Gesicht mit eiskaltem Wasser, dann schneuzte sie sich noch einmal. Sie zog ihren Thermoanzug aus, stieg in den roten Overall und ging in die Küche, wo sie Kaffee aufsetzte, der Rest im Kessel war noch nicht ganz kalt. Sie atmete durch, bis die Nase wieder frei war. Dann ging sie noch einmal ins Badezimmer und tunkte Klopapier in kaltes Wasser, ehe sie es auf ihre Augen drückte, trug Wimperntusche auf und kämmte sich, drapierte die Haare über die Schwellung an der Schläfe. Jetzt sollte er nur kommen.

Und das tat er.

Das Geräusch der Lenkskier auf dem Hof hörte sich an wie Fingernägel, die über eine Tafel kratzten. Metall schrappte über Stein und Kies. Sie ging zum Fenster.

Ihm gefiel dieses Geräusch offenbar auch nicht, sein Gesicht war ein einziges verzerrtes Grinsen.

»Brrr!« hörte sie ihn rufen.

Die Hunde keuchten nicht einmal richtig.

»Gute Tour gehabt?«

»Du warst plötzlich verschwunden ...«

»Ja, stimmt.«

»Hast du dir wehgetan?«

»Aber nicht doch.«

»Ich hab das erst gemerkt, als du schon ... weg warst.«

»Soll ich dir bei den nächsten drei helfen?«

»Den nächsten drei was?«

»Den Hunden. Ich denke, das machst du gerade – mit dem Motorschlitten Hunde trainieren, oder nicht? Immer drei und drei?«

»Verdammt eingebildet bist du plötzlich.«

»Ich wollte doch nur ...«

»Das geht nicht so einfach. Ich laß es für heute.«

»Soll ich irgendwas machen?«

»Kümmer dich um die Hunde. Nicht um Varg, den übernehme ich. Schaff sie wieder hinter Schloß und Riegel. Ach, verdammt ...«

Sie nahm mit jeder Hand einen Hund und schleifte sie zum Zwinger. Sie hätte auch statt dessen einen nach dem anderen nehmen können, immer mit dem rechten Arm. Jetzt schossen ihr frische Tränen in die Augen, als vierzig Kilo widerstrebender Schlittenhunde am Schultergelenk hingen und es in unmögliche Richtungen zerren wollten. Aber sie schaffte es. Umklammerte das Geschirr so entschlossen, als hinge sie über einem Abgrund.

Er drehte sich eine Zigarette, kippte den Motorschlitten auf die Seite und zog wütend an seiner Zigarette, während er Lenkskier und Raupenband musterte. Lief in den Schuppen und holte Sandpapier, fing an zu reiben.

»Ich habe frischen Kaffee gekocht.«

»Will ich jetzt nicht. Danach geh ich eine Runde Holz hacken. Hast du dir wirklich nicht wehgetan?«

»Nerv doch nicht so herum. Meinst du, ich könnte so einen kleinem Plumps nicht vertragen?«

Das Axtblatt löste sich vom Schaft, als er zum Holzhacken ansetzte. Sie war nicht dabei, aber er kam ins Haus und erzählte es, schmiß den Axtgriff in den Korb mit dem Feuerholz und goß sich mit zitternden Händen Kaffee ein. Er war ein wenig blaß um die Nasenflügel und fluchte ununterbrochen. Das Blatt hatte seinen Kopf nur um ein Haar verfehlt, ehe es hinter ihm auf den Boden aufgeprallt war.

»Verdammte Scheißaxt! Aber wir haben jetzt genug Holz. Damit kommst du eine Ewigkeit aus.«

»Das Rentier war wohl zu viel für die Axt.«

»Dein Kopf ist an der Seite rot.«

»Echt?«

»Laß mal sehen.«

»Nein, hör auf. Müssen wir nicht Pfoten schmieren?«

»Warum sollten wir sie wohl schmieren? Die waren doch nicht unterwegs. Die haben soviel Fett an den Pfoten, daß sie noch tagelang ohne Essen auskommen könnten.«

»Reg dich ab. Das geht schon alles in Ordnung. Und dann weißt du, worauf du es zurückführen kannst, wenn …«

Wütend beugte er sich über den Tisch. »Wenn was?«

»Wenn du nicht … wenn das Rennen … zu hart wird oder so …«

Da fegte er mit seinem Arm den Kaffeebecher vom Tisch, der zum Spülstein hinüberflog und gegen eine Schranktür knallte, in zwei Stücke brach und dampfende, braune Kaskaden versprühte.

»Halt die Fresse, du blöde Kuh! Du weißt ja nicht, wovon du redest!«

Und weg war er.

Sie blieb eine Weile sitzen und atmete ganz ruhig, dann wischte sie den Dreck weg. Auf diese Weise entstand zwischen Sand und schmutzigbraunen Stiefelspuren ein sauberer Fleck. Das ist ein neuer Tag, dachte sie, ganz neu und anders als gestern. Ich habe meinen Lebertran genommen, und er muß erst in zwei Tagen weg. Vielleicht schneie ich ja auch gar nicht ein. Aber egal, sie hatte ja kein Auto. Der Weg zum Laden war lang. Sie mußte sich mit dem Motorschlitten vertraut machen. Er hatte ihn mit einem Zündschlüssel gestartet und nicht, wie sie es sich vorgestellt hatte, an einer Schnur gezogen. Sie wollte diesen Schlüssel.

Er stand im Futterraum und glotzte die Eimer an.
»Wo ist der Zündschlüssel für den Motorschlitten?«
»Was?«
»Wo ist der Schlüssel?«
»Hier. Willst du ...«
»Muß wissen, wie das funktioniert.«

Während sie über den Hof auf den umgekippten Motorschlitten zuging, sah sie plötzlich Bilder aus einem Zeichentrickfilm vor sich, in dem Menschen durch Hauswände brachen und fahrzeugförmige Löcher hinterließen. Sie durfte nicht vergessen, den Motorschlitten hinten anzuheben. Das Raupenband durfte den Boden nicht berühren.

Der Motorschlitten sah nicht besonders beängstigend aus, jetzt, wo er auf der Seite lag. Es sah aus, als habe er einen schrecklichen Lachanfall erlitten und sei in Embryostellung auf den Boden gesunken, um sich in Ruhe die Tränen abzuwischen. Sie blickte sich kurz um und sah ihn in der Türöffnung stehen.

Mit der rechten Hand drehte sie den Motorschlitten um. Scheißschulter, dachte sie. Jetzt merkt er, daß ich ... Er soll es aber nicht merken. Und wenn er fragt, ob ich Hilfe brauche, dann sage ich ...

»Brauchst du Hilfe?«

»Nein.«

Sie fand das Zündschloß, schob den Schlüssel hinein und drehte ihn um. Der Motor sprang sofort an. Durch den plötzlichen Lärm tanzten ihr rote Flimmer vor den Augen. Sie hatte den Motorschlitten in Gang gebracht. Jetzt war sie dafür verantwortlich. Aber er bewegte sich nicht. Der Motor lärmte wie hundert Stundenkilometer, aber der Motorschlitten rührte sich nicht von der Stelle. Sie wich seinem Blick aus, als sie ihn mit der linken Hand in einer

Kraftanstrengung anhob, die ihr die Galle in die Kehle jagte. Jetzt muß ich mich gleich übergeben, dachte sie.

Doch dann kam ihr eine Idee: Sie konnte etwas unter die Gepäcktaschen hinten am Motorschlitten schieben, denn die saßen ja fest.

Sie ließ den Motorschlitten im Leerlauf stehen und ging in den Schuppen, fand zwei Styroporkästen, die nach verfaulten Krabbenschalen stanken, und trug sie ruhig zum Motorschlitten. Noch immer ohne ihn anzusehen. Er hatte sich nicht gerührt. Sie packte einen Bügel am Heck des Schlittens und schob auf jeder Seite einen Kasten unter das Fahrzeug, bückte sich und vergewisserte sich, daß das Raupenband mit nichts in Berührung kam. Dann stieg sie rittlings auf den Sitz und drückte vorsichtig auf den Gashebel. Die Drehzahl des Motors stieg, und sie hörte, wie das Raupenband sich bewegte und das ganze Fahrzeug zwischen ihren Beinen vibrieren ließ. Sie drückte fester, senkte den Kopf, um nachzusehen. Ja, das Raupenband drehte sich in einem Affenzahn. Und hinter ihr wälzten sich blaue Rauchwolken über das verdreckte Eis. Sie drückte mit der linken Hand auf den Bremshebel, und das Raupenband hielt so schnell an, daß sich der Schlitten aufbäumte. So war es richtig. Sie ließ die Bremse los und gab wieder Gas. Jetzt wußte sie alles. Wenn sie jetzt die Kästen weggenommen hätte, dann hätte sie in der Bretterwand vor sich ein interessantes Loch hinterlassen.

Sie drehte den Schlüssel nach links und zog ihn heraus. Stille. In den Bäumen zwitscherten ein paar Vögel. Sie konnte hören, wie einer der Hunde sich schüttelte.

Sein Blick durchbohrte sie wie ein Speer, über einem schwachen Grinsen. Jetzt will ich kein blödes Weib sein, dachte sie, und ihn hochmütig ansehen, ihm zu verstehen geben, daß ich mit mir zufrieden bin, falls er mich lobt. Ich werde nicht lächeln, sondern stark und gleichgültig sein.

Er öffnete den Mund, um etwas zu sagen. Sie wartete. Da drehte er sich um und verschwand im Futterraum. Von dort rief er: »Heute abend bringe ich dir Schießen bei!«

Sie steckte den Zündschlüssel in ihre Brusttasche.

Sie hatte noch nie eine Waffe in der Hand gehabt, mochte Waffen nicht. Aber sie hatte sich das Gefühl schon vorgestellt: das Gewicht, die Macht, töten zu können, stärker zu sein als das Leben selbst. Und dieses nackte, primitive Gefühl wollte sie nicht, es machte ihr angst. Ihr fiel das Wort »firearms« ein, Feuerarme, das Wort, das die Indianer geprägt hatten, als sie zum ersten Mal Blei aus einem Lauf hatten jagen sehen. Sie hatten sich in Sicherheit gewähnt, außer Reichweite von Pfeil und Bogen. Aber dann waren sie von Pulver und Kugeln getroffen worden, aus Feuerarmen, die eine viel größere Schußweite bewältigten.

»Ich möchte nicht. Ich will sie nicht benutzen.«

»Brauchst du auch nicht. Du sollst es bloß lernen. Sieh mal ...«

Er ließ etwas aus dem Griff der Waffe gleiten. »Hier ist das Magazin, das füllst du mit Patronen aus der Schachtel ...«

Er preßte die Patronen ins Magazin und schob es wieder in den Griff zurück.

»So.«

»Ich dachte ... gehört nicht so ein rundes Ding dazu, das nach vorne gekippt wird und ...«

»Nur bei Revolvern. Das hier ist eine Pistole. Eine Pistole, die sogar einen Krieg mitgemacht hat.«

»Ich mag das alles nicht.«

»Und dann drückst du hier ... klick, klick ... ganz zurück und wieder nach vorn ... Und dann kannst du schießen.«

Er nahm ihre Hand und legte ihre Finger um die Waffe, tippte mit dem Zeigefinger den Lauf an. Sie standen hinten bei den Pfählen. Es war schon dunkel, und deshalb hatte er eine Laterne geholt und hinter ihnen auf den Boden gestellt. Die Schatten im Schnee waren lang und scharf. Dann hatte er leere Farbdosen mit Kies und Schnee gefüllt und sie ein Stück entfernt auf einem Holzstoß aufgestellt.

»Sieh her.«

Sie spürte jetzt eine ungewohnte Nähe zu ihm, eine Nähe, die sie jetzt leicht hätte durchkreuzen können, wenn nicht diese Waffe gewesen wäre, die zwischen ihnen lag und sie in einem Ungleichgewicht aneinander kettete, das ihm jedoch nicht auffiel.

Er hob ihren Arm und streckte ihn aus, drückte ihren Ellbogen gerade. Sein Gesicht war dicht bei ihrem, als er seine Hand um ihre und um die Pistole legte. »Sieh den Wipfel dahinten an. Kneif das linke Auge zu und dreh den Kopf.«

Er faßte ihr Kinn und drehte es. »Siehst du Kimme und Korn?«

»Ja.«

»Die müssen hintereinander liegen. So, mach das jetzt noch mal. Ich kann nicht durch dein Auge sehen. Das mußt du selber übernehmen.«

Er wartete ein wenig. Sie roch seinen Atem, Zigarettenrauch und Kaffee mit Milch und Zucker, ein süßer und stechender Geruch zugleich. Kimme und Korn schoben sich ineinander. Sie krümmte den Zeigefinger und drückte ab. Die Waffe schien ihr etwas in die Hand zu spucken, etwas Glühendheißes. Ihre Ohren dröhnten. Ihr Arm, der sich noch eine Sekunde vorher gerade und zielgerichtet ausgestreckt hatte, fuhr nun senkrecht in die Höhe. Ihre Finger waren kraftlos, doch seine Hand war noch immer da, hielt alles zusammen. Er brüllte:

»Scheiße!«

Keine der Farbdosen hatte sich gerührt.

»Ich habe vorbeigeschossen.«

»Stimmt, aber hast du denn überhaupt gezielt?«

»Kimme und Korn haben gestimmt.«

»Aber hast du dahinter auch die Farbdosen gesehen, verdammt?«

»Nein. Daran habe ich nicht gedacht.«

»Herrgott ... ich faß es nicht! Noch einmal. Und du mußt die Knarre auch festhalten, nachdem du den Schuß abgegeben hast. Sonst kann sich noch einer lösen, in eine ganz andere Richtung, als du gedacht hast. Und halt den Lauf immer von dir weg, weg von allem, das du nicht umbringen willst. Versuch es jetzt mal allein.«

Seine Hand verschwand. Jetzt hielt sie selber die Pistole, spürte zum erstenmal ihr Gewicht, sie war unglaublich groß und schwer.

»Ich kann Waffen nicht leiden. Ich finde das hier überhaupt nicht witzig.«

»Red kein Blech. Na los. Arm hoch.«

Der Arm zitterte. »Die ist so schwer.«

»Quatsch. Du mußt nur das Gleichgewicht finden.«

»Soll ich zuerst so nach hinten ziehen?«

»Nein. Jetzt kannst du sie leerschießen. Einen Schuß nach dem anderen, wenn du willst.«

Er trat beiseite. Sie senkte den Arm, der schon von der Anstrengung schmerzte. Er zeigte ihr, wie sie sich hinstellen sollte; breitbeinig, den linken Arm ein wenig nach hinten. »Stell dir einen Stock vor, der dich von oben nach unten durchbohrt, deinen Hals, deinen Körper, der unten zwischen deinen Beinen weitergeht ... Gleichgewicht ... Du mußt dein Gleichgewicht finden ... ja, so ist es gut ... schön ... und dann hebst du den Arm ... achte noch mal aufs Gleichgewicht ... den Rücken gerade ... gut ... tief

Luft holen ... jetzt achte auf Kimme und Korn und die Dose dahinter ... ausatmen ... und abdrücken ...«

Diesmal hörte sie den Schuß, nicht nur seinen Widerhall in ihren Ohren. Der Rückstoß jagte ihren Arm nach oben und ließ ihn dann wieder sinken. Die Farbdose ganz rechts war verschwunden. Er lief hinüber und fand sie auf dem Boden hinter dem Holzstoß. Rasch richtete sie den Lauf zum Himmel. Einige Hunde fiepten leise.

»Sieh an«, grinste er. »Du hast getroffen!«

Die Dose war durchlöchert. Das Metall hatte sich zu zackigen Spitzen verzerrt, schwarze Steinchen rieselten zusammen mit schmutzigem Schnee heraus.

»Schön, jetzt kann ich es«, sagte sie und reichte ihm die Waffe. »Jetzt will ich nicht mehr.«

»Findest du das nicht witzig?«

»Nein. Willst du mir nicht auch noch schnell den Stein zeigen?«

»Welchen Stein?«

»Den, mit dem kleine Hunde totge ...«

»Wir haben im Moment aber keine.«

»Nein, da hast du recht.«

Als er kurz darauf ins Haus kam, hatte er die Pistole bei sich, erwähnte den Stein jedoch mit keinem Wort. Er legte die Waffe auf den Küchentisch und zeigte ihr, wo er die Patronen aufbewahrte, bleischwere kleine Schachteln, deren Größe nicht mit ihrem Gewicht übereinzustimmen schien. Sie mußte mehrmals das Magazin herausnehmen und wieder einsetzen, ehe er zufrieden war. Ihr Daumen pochte und war feuerrot, weil sie so oft die Patronen gegen die widerspenstige Feder gepreßt hatte, in die Kammer, bereit zum Schuß. Danach mußte sie lernen, wie die Pistole nach Gebrauch wieder gesichert wurde.

»Nach Gebrauch? Ich werde sie doch gar nicht benutzen.«

»Die Tage können lang werden. Und dann kannst du dich damit amüsieren.«

Schließlich sagte sie: »Jetzt gehe ich schlafen.«

»Ich rauche noch eine, dann komme ich auch.«

Aber auch in dieser Nacht ließ er sie am Rand der Bettdekke enden. Vor dem Einschlafen murmelte er noch: »Du darfst nicht vergessen, hinterher die leeren Hülsen aufzusammeln. Sonst können die Hunde sie verschlucken.«

Das Auto erkannte sie, aber nicht den Fahrer, obwohl in seinem Gesicht bereits wieder braune Bartstoppeln sprossen. Die Windschutzscheibe war sauber, der Dachgepäckträger frei von toten Tieren. Dafür schlingerte ein Anhänger hinter dem Wagen her, als er auf dem vereisten Weg angeruckelt kam. Ein Berg aus gelbem Heu bedeckte den Anhänger und war kreuz und quer mit Schnur festgezurrt. Gleichwohl konnte sie auf dem Weg hinter dem Auto Heubüschel sehen, kurzes Berggras, das sich nicht völlig festschnüren ließ.

Sie gossen gerade Brühe in weiße Plastikkanister, als er kam. Sie hielt einen Trichter, er goß die Eimer aus und erzählte ihr, wo der Kanister mit dem Benzin für den Motorschlitten aufbewahrt wurde. Sie richteten sich auf und begrüßten ihn.

Dieses Gesicht. Er war ein Fremder. Nicht der, der zusammen mit ihnen im dunklen Schlafzimmer gewesen war. Sie konnte sich kaum noch erinnern, wie er dabei ausgesehen hatte. Ich bin jetzt ja nur eine Arbeitskraft, erinnerte sie sich, eine Hundewärterin ohne Unterleib. Da unten wird alles wieder zuwachsen, Wundränder, die sich schön zusammenfügen, so daß der nächste Mann mich mit einer Machete aufschlitzen muß.

Sie hatte am Vorabend halbherzig angefangen sich selbst zu streicheln, nachdem er eingeschlafen war, hatte versucht, sich Bilder vorzustellen – alles Mögliche von Windmühlen und verdreckten Händen bis zu Pfählen, die eingebuddelt werden mußten, aber es klappte nicht so recht, und sie hatte aufgehört, ihre Brustwarzen zu massieren, lange bevor sie richtig erregt gewesen war. Stattdessen hatte sie den schmerzenden Daumen in den Mund gesteckt und an ihm gesaugt. Er war glühendheiß und geschwollen gewesen.

»Wo soll das Heu hin?«

»Hierher. Zuerst auf die Hotelplattform.«

Automatisch ging sie hinter ihnen her, um zu helfen. Toivo sah sie nicht an. Sie redeten inzwischen von dem Rennen. Toivo wußte von anderen, die sich angemeldet hatten. Sie ließ die Männer reden. Sie öffneten die kleinen Türen der Hundekammern auf dem Anhänger im Schuppen und stopften Heuwische hinein. Sie sah zu, wieviel man nehmen mußte, und machte es ihnen nach. Die kleinen Kammern rochen ziemlich streng. Sie konnte nicht begreifen, wie ein großer Schlittenhund hier Platz finden sollte. Sie verteilte das Heu auf dem Boden. Als sie fertig waren, trugen sie den Rest zu der Plane, unter der der Motorschlitten versteckt gewesen war.

»Kaffee?«

»Da sage ich nicht nein«, antwortete Toivo.

»Dann fahre ich inzwischen einkaufen«, sagte sie, »für die Zeit, in der ich hier allein bin.«

Sein Wagen stand im Weg. Er mußte ein Stück zurücksetzen, damit sie ihr Auto in die richtige Richtung drehen konnte. Eigentlich hatte sie noch einen Tag mit dem Einkaufen warten wollen, aber sie konnte plötzlich den Gedanken nicht ertragen, mit ihnen in der Küche zu sitzen und sie über dieses verdammte Rennen reden zu hören, zu dem sie kein Verhältnis hatte, abgesehen davon, daß sie währenddessen allein sein würde, mit achtzehn Hunden, einem Motorschlitten und einer Pistole, mit der sie Farbdosen umnieten konnte.

Sie hatte sich schon am Vortag eine lange Liste gemacht, hatte nach ihrem Sieg über den Motorschlitten einen großen Zettel vollgeschrieben. Ganz oben stand Bier, darunter Brot und Krabbenkäse, Eintopf in Dosen, Kaffee und Milch, Zwiebeln, Kaviarpaste und Majonäse, Fladenbrot. Sie hatte zweimal »Bier« geschrieben, das entdeckte sie im Laden, als sie vor der Gefriertruhe stand und Tiefkühlpizza in ihren Einkaufswagen lud, die abgelaufen und deshalb herabgesetzt war.

Es war ein merkwürdiger kleiner Laden, vollgestopft mit Waren. Schrauben und Werkzeug neben den Backwaren, Angelausrüstung und Thermoanzüge neben Zigaretten und Schokolade. Gegenstände, die in hohen Regalen aufgestapelt waren. Eng, entsetzlich eng. Drei ältere Männer standen vor der Angelausrüstung und unterhielten sich. Sie kämpften mit einer Schnur, die sie aus einer Spule zerrten. Die Angelschnur war ungewöhnlich dick, fast wie ein kreisrundes Gummiband. Sie hielt inne. Zweimal Bier auf demselben Einkaufszettel, das hatte etwas zu sagen. Sie würde fragen müssen.

»Hallo.«

Die Männer starrten sie an. Sie versuchte es mit einem Lächeln. Alle drei glotzten auf ihren Overall. Den roten, der hier gekauft worden war, das mußten sie doch zu schätzen wissen, dadurch gehörte sie fast zu ihnen, auch wenn sie in ihrem Leben noch keine so komische Angelschnur gesehen hatte.

»Warum ist die so dick?«

Sie starrten ihr erst ausgiebig ins Gesicht, ehe sie alle

zugleich die Blicke zur Schnur senkten, als ob auch ihnen diese Frage plötzlich zu schaffen mache. Dann räusperte sich der eine. »Die soll schwimmen«, sagte er, als ob das die Sache erkläre.

»Ach so. Ja ... ich ... ich wüßte eigentlich ganz gern ... wo kann man hier ... ich meine ... gibt es hier irgendwo Schnaps? Zu ... kaufen?«

Drei Paar Füße scharrten unruhig über den Boden.

»Wohnen Sie nicht auf dem Hof unten am Wald ... dem mit den Hunden?«

»Ja.«

»Zusammen mit ...«

»Ja.«

»Aber der kauft doch immer bei ...« Sie tauschten unsichere Blicke. Sie sagte ganz schnell: »Der muß jetzt zu einem Hunderennen ... hat soviel im Kopf ... und wenn ich das selber erledigen kann, dann ...«

»Kommen Sie mal kurz mit«, sagte der mit der Schnur. »Sind Sie fertig mit einkaufen?«

»Fast.«

»Ich warte draußen. Blauer Pritschenwagen. Fahren Sie einfach hinter mir her.«

Es war ein ganzes Ende. Aber endlich, mitten auf einem langen, geraden Stück Straße, sah sie hinter verstaubtem Glas das orange Licht aufblinken. Sie verließen die Hauptstraße und fuhren über eine winzige, holperige Stichstraße auf ein weißes Haus zu. Sie saß mit dem Geld in der Hand im Auto, bis er wieder zum Vorschein kam. Sie kurbelte das Fenster herunter.

»Wieviel?«

»Ein Liter.«

»Nein, ich meine ... wieviel kostet das?«

»Das, was Sie in der Hand haben, reicht aus.«

Er reichte ihr durch das Fenster eine grüne Plastikflasche. »Vielen Dank, toll.«

»Über neunzig Prozent. Der muß verdünnt werden.«

Auf der Heimfahrt entdeckte sie im Westen Wolken. Eine tiefhängende Decke, wie ein Rest Milch auf dem Boden eines Glases.

Toivo war nicht mehr da. Er dagegen stand mitten im Zwinger und versuchte, einen Hund anzuschirren. Sie hielt vor dem Rentierfell an der Wand. Es trocknete jetzt langsam, und zum ersten Mal sah sie das Einschußloch, weit oben auf der rechten Seite.

Er konnte sie nicht sehen, und sie lief schnell mit der grünen Flasche in den Schuppen und versteckte sie zwischen Sommerreifen und Bretterwand. Sie stand schon wieder beim Auto, als sie das Schnappschloß der Drahttür hörte.

»Du hast aber lange gebraucht.«

»Ich mußte ja auch viel einkaufen. Bin mit ein paar Leuten ins Gespräch gekommen.«

»Ich dachte, du magst den Laden nicht.«

»Weißt du, daß es Angelschnüre gibt, die schwimmen können?«

»Ja.«

»Und jetzt ziehen Wolken auf.«

»Du hast ja eine Menge erlebt.«

»Vielleicht gibt es Schnee.«

»Der kommt für mich ein bißchen spät. Es ist noch schlimmer, wenn ich bei Schneegestöber fahren muß.«

Er nahm einige Tüten aus dem Wagen.

»Das klirrt vielleicht!«

»Bier.«

»Ziemlich viel?«

»Du ... wie kommst du beim Rennen eigentlich allein mit den Hunden zurecht? Beim Start und so?«

Er ging vor ihr und blickte sich nicht um, als er sagte: »Irgendwer hilft immer ... beim Start. Und bei einem Rennen schlafen die Hunde im Gespann.«

Frauen, dachte sie plötzlich, es waren Frauen dabei, als es alles anfing. Sie hatte ihn selbst mit dem Wagen losfahren sehen, hatte Wildheit und Spannung und die wilde Fahrt beobachtet. Natürlich waren Frauen dabei. Frauen, die ihr Geschlecht hinter einem groben Umgang mit Hunden und Geschirr verbargen und die zu den Männern dazugehörten. Sicher holte er sie sich normalerweise bei den Rennen und nicht von der Landstraße.

»Sind eigentlich keine Frauen dabei, die selbst Hundegespanne fahren?«

»Doch, massenhaft. Und wenn ich zurück bin, lernst du das auch.«

»Sind sie stark?«

»Stark im Kopf. Mehr ist dazu nicht nötig.«

»Sind auch Frauen beim Rennen, die zuschauen ... dabei sind und aushelfen?«

»Ja. Ich habe die Eimer saubergemacht.«

»Die Eimer? Wieso denn?«

»Die mußt du mit Wasser füllen. Für den Fall, daß die Köter aufeinander losgehen.«

Sie hielt nach den Baumwipfeln Ausschau, als sie ins Haus ging. Von hier aus waren keine Wolken zu sehen. Nur ein blaßweißer Himmel, an dem einige schwarze Vögel mit stumpfen Flügelspitzen kreisten, in einer langsam sinkenden Spirale unterwegs durch die Luftschichten. Sie erinnerten sie plötzlich an Geier. Sie schauderte leise und lief rasch hinter ihm her in die Küche.

In dieser Nacht war plötzlich seine Hand da. Sie hatte ihm den Rücken zugekehrt, lag auf ihrer Seite und stellte sich schlafend. Er streichelte ihr nicht die Wange, die Haare oder die Schultern, sondern umfaßte ihre eine Brust und hielt sie eine Weile fest. Sie rührte sich nicht, lag mit trokkenen Augen da und starrte in die Finsternis. Er ließ seine Hand tiefer nach unten gleiten, fand ihre eine Pobacke und drückte vorsichtig zu. Ein Zittern durchlief sie von den Fersen bis nach oben. Sie schluckte und merkte, daß ihre Schläfe an der Stelle zu hämmern begann, wo sie auf den Boden aufgeschlagen war.

Sie lauschte wie besessen, ohne sich auch nur einen Millimeter zu bewegen. Noch einmal mußte sie schlucken, lautlos. Und dann hörte sie ein rhythmisches Rascheln des Bettzeugs, das Bett vibrierte leise. Und weißglühende Blitze jagten von ihrem Schritt in ihre Brüste, als ihr aufging, daß er onanierte. Sie horchte auf den Takt: Erst lange, zähe Züge, dann schneller, genau so, wie sie es selber gerne hatte. Ruhig atmen, dachte sie, ein und aus, ein und aus.

Von ihm war kein Laut zu hören; keinen Atemzug, nicht einmal ein unterdrücktes Stöhnen konnte sie aufschnappen. Der Rhythmus steigerte sich jetzt, dann kam er gänzlich zum Erliegen. Erneutes Geraschel. Sie begriff, daß er sich mit einem Griff das T-Shirt auszog. Sie wußte nicht, wie lange es ihr noch gelingen würde, so zu liegen, ohne richtig tief Luft zu holen. Oder sollte sie sich umdrehen? Sich zur Stelle melden? Nein, sie kannte ihn jetzt nicht. Das hier gehörte nur ihm, nicht ihr. Und nun kam er. Sie hörte ihn leicht keuchend atmen und kniff mit aller Macht die Augen zusammen, sah, wie grüne und rote Flecken aus einem kreisrunden Zentrum gepumpt wurden. Sie biß die Zähne aufeinander, bis sie knirschten. Schluckte und schluckte, immer wieder. Die Zunge klebte steif und trokken an ihrem Gaumen, ihre Augen standen voller Tränen.

Er rollte sich weg, hustete, seufzte. Sie hörte, wie sein T-Shirt zu Boden fiel. Nach wenigen Sekunden schnarchte er.

Sie rutschte an die Bettkante, drehte sich auf den Rücken und starrte in die Dunkelheit, während sich jeder Muskel in ihrem Körper mit Milchsäure füllte. Sie hätte es nicht eine einzige Sekunde länger ertragen können.

Langsam fand sie selber den Weg, zögerte kurz über der Bauchwölbung und begann, sich selbst zu streicheln.

Morgen packt er, dachte sie. Und in anderthalb Tagen fährt er.

Sie wurde wach, als er mit dem T-Shirt in der Hand um das Bett herum ins Badezimmer ging. Er hatte es sehr sorgfältig zusammengeknüllt. Ich weiß Bescheid, hätte sie sagen können, ich weiß, was du nachts treibst. Und plötzlich war es wieder da: Das Verlangen nach ihm.

»Ist der Himmel jetzt bewölkt?« fragte sie.

»Keine Ahnung. Ich hab noch nicht aus dem Fenster geschaut.«

»Sieh mal nach, wie kalt es ist.«

Sie hörte ihn in der Küche herumtapsen. Hörte, wie er den Herd andrehte, wie Wasser in den Kessel floß.

»Sieben Grad unter Null.«

Dann ging er unter die Dusche. Sie krümmte sich in Embryostellung zusammen, hörte das Wasser auf den Boden platschen.

Er pfiff. Sie war total genervt, bis ihr aufging, daß der Wasserkessel auf dem Herd diesen Lärm produzierte, nicht er. Auf nackten Füßen lief sie hinaus und nahm ihn von der Platte, gab eine Menge Kaffee hinein, wie jeden Morgen. Dann nahm sie einen Topf und füllte ihn mit Milch, stellte ihn auf den Rand der Platte, schaute aus dem Fenster und rieb die Fußsohlen an ihren Waden, um sie von Sand zu befreien.

Zwischen den Baumwipfeln konnte sie die niedrige Wolkendecke erkennen, die ihr gestern auf der Heimfahrt vom Laden aufgefallen war. Die Wolken stiegen jetzt höher, kamen näher.

Plötzlich stand er vollständig angezogen vor ihr. »Ich fahr einkaufen. Kommst du mit?«

»Keine Lust. Willst du nicht erstmal einen Kaffee?«
»Lieber danach. Brauchst du was aus dem Laden?«
»Nein.«
»Keine Binden oder ...«
»Nein!«
»Dann mach so lange Feuer im Ofen.«

Als sie seinen Wagen nicht mehr hörte, lief wie wieder zum Bett und preßte ihr Gesicht in sein Kissen, roch Haut und Schlaf und Haar. Sie streichelte sich selbst, erregt von dem Geräusch, das sie dabei auf dem Bettzeug produzierte, ein rhythmisches Geraschel, das sich zu einer zäh schwelenden Flamme hocharbeitete, die ihr bis in die Zungenspitze brannte. Und sie dachte: Klar doch, jetzt habe ich Feuer im Ofen gemacht.

Um den Anhänger auf den Hof zu schaffen, brauchte er ihre Hilfe. Er fuhr mit dem Wagen vor und setzte zurück. Die Befestigung für den Anhänger wartete schon. Er riß die Schuppentür sperrangelweit auf, und dann zogen sie, jeder auf seiner Seite. Der Anhänger hatte sich noch keine zehn Zentimeter aus dem Schuppen bewegt, als der ganze Hof in einem kläffenden Inferno zu explodieren schien. Die Hunde standen auf den Hinterbeinen und sprangen brüllend in die Luft. Einzelne nahmen sogar Anlauf und versuchten, über den Zaun zu springen. Sie krümmten sich und warfen sich hoch, versuchten verzweifelt, ihre Füße unter Kontrolle zu bekommen, wenn sie gegen den Zaun prallten. Mehrere landeten danach auf dem Rücken, was sie aber auch nicht entmutigte. Sie waren sofort wieder auf den Beinen und versuchten mit einem weiteren Sprung ihr Glück.

Er brüllte sie nicht an. Sie waren jetzt doch nicht mehr zur Vernunft zu bringen.

»Hättest du mit dem Anhänger nicht bis heute abend warten können?«

»Nein. Ich muß den Schlitten darauf befestigen. Alles muß fertig sein.«

Erst nach einer halben Stunden beruhigten die Hunde sich ein wenig. Sie hatten sich heiser gebellt, und ihr letztes ohnmächtiges Geheul klang rauh und trocken. Doch sobald er den Schlitten brachte und ihn mit ihrer Hilfe auf den Anhänger hob, ging der Lärm gleich wieder los, ebenso wahnwitzig wie eben. Diesmal hörten sie schneller wieder auf. Sie rannten zu ihren Wassernäpfen und tranken gierig. Schaum und Speichel floß aus ihren Schnauzen, ehe sie zu keuchenden Pelzhaufen zusammenbrachen, strategisch plaziert, und mit gutem Ausblick über den Hof.

Er war jetzt eifrig, hektisch, bewegte sich schnell. Führte Selbstgespräche, drehte Zigaretten, die er beiseitelegte und vergaß. Immer wieder fuhr er sich mit den Fingern durch die Haare, starrte lange in den Futterraum, hob einen Riemen hoch, ließ ihn wieder fallen, murmelte und nickte und drehte sich neue Zigaretten, von denen der Tabak herunterrieselte.

»Soll ich dir bei irgendwas helfen?«

»Wasser. Sie haben nach dem Radau von eben bestimmt alles ausgetrunken, obwohl sie heute früh neues Wasser bekommen haben. Letzte Nacht war alles eingefroren. Ich mußte Plastiknäpfe nehmen, damit ihnen nicht die Zungen anfrieren.«

Die Hunde sahen sie nicht an, wollten sie nicht begrüßen und wichen mit den Köpfen aus, weil sie ihnen die Aussicht versperrte, als sie ihnen gelbe Plastikschüsseln mit frischem Wasser brachte.

Mit starrem Blick folgten sie all seinen Bewegungen. Sie spitzten die Ohren, wenn er hustete, wedelten mit dem Schwanz, wenn er zufällig in ihre Richtung sah, lagen wie auf Kohlen, um ja nichts zu verpassen. Sogar Lady schien sich einzubilden, sie könne mitkommen; sie wurde von dem Rausch der Erwartung mitgerissen und sperrte über ihrem kleinen Halblächeln die Augen auf.

Sie beugte sich über sie, streichelte sie und flüsterte: »Du darfst nicht mit ... auch du nicht.«

Lady wedelte zur Antwort kurz und ungeduldig mit dem Schwanz und blickte nicht einmal auf.

Er belud das Auto bis zum Rand. Eine Stirnlampe wurde in einen Pullover gewickelt und auf das Hundefutter gelegt.

»Was willst du damit?«

»Vielleicht muß ich nachts fahren. Falls es zu warm wird.«

»Geht das denn?«

»Nerv nicht rum.«

Sie fing an, die Metallnäpfe zu spülen, aus denen die Hunde bisher getrunken hatten, machte sie langsam und gründlich sauber, legte sie umgedreht in Reih und Glied um das Spülbecken herum und horchte. Ein Napf fiel ihr auf den Boden. Die Begegnung von Metall und Beton hallte im Raum wider, wurde zu einem dünnen Geräusch, das wie eine Nadelspitze hinter der Stirn stach. Sie schloß die Augen und drückte mit einem nassen Daumen und Zeigefinger dagegen, und in der plötzlichen Dunkelheit sah sie ihn mitten in der Nacht hinter vierzehn Hunden stehen, mit einer Stirnlampe, die Varg mit einem schwankenden Lichtkegel voll im Nacken traf. Nerven, sie wollte nicht nerven. Es gab überhaupt keinen Grund zum Nerven. Es würde schon gut gehen, ziemlich gut sogar.

Plötzlich stand ihre Zahnbürste allein in dem roten Plastikbecher im Badezimmer. Die Zahnpasta war verschwunden. Sie ging zu ihm nach draußen.

»Ich hab keine Zahnpasta.«

»Hättest dir ja welche kaufen können. Gestern. Oder mir heute Bescheid sagen, als ich einkaufen war.«

»Kann ich nicht ein bißchen herausdrücken?«

Genervt wühlte er auf dem Rücksitz herum und fluchte vor sich hin, bis er die Tube fand, und sagte: »Bring die Fetttüten mit, die hängen an der Wand. Und zwei Kanister Brühe.«

»Nur zwei?«

»Den Rest können die hier zu Hause haben.«

Sie gehorchte. Danach ging sie ins Badezimmer, drückte Zahnpasta in eine Kaffeetasse und sah dann zu, wie der weiße Kringel sich verschob und eine gleichmäßige Oberfläche bildete. Sie fühlte plötzlich, daß sie weinen mußte, und sah in den Spiegel, sah ihre Augen an. Sie zwang sich, sich anzustarren, bis sie ganz sicher war, dort keine Tränen mehr zu sehen.

Als sie ihm die Tube reichte, glotzte er sie einen Moment lang verständnislos an. Er hatte vergessen, daß er sie ihr gegeben hatte, und sie wußte, daß mehr nicht von ihm kommen würde, mehr nicht, ehe er fuhr, mehr nicht, ehe er in neun Tagen zurückkommen würde, im Grunde war er schon weg, er sah sie nicht, sie war einfach unsichtbar, ein Nicht-Mensch. Gut, daß sie Schnaps gekauft hatte.

Im Haus packte er Kleider und Essen zusammen. Konservendosen, Brot, Butter, Käse und tiefgefrorenes Fleisch. Zucker, Teebeutel und Kaffee. Dann legte er verschiedene Papiere in Mappen. Sie setzte sich an den Küchentisch und hörte auf mit ihren Versuchen, ein Gespräch in Gang zu bringen, antwortete nur so genau sie konnte, wenn er fragte, wo etwas zu finden sei. Im Korb mit dem Feuerholz fand sie eine Zeitung und einige alte Broschüren. Planlos blätterte sie darin herum, kochte neuen Kaffee, übersah ihn, um ihm zu verstehen zu geben, daß sie ihn nicht stören wollte, daß sie wußte, wie wichtig es sei, daß sie mit allem fertig würde, stark und gleichgültig, während er über die Hochebene jagte und sie hier alleinließ.

»Das Barometer zeigt Tiefdruck an«, sagte er.

Sie räusperte sich, fand einen brauchbaren Tonfall. »Dann wird es wohl schneien?«

»Glaub schon.«

»Es ziehen auch Wolken auf. Hörst du dir nie den Wetterbericht an?«

»Nein, ich ärgere mich bloß darüber ... wenn er nicht stimmt ...«

»Fällt dir sonst noch was ein, woran ich denken soll?«

»Du mußt für alle Fälle immer Wasser in den Eimern haben. Die Pistole liegt auf dem Schreibtisch. Und auch die Patronen.«

»Vergiß die Pistole. Nie im Leben werd ich ...«

»Und wenn es kalt ist, mußt du vor dem Schlafengehen ordentlich durchheizen, sonst frieren die Wasserleitungen ein. Und den Futterraum mußt du auch immer warmhalten, sonst friert es da auch. Das Heu kannst du ... ach was, das mach ich noch schnell ...«

Er ging nach draußen. Sie folgte ihm mit ihrem Blick, als er zuerst mehrere Ladungen altes Heu zum Waldrand brachte und danach frisches aus dem Schuppen holte und in den Käfigen verteilte. Seine Haare standen zu Berge, seine Jeans waren in den letzten Tagen womöglich noch mehr eingedreckt, und seine Hände ... Sie schloß die Augen, dachte: Ich werde nicht darum bitten. Ich werde nicht weinen, und ich werde nicht darum bitten. Seine Hände sollen betatschen, was sie wollen: Heu und Riemen und Konservendosen und Stirnlampen und Tüten voll Fett ... geronnenes eiskaltes Fett, das er mit viel Mühe zerbrechen muß, damit es die richtige Größe hat ...

Abends aßen sie Spiegeleier. Er hatte keinen Hunger. Zusammen starrten sie aus dem Fenster die Wolken an, die den ganzen Himmel bedeckten und ein weißes Licht ohne Schatten warfen. Die Häuser lagen matt und farblos da, die Hunde schienen ineinander zu verschwimmen, wie sie da zusammengedrängt hinter dem Zaun schliefen, einen leichten, oberflächlichen Schlaf, der auf Geräusche aus dem Haus zu warten schien.

Er ging früh ins Bett. Sie blieb noch eine Weile sitzen. So spät hatte sie hier noch nie allein gesessen. So wird es sein, dachte sie, wenn ich hier einsam in einem nachtstillen Haus bin. Sie holte sich ein Bier, dann noch eins, und sie ging erst ins Bett, als sich der weiche Schleier um ihre Gedanken gelegt hatte, den sie brauchte, um Abstand zu diesem Rücken zu halten, der wie eine uneinnehmbare Felswand im Bett aufragte. Wenn sie auch nur ein Bier mehr getrunken hätte, dann hätte sie ihn angefaßt, hätte ihn in ihre starken Arme und Beine gewickelt und erst losgelassen, nachdem sie ihn in sich aufgenommen hätte.

Dann hätte sie nicht darum gebeten. Sie hätte es sich einfach genommen.

Nachts kam der Schnee. Dreißig Zentimeter auf einmal. Sie wurde vom Schneepflug und von den tobenden Hunden geweckt, die beides melden wollten, den Schnee und den unerwarteten Besuch. Die Wolken hingen tief und schwerbeladen am Himmel, sie hatten noch viel mehr Schnee auf Lager. Die Scheibe beschlug, als sie am Küchenfenster stand und das Blinklicht anstarrte, das sich gelb über die Wände ergoß. Der Schneepflug schob den Schnee zwischen die Schuppen und nicht zum Waldrand, wo sich der Hundekot auftürmte. Er war wohl nicht zum ersten Mal hier und wußte, wo die Pfähle standen. Sofort bedeckte hinter dem Fahrzeug neuer Schnee den Boden, und nur mit Mühe konnte es beim Wenden dem Wagen mit dem Anhänger entgehen. Danach verschwand es mit leisem Gebrumm, den Pflug voraus wie ein hungriges Fischmaul.

Die Hunde glotzten hinterher und pusteten sich Schnee von der Schnauze. Sie steckte den Kopf zur Tür heraus, um ein wenig Schnee einzufangen. Die Flocken schmolzen, und sie leckte sie auf. Nach nur wenigen Sekunden fielen sie noch dichter.

Es war sieben Uhr morgens und noch dunkel, nur der Schnee erhellte den Hof und sammelte sich zu wachsenden Wolken aus weißen Punkten um die Hoflaterne über der Treppe und die kleinere Lampe beim Zwinger. Sie hörte einige Hunde ungeduldig winseln. Sie wußten, daß das Frühstück bevorstand. Und sie hatten ihr Gesicht hinter dem Fenster und in der Tür gesehen. Zumindest einer von ihnen, und deshalb wußten alle Bescheid.

Er stand im Badezimmer. Die Tür war abgeschlossen. Vielleicht rasierte er sich jetzt. Ihr fiel ein, daß er niemals nackt im Haus herumlief.

Sie zog sich rasch an, spritzte sich in der Küche kaltes Wasser ins Gesicht und kochte Kaffee. Sie schmierte ihm gerade Brote, als er kam.

»Wieviele Brote soll ich dir machen?«

»Zehn. Hast du schon Feuer gemacht?«

»Noch nicht.«

»Ich geh erst mal Schnee schippen. Und die Hunde füttern.«

»Fütterst du sie alle?«

»Klar. Aber ich brauche nachher Hilfe, um sie auf die Hotelplattform zu schaffen. Ich rufe dich dann.«

Die Lebertranflasche war halbvoll. Sie holte sich nicht erst einen Löffel, sondern trank einen Schluck direkt aus der Flasche und setzte gleich darauf den Kaffeebecher an den Mund. Süßer, mit viel Milch gemischter stärkender Kaffee. Draußen machte er sich am Auto mit einer Schneeschaufel zu schaffen und stieg auf den Anhänger, um Schnee vom Schlitten zu fegen. Viel Schnee war dort nicht liegengeblieben, und beim Fahren würde das Wenige weggeweht werden. Er schippte auch die Pfähle frei und machte für sie einen kleinen Pfad zum Kothaufen. Sie sah sich alles genau an und wollte wissen, welche Wege durch den Schnee die praktischsten und rationellsten waren. Denn es würde noch eine Weile dauern, bis diese Wolken leer sein würden. Da rief er sie. Mehrere Hunde antworteten mit einem überraschten Kläffen, doch er wollte sie. Eilig stieg sie in Thermoanzug und Stiefel.

»Bist du mit dem Füttern schon fertig?«

»Nein, ich habe statt dessen Schnee geschippt. Fang du doch einfach schon mal an. Deshalb hab ich dich gerufen. Ich muß bald los. Versorg meine vierzehn zu erst.«

Seine vierzehn. Also gehörten die restlichen achtzehn jetzt wohl ihr. Es hatte angefangen. Sie verteilte mit erfahrenem Blick Trockenfutter und gab Rentierbrühe dazu. Seine vierzehn bekamen etwas mehr. Die Hunde wußten noch nicht, wer die Auserwählten waren. Rasch machte sie sich ans Füttern der vierzehn, die mitkommen sollten. Sie standen im selben Zwinger, ausgenommen die drei jüngsten Streithammel, die in eigene Käfige gesperrt worden waren.

»Eßt!« sagte sie. »Eßt und trinkt und macht, daß ihr fertig werdet ... er möchte gern unterwegs sein, bevor der Weg wieder zuschneit.«

Sie verschlangen aufgeregt die braunen Kugeln, schleckten mit wirbelnder Zunge die Brühe in sich hinein und starrten mit mißtrauischen Blicken und in regelmäßigen Abständen einander und das Fahrzeug an. Er durfte sie nicht allein lassen. Er durfte nicht losfahren, während sie hier mit dem Essen beschäftigt waren! Varg näherte sich seinem Napf erst, als sie mehrere Meter weit weggegangen war. »Gute Fahrt«, flüsterte sie. »Gute Fahrt, du merkwürdiger Hund, jetzt hast du ihn acht Tage lang für dich.«

Den Hunden im anderen Zwinger kamen langsam böse Ahnungen. Konnte es möglich sein, daß er die anderen mitnehmen wollte und nicht sie? Lady stand mitten unter ihnen und starrte ausgesprochen mißtrauisch vor sich hin.

Und als sie mit den Freßnäpfen hereinkam, wurde ihr eine intensive Aufmerksamkeit zuteil, als wollten sie sie zur Fürsprecherin haben, die dem Idioten erklären sollte, daß auch sie einen Schlitten ziehen konnten, zur Hölle und zurück, falls das nötig wäre. Das Essen brachte sie jedoch für einen Moment auf andere Gedanken, und sie konnte die Tür hinter sich zuziehen und zum Haus hinüberblicken.

Er saß am Küchentisch. Eine vornübergebeugte Silhouette mit einem Kaffeebecher vor dem Gesicht, gelbes Licht von der Deckenlampe umströmte seine Schultern. Das Fenster wurde zu einem Bild an einer schwarzen Wand, vor dem weiße Schneeflocken herabrieselten. Er blickte nicht aus dem Fenster, interessierte sich kein bißchen dafür, was sie gerade machte.

Der ganze Hof war in Stille eingehüllt wie in Watte, und im Osten war ein schwacher Streifen Morgendämmerung zu ahnen. Sie holte ganz tief Luft und hielt sie an, bis ihr schwindlig wurde. Der Geruch von Hundekot sickerte jetzt aus den Zwingern, von Hundekot, den sie entfernen würde, wenn er ein wenig gefroren war und nicht mehr so stank.

Sie sah, wie er aufstand und ins Wohnzimmer ging. Dort liegt die Knarre, dachte sie. Vielleicht sollte ich sie jetzt holen und die Autoreifen in Fetzen schießen?

Sie begegneten sich in der Tür. In den Armen trug er ein altes Rentierfell. Einige der langen weißen Haare hatten sich gelöst.

»Was willst du denn damit?«

»Als Sitzunterlage, am Lagerfeuer. Hilf mir jetzt mit den Hunden.«

Der Motor lief im Leerlauf. Die Scheinwerfer vorne bohrten zwei verschneite Lichtkegel in die Dunkelheit. Die Abgase brannten in der Nase, und die Hunde warfen sich gegen den Zaun, heulten wie wild und machten kurze Ausfälle gegeneinander, alle wollten so nah wie möglich an die Tür heran. Varg war der einzige, der still stand und wartete, ein Stück entfernt, mit gespitzten Ohren und zusammengekniffenen Augen. Er schüttelte sich nicht einmal in regelmäßigen Abständen den Schnee aus dem Fell, denn er wollte sich nicht die Zeit nehmen, um in diesen wenigen Sekunden die Augen zu schließen.

»Du brauchst sie nicht am Halsband zu packen. Die laufen jetzt nicht weg. Mach einfach die Käfige auf und lenk sie in die richtige Richtung.«

»Können die wirklich bis zu den obersten Käfigen hochspringen?«

Er lachte. »Ja – darauf kannst du Gift nehmen!«

Sie schafften es. Die Hunde streckten sich im Sprung wie Löwen im Zirkus. Die kleinen Türen hätten brennende Reifen sein können, sie kamen mit ihnen nicht in Berührung. Im Nu waren sie drinnen, drehten sich um hundertachtzig Grad, sanken mit einem entzückten, keuchenden Grinsen in sich zusammen und gerieten nicht in Panik, als ihnen die Tür vor der Nase zugeknallt wurde. Fasziniert öffnete sie dem nächsten Hund die Tür, er ließ einen nach dem andern aus dem Zwinger, und immer wiederholte sich dasselbe Schauspiel. Die Hotelplattform war bald vom Keller bis zum Dachboden bewohnt, und aus den kleinen Luftlöchern stieg hektisch der Dampf von vierzehn Schnauzen, die auf Reise gehen würden, zu einem Rennen, um zu zeigen, was sie taugten, obwohl sie jetzt seit zwei Wochen nicht mehr richtig trainiert hatten. Die Pfoten sind jedenfalls in Ordnung, dachte sie, an den Pfoten soll es nicht liegen.

Er setzte sich ins Auto und kurbelte das Fenster herunter. Sie starrte die Punkte in seinem Isländer an und fing an, sie zu zählen. Sie war erst bis neun gekommen, als er sagte:

»Jetzt fahr ich.«

Er hätte sich aus dem Fenster beugen und den Schnee von ihren Haaren wischen können, aber beide Arme lagen um das riesige Lenkrad und wollten los.

»Das seh ich. Rufst du an?«

»Glaub ich nicht.«

»Hat ... Toivo ein Telefon?«

»Nein, Toivo? Wieso willst du das wissen?«

»Falls ich irgendwelche Hilfe brauche.«

»Ich habe dir doch alles gezeigt. Das ist doch nicht die Welt. Du schaffst das schon. Jetzt kannst du heulen, soviel du willst, und niemand sieht es.«

Er lachte und ließ den Motor an. Fuhr los.

Sie hatte es wohl nicht so ganz geglaubt. Daß sie wirklich hier stehen und zusehen würde, wie er losfuhr. Über den frischgeräumten Weg mit einem riesigen Anhänger voller Hunden in Käfigen, wie ein Bienenkorb.

Die übrigen Hunde kläfften vor sich hin, fiepten und liefen wild durcheinander, um sich anderswo am Zaun aufzustellen, so als ob sie ihm dadurch näherkommen würden.

»Fresse halten!« rief sie. »Hinlegen und Fresse halten!«

Achtzehn verblüffte Schlittenhunde drehten sich zu ihr um. Sie stapfte die Treppe zur Küche hoch und schüttelte ihr Haar wie ein Hund. Schnee stob gegen die Wände und auf den Fußboden, sie legte neues Holz in den Ofen, zog sich aus, drehte den Herd aus, knipste die Deckenlampe aus und ging ins Bett.

Es war schon ziemlich spät am Tag, als sie erwachte. Sie schlug die Augen auf und konnte sich kaum bewegen. Ihr Körper schien ihr tonnenschwer, und ihr Kopf war noch schwerer, als sie die Beine über die Bettkante fallen ließ und ihren Oberkörper zum Sitzen zwingen wollte. Das Zimmer war eiskalt, das Laken blutdurchtränkt. Sand knirschte unter ihren Füßen, als sie mit einer Hand im Schritt ins Badezimmer lief.

»Mist«, murmelte sie, »verdammter Mist ...«

Sie machte sich nicht die Mühe, sofort das Laken zu wechseln, sie hatte mit sich genug zu tun. Am ersten Tag war es immer besonders schlimm, es dauerte aber nie länger als drei Tage. Das würde sie überleben. Aber gerade an diesem Tag hätte sie gern darauf verzichtet. Ihr Körper war noch immer schwer, sie konnte sich nur langsam bewegen. Sie starrte unendlich lange denselben Punkt an, ehe ihr Blick weiterwanderte, wie bei einer Echse auf Fliegenjagd. Sie atmete mit halboffenem Mund und konzentrierte sich auf die Krämpfe, die Blut aus ihrem Unterleib treiben sollten, die Schleimhaut einer Gebärmutter, die sich auf etwas ganz anderes vorbereitet hatte. Sie dachte: Ich besaufe mich, lieber das, als Tabletten zu schlucken und zu kotzen. Aber das kann ich nicht, ich muß heute abend die Hunde füttern, ich kann nicht einfach ...

Sie beschloß, sich gleich nach der Abendrunde vollaufen zu lassen.

Der Hof war schon fast wieder zugeschneit, zehn neue

Zentimeter bedeckten die scharfen Kanten, die der Schneepflug hinterlassen hatte. Die Wolken waren dunkelgrau und bedrohlich. Sie ging wie eine Schlafwandlerin zur Schneeschaufel und zog sich die Mütze tief in die Stirn, streifte die Handschuhe über, schob die Schaufel ziellos durch den Schnee. Sie schippte an den seltsamsten Stellen Schneehaufen zusammen, konnte aber einen Weg zum Schuppen freilegen, in dem der Motorschlitten stand, zur Drahttür und zum Futterraum, zu den Pfählen und weiter zu den Kothaufen. Als sie fertig war, legte sie die Schaufel vor die Drahttür. Und langsam, während ihr der Gedanke kam, daß sie doch eigentlich ziemlich clever sei, nahm sie sich einen Spaten und füllte die Schneeschaufel mit Hundekot, mit gefrorenen Häufchen, die dort, wo der Schnee geschmolzen war, einen Eissockel bildeten.

Mit der vollen Schaufel lief sie über den neuen Pfad, um die Ladung auf dem Kothaufen zu deponieren. Die Hunde schliefen, satt und resigniert. Sie hatten sich unter offenem Himmel hingelegt, obwohl sie ein Stück weiter weg unters Dach hätten gehen können. Diejenigen unter ihnen, die sich in der letzten Stunde nicht bewegt hatten, waren vom Schnee vollkommen bedeckt. Nur ihre schwarzen Nasenspitzen leuchteten noch im Weißen.

Sie blickte zur Straße hoch. Nur mit Mühe konnte sie unter dem Neuschnee die Wagenspuren erkennen, zwischen den Bäumen, dann außer Sichtweite, Stille. Er war gefahren, und sie war heruntergefallen, war brutal vom Sitz gefegt und zwischen Moos und Stein geschleudert worden, ohne daß er sein Tempo auch nur verlangsamt hätte.

»Der Teufel soll dich holen, du Arsch!«

Alle Hunde hoben die Köpfe, ganze Mengen von Schnee rutschten von ihren Nacken, ihre Augen zwinkerten und blickten aufmerksam zur Straße hoch.

»Du verdammter ... Arsch!«

Einige standen auf, schüttelten ihr Fell, legten sich dann aber wieder in ihre alte Kuhle zurück, als sie sahen, daß sie ins Haus ging und die Tür hinter sich ins Schloß knallte.

Es wurde Abend. Ein vages graues Licht sickerte durch die Bäume und legte sich über Hof und Häuser. Sie schaltete die Außenbeleuchtung ein. Es schneite noch immer, nun aber große Kristalle, die sich zu zottigen Flocken verbunden hatten. Sie blieben auf ihrem Handschuh liegen, und sie konnte ihre perfekte Symmetrie studieren, ehe sie die Zungenspitze ausstreckte und sie ermordete.

Die Hunde wurden gefüttert, sie waren träge und schläfrig. Sie blickte aufs Thermometer, das elf Grad unter Null anzeigte. Sie drehte die Heizung im Futterraum etwas höher, legte ein wenig Heu in die Käfige und unter die Überdachung des Zwingers, ließ die Hunde in Ruhe fressen und sammelte danach die Näpfe ein, um sie zu spülen. Dann sperrte sie die Tiere ein, die allein schlafen sollten.

»Gute Nacht ...«

Hinter den Sommerreifen wurde sie schon erwartet.

Ihre Finger, die die Flasche hielten, schmerzten vor Kälte, während sie ein Litermaß vollgoß. Dieser Stoff überlebte sogar bei elf Grad minus, und doch nannten manche ihn Feuerwasser. Vier Teile Alkohol und sechs Teile Wasser – schlichte Mathematik besagte, daß das wohl richtig wäre. Da klingelte das Telefon. Sie konnte die Flasche gerade noch sicher auf den Tisch stellen und packte dann den Hörer. Sie hörte eine Männerstimme, erkannte sie jedoch nicht.

»Ist da ... was sagen Sie?«

Der Mann redete, Wortketten, die sie erst deuten konnte, als sie das Wort »Welpe« aufgeschnappt hatte.

»Nein … nein … die sind verkauft … tut mir leid …«

Ihr Puls wollte sich gar nicht beruhigen. Er wollte bei Bekannten übernachten, die ebenfalls am Rennen teilnahmen, die würden doch wohl ein Telefon haben?

Der Alkohol zog blanke Fäden durch das Wasser. Sie rührte mit einem Löffel darin herum, bis das Ganze aussah wie Wasser. Es stank. Stank nach Suff. Sie rührte noch lange weiter, bis sie sicher war, daß das Telefon nicht wieder klingeln würde. Dann goß sie ein wenig in ein Milchglas, machte sich ein Bier auf, trank abwechselnd aus der Flasche und dem Glas, winzige Schlucke starken Alkohol – das war echtes Feuerwasser. Das Radio hatte ein riesiges Sendersuchrad. Sie drehte eifrig daran herum und fand schließlich den perfekten Sender, in dem der Sprecher so wenig zu sagen hatte, daß er statt dessen Musik spielte. Sie wartete. Er redete zu Ende, sein Wortschatz war verbraucht, und dann kam Gary Moore mit: »… it'll be a cold day in hell, before I'm coming back to you.« Sie drehte die Lautstärke hoch, schloß die Augen und kostete den federleichten Rausch, der in alle Glieder strömte, vorsichtig und zögernd, als sei er sich nicht sicher, wie es weitergehen würde. Sie trank noch mehr. Zwischendurch ging sie kurz ins Badezimmer und wechselte ihre Binde, damit das erledigt war, und schaute dann aus dem Fenster. Die Hunde schliefen. Jetzt war sie allein. Sie war allein und würde sich einen Dreck darum scheren. Klar würde sie sich einen Dreck darum scheren.

Sie leerte das Milchglas so schnell, daß sie eine Gänsehaut bekam, und kippte gleich das Bier hinterher. Am Lagerfeuer sitzen? Warum schleppte er ein schweres Rentierfell mit sich herum, um an einem Lagerfeuer zu sitzen? Er hätte sich doch auch eine Sitzunterlage aus Styropor kaufen können. Was er wollte, waren Frauen, er würde mit

Frauen auf diesem Fell sitzen, mit hohlköpfigen Weibern, die bestimmt gern mit Arschlöchern vögelten, einfach, weil sie die Nase voll hatten von Männern, die mit Dackelblick darum baten, sich um den Finger wickeln ließen und damit die Jagd verdarben. Und überhaupt ... Jagd – wer machte hier wohl auf wen Jagd?

Sie lachte laut und hob die Bierflasche zum Mund. Die Musik ging in ein Gitarrensolo über. Was zum Teufel machte sie hier eigentlich? Klar, sie hatte bumsen wollen, als sie ihm begegnet war, sie hatte sich auch früher schon auf diese Weise zum Köder gemacht. Eigentlich hatte er sie nie direkt gefragt, ob sie hierbleiben und seine Hunde hüten wollte. Sie hätte heute früh sagen können, daß auch sie jetzt aufbrechen würde. Leider, aber so sei es eben, er müsse sich eine andere suchen, und den roten Overall wolle sie nicht mitnehmen, nur den Thermoanzug, denn den habe sie rechtmäßig gekauft und bezahlt.

Sie hörte dem Text des Liedes zu, daß er erst an einem ziemlich kalten Tag in der Hölle zu ihr zurückkehren würde. Sie sang mit und tanzte durch das Zimmer, schaute noch einmal aus dem Fenster. Wölfe. Es konnten Wölfe kommen. Und Rentiere ... Aber mit denen würde sie schon fertigwerden, sie würde sie allesamt umnieten, danach in Fitzelchen hacken und die Trophäen an die Wand hämmern. Das einzige Problem dabei wäre, den Herd aus dem Schuppen zu holen. Ach was ... sie würde ihn mit Hilfe des Motorschlittens herausziehen, einfach genug Gas geben, das wäre doch kein Problem. Aber zuerst mußte sie dieses ... Tier .. . das Rentier abknallen. Da war die Pistole. Und die Schachteln mit den Patronen ... oder nannte man das Kugeln? Schüsse?

Sie nahm das Magazin heraus und ließ es in ihrer Hand ruhen. Stellte fest, daß es voll war, zum Bersten voll von Tod und Teufelswerk. Sicher würde sie damit schießen, es war wirklich Unsinn, daß sie Waffen nicht leiden könne. Natürlich mochte sie Waffen, sie liebte sie geradezu! Auf alles loszuballern, was sich bewegte, irgendwie krank war oder nur bei hundert Kilometer freier Sicht den Schlitten richtig ziehen wollte. Die Schußweite verlieh Macht, eine viel größere Macht als rohe Muskelkraft, und sie machte keinen Unterschied zwischen Mann und Frau. Die Kugel hatte dasselbe Kaliber, ob es nun der Zeigefinger eines Arschlochs oder einer hohlköpfigen Schlampe war, der auf den Abzughahn drückte.

Sie schob das Magazin in die Pistole zurück und spannte den Hahn. Klick, klick. Sie wog die Pistole in der Hand.

Den Lauf der Waffe an die Decke gerichtet, ging sie zurück in die Küche und leerte Milchglas und Bierflasche. Dann trat sie hinaus auf die Treppe und starrte zum Himmel hinauf. Hinter ihr dröhnte neue Musik. Sie kniff ein Auge zu und zielte. Kimme und Korn mußten stimmen. Jetzt stimmten sie.

Als sie wieder zu sich kam, saß sie auf dem Boden. Die Pistole hatte sie noch in der Hand. Über ihr hingen Overalls, um sie herum standen Gummistiefel und Holzschuhe. Rasch sicherte sie die Pistole. Ob sie wohl geschossen hatte? An einen Knall konnte sie sich nicht erinnern. Aber da sie hier saß, hatte sie es wohl getan.

Sie rappelte sich auf und konnte die Tür schließen. Es schneite jetzt nicht mehr. Sie hatte dem Schneewetter wohl einen ziemlichen Schrecken eingejagt, jetzt würde der Himmel sich öffnen und die Wolken nach allen Seiten davonjagen. Sie würde Sterne sehen, Tausende von Löchern, die in eine andere Welt führten. Vielleicht saß auf der anderen Seite ein kleiner Himmelsprinz, der mit einer Nähnadel Löcher bohrte und Kometen und Sternschnuppen hindurchwarf? Vielleicht waren das eigentlich seine Murmeln? Sie goß noch einen Schuß ins Milchglas, öffnete eine weitere Bierflasche und spülte das Feuerwasser mit dem Geschmack von Malz und Hefe hinunter. Die Musik schrie um sie herum; wenn sie dem Radio nah genug kam, war es unmöglich, die einzelnen Wörter zu verstehen.

Die Pistole machte sich wirklich gut, wie sie da lag, schwer und gefährlich, mit einem matten, schwarzen Glanz. Sie leerte die Bierflasche, knallte sie auf den Spülstein und starrte die Wand darüber an. Sie bekam eines der Abziehbilder zu fassen und riß es von der Wand. Dann leckte sie seine Rückseite an, marschierte unsicher ins Schlafzimmer und pappte es ans Kopfende des Bettes. Dabei entdeckte sie das blutige Laken, riß es ebenfalls weg, nahm ein neues aus dem Schrank, breitete es über die Matratze und steckte hier und da die Ränder fest. Dann ging sie zurück an den Küchentisch und setzte sich hinter das Glas und die Bierflaschen.

Die Wolken verzogen sich nun langsam in alle Richtungen, als ob sie von der Mitte des Himmels aus weggepustet würden. Doch sie konnte keine Sterne entdecken. Wahrscheinlich waren die Löcher wieder zugewachsen. In solchen Löchern mußte immer wieder herumgestochert werden, wenn sie offen bleiben sollten. Sie prostete ihrem durch das beschlagene Fenster etwas unklaren Spiegelbild zu, grinste es an und drehte die Musik noch lauter.

Als sie auf dem Küchenboden erwachte, war es draußen noch immer dunkel. Es war sehr kalt im Raum. Das Radio brauste in einer wahnwitzigen Kakophonie. Sie kroch auf allen Vieren hin und konnte es ausschalten, dann krabbelte sie zum beinahe verloschenen Ofen. Sie warf Rinde und Reisig hinein und blies, bis ihr schwindlig wurde und sie sich übergeben mußte. Es war halb sieben, und draußen waren es einundzwanzig Grad unter Null. Sie taumelte ins Badezimmer und blieb auf dem Klo sitzen, bis ihr die Füße taub wurden.

Sie wollte einen Hund ins Haus holen. Achtzehn Viecher – und sie saß hier mutterseelenallein und fror sich zu Tode. Der Thermoanzug hing im Flur. Sie dachte an den Schuß und öffnete die Tür. Keine einzige Wolke war zu sehen. Ja verdammt, die hatte sie wirklich in die Flucht geschlagen.

Sie fütterte die ganze Bande. Die Hunde gähnten und streckten sich und fanden es offenbar großartig, eine halbe Stunde früher als sonst Frühstück zu bekommen. Sie wartete, bis Lady ihre Därme geleert hatte, packte sie dann am Halsband und zerrte sie über den Hof und ins Haus.

»Komm her, Lady! Nun komm schon!«

Die Hündin stemmte die Beine in den Boden, zitterte und blickte sich verängstigt um. Lady war zuletzt als Hundebaby im Haus gewesen, sie konnte sich weder an das Linoleum noch an die Schränke und Tische erinnern, an Gerüche und Wärme. Sie begann zu keuchen und rührte keine

Pfote. Ihr Schwanz hing schlaff herunter, und sie hatte die Ohren angelegt.

»Jetzt machen wir uns Kaffee, und du kriegst ein Leberwurstbrot. Leg dich schön hin.«

Doch Lady blieb auf unsicheren Beinen stehen und fiel unbeholfen zur Seite, als sie nach unten gedrückt wurde.

»Sei ein braver Hund und leg dich schön hin! Und laß das blöde Zittern!«

An Lady war kein Glücksgefühl zu beobachten, und auch die Hunde draußen schienen keineswegs neidisch auf die Auserwählte zu sein. Niemand wollte ins Haus, sie wollten alle nur weg, weg vom Hof, in wildem Tempo vor einem Schlitten.

Lady wandte die Schnauze ab, wollte das Leberwurstbrot nicht, lag immer noch auf der Seite und schien mit dem Schlimmsten zu rechnen.

»Lady ...«

Da hob die Hündin den Kopf und blickte sie an. Sie warf ihr einen schwarzen Blick zu, der sich unterwarf, hinter dem sich aber auch panischer Trotz verbarg.

»Lady ...«

Sie hockte sich neben sie und streichelte sie. Plötzlich merkte sie, daß sie alles über die Gedanken in diesem Hundekopf wußte.

»Das ist nicht gefährlich«, flüsterte sie. »Ist ja gut.«

Doch als Lady wieder aufblickte, war wieder der Hundeblick da. Sie wollte weg von hier, weg aus dieser Küche, und zwar sofort. Das Leberwurstbrot reichte nicht als Köder, um den Abgrund zwischen zwei Welten zu überbrücken.

Sie erhob sich.

»Herrgott, du bist vielleicht blöd! Aber von mir aus, dann laß ich dich wieder raus ... bei einundzwanzig Grad Minus. Ganz wie du willst ...«

Lady wurde über den Hof gezerrt. Sie wedelte begeistert mit dem Schwanz und fing sofort an, munter mit einer anderen Hündin zu spielen.

»Scheißhunde … ihr seid einfach ein Haufen von Scheißkötern!«

Sie vermißte die Welpen. Sie vermißte …

Die Bäume umstanden eng den Hof, sie waren jetzt dikker, waren vom vielen Schnee in die Breite gegangen und näher gekrochen. Bald würden sie sich über das Hausdach wälzen und sie ersticken. Sie lief ins Haus. Der Kaffee war übergekocht, zischendes braunes Wasser bedeckte den Herd und lief vorne herunter. Sie holte einen Eimer und machte den ganzen Boden sauber, dann gab sie wieder Wasser in den Kessel und kochte neuen Kaffee. Seltsamerweise hatte sie keine Kopfschmerzen, fühlte sich überhaupt nicht verkatert. Sie nahm ihren Lebertran, aß mit großem Appetit ein Brot, trank glühendheißen Kaffee und wartete auf den Dämmerungsstreifen im Osten. Sie wollte weg. Ganz ohne Hunde. Sie wollte allein losziehen und den Tag heranwachsen sehen.

Der Zündschlüssel fiel dreimal zu Boden, ehe sie aufgab, den Schlüssel mit Fausthandschuhen ins Schloß zu stopfen. Sie atmete schwer durch den Schal, den sie sich um die Nase gebunden hatte, und war schon schweißnaß, weil sie den Motorschlitten aus dem Schuppen geschleppt hatte.

Heute konnte das plötzliche Gebrüll des Motors sie nicht erschrecken. Sie hatte es selber gewollt, sie hatte die Kontrolle. Sie konnte fahren, wohin sie wollte, konnte Leute aufsuchen, sich nach Toivos Adresse erkundigen, wenn ihr danach war.

Sie mußte ihrem linken Fuß mit der Hand ins Fahrzeug helfen, so vollgestopft mit Kleidern war sie unter dem Thermoanzug. Sie kam sich vor wie ein festverschnürter Weihnachtsschinken.

Und dann ging es los. Rasch hatte sie den Gashebel im Griff und wußte, wie leicht sie nur zu drücken brauchte. Sie erreichte den tiefen Schnee, folgte der Straße durch das Wäldchen und danach ins offene Gelände, auf die Hochebene. Sie wollte keine Menschen sehen. Das Raupenband hatte gewisse Probleme auf der lockeren Unterlage, es ging nur ruckweise vorwärts, bis sie das Wäldchen hinter sich hatte und der Boden fester wurde. Sie gab auf den letzten Metern energisch Gas und befand sich dann in offenem Gelände, wo es ihr sofort den Atem verschlug.

Eine tiefstehende, eiskalte Sonne sang über den Bergen. Waagerechte Lichtstreifen ließen die Schneekristalle tanzen. Nirgendwo war noch Herbstfarbe zu sehen, alles war bedeckt von glitzerndem Licht und stahlblauen Wolken. Zerklüftete Berge. Verwehte Birken lagen in Windrichtung wie auf Knien, als ob sie um Verzeihung für ihre Existenz bitten wollten. Sie gab ordentlich Gas und flog lachend auf die Berge zu, Felsen und Graskuppen wurden unter den Lenkskiern zu ungefährlichen Unebenheiten. Sie hielt mit dem Motorschlitten auf Osten zu und spürte, wie ihr die Tränen in den Wimpern zu Eisperlen gefroren. Sie lachte laut hinter ihrem Schal und hob ihr Gesicht dieser Winterwelt entgegen, die gleich hinter den Bäumen gelegen hatte. Sie hatte nicht gewußt, nicht einmal geahnt, daß es diese Welt gab, und nicht, daß es sie für sie gab. Sie mußte anhalten und sich die Augen reiben, und sie blieb lange sitzen, ehe sie weiterfuhr. Zwischendurch sah sie sich immer wieder um, entdeckte neue Berge, die noch weiter weg lagen, und schließlich einen Berg, der gerade zwischen den anderen hervorlugte, in einem neuen Blauton, Dutzende von Kilometern entfernt. Und die ganze Zeit über veränderte sich alles, während die Sonne immer höher kletterte und aus dem blauen Himmel ihr Licht nach unten verströmte, wo es Felskanten und Vorsprünge umschloß. Berge, deren Namen man nicht auf der Karte nachlesen konnte. Verblüfft blickte sie auf den schwarzen Fellsitz hinunter, auf die Benzinuhr, die Windschutzscheibe, die Fausthandschuhe, die das Lenkrad umfaßten und *ihre* Hände verbargen. Hier war sie, hatte keine Ahnung von der Natur, hatte nie eine Beziehung dazu gehabt. Doch hier fuhr sie jetzt, und sie wußte nur, wie man Gas geben und bremsen konnte, wo der Kanister stand, und daß man bei einundzwanzig Grad unter Null ganz schön dick angezogen sein mußte. Es war unfaßbar, daß so wenig Wissen ausreichte, um das hier zu erleben.

Als der Tank halb leer war, machte sie in weitem Bogen kehrt und fuhr in ihrer eigenen Spur zurück. Es ging jetzt schneller, da die Trasse schon eingefahren war. Sie kniff die Augen zu schmalen Schlitzen zusammen, zog den steifgefrorenen Schal noch höher und die Mütze noch tiefer und gab Gas. Das Tempo ließ den Motorschlitten zwischen ihren Beinen vibrieren, sie preßte die Beine aneinander und dachte: Ist das ein Rausch!

An einem Wintermorgen allein durch die Landschaft zu fahren, ohne auf andere Spuren achten zu müssen als die eigenen, und mit dem ohrenbetäubenden Dröhnen der Pferdestärken im Ohr, die einen vorantrieben – das war nackter Rausch.

Später begriff sie nicht, warum sie die Spur verlassen und auf einem anderen Weg durch den Wald zum Hof zurückgefahren war.

Aber plötzlich war sie da. Am Begräbnisplatz.

Sie bremste so hart, daß ihr Hintern hochgeschleudert wurde und ihr Kinn gegen die Windschutzscheibe schlug, ehe sie zurückgerissen wurde und der Schlitten zum Stillstand kam. Sie riß sich den Schal vom Gesicht und atmete einen harschen Geruch von Fett und Kadavern ein. Denn es gab hier keine dichte, gleichmäßige Schneedecke wie über dem Rest der Welt, diese Stelle war ein einziges Chaos aus Erde und zerfetztem Moos, aus Blut, Fleischresten und Knochen. Sie atmete mit offenem Mund, drehte den Zündschlüssel nach links und lauschte, während ihr Gehirn die Bruchstücke dessen, was die Augen aufnehmen konnten, zu winzigen Portionen zusammenfügte. Ein Hundekopf, dessen Ohren abgerissen worden waren und dem die Augen fehlten, unter einem kugelrunden Einschußloch, ein großer, sauber abgenagter Oberschenkelknochen. Zwei winzige Vorderläufe, die am Schulterblatt abgebissen worden waren, lagen ein Stückchen voneinander entfernt. Es war still. Totenstill. Sie stieg mühsam vom Sitz und ging langsam auf die beiden Löcher im Boden zu.

Ihr Herz pochte in den Ohren, hämmerte rhythmisch und mit leisem Zischen unter ihrer Mütze. Sie bückte sich und starrte die Tierspuren an. Waren irgendwelche von den Hunden hier gewesen? Hatten sich hier die Köter zu schaffen gemacht? Sie mußte lange die Spuren anstarren, ehe ihr aufging, daß sie kleiner waren, daß Schlittenhunde keine solche Spuren hinterließen. Deren Pfoten kannte sie doch, schließlich hatte sie Hunderte davon eingefettet.

Diese hier waren kleiner, anders. Seltsam.

»O Gott ...«

Plötzlich wurde ihr klar, daß alles aufgesammelt, versteckt und zugedeckt werden mußte. Hier lagen Togo und der Welpe. Das waren Togo und der Welpe gewesen. Sie durften hier nicht so herumliegen, vor aller Welt bloßgelegt und in Stücken. Ohne die Handschuhe auszuziehen, hob sie den Hundekopf auf, ließ ihn in die tiefe Grube fallen, beförderte mit fieberhaften Fußtritten weitere Teile nach unten und schob mit den Füßen eine Menge Schnee darüber. Sie weinte erst, als sie die kleinen Vorderfüße mit den rosa Krallen aufhob und zu allem anderen legte. Diese Körperteile durften nicht so nackt und verwundbar daliegen, daß alle Welt kommen und sie verschlingen, sie auseinanderreißen, sie so respektlos offen liegen lassen konnte. Sie mußte etwas Großes finden, das sie obendrauf legen konnte ... etwas, das alles bedeckte ... und schützte. Warum hatte er nicht daran gedacht? Steine darauf gelegt, oder ...

»Warum hat er das nicht gemacht?«

Ein Vogel flatterte von einem Baum auf, als sie den Motorschlitten startete. Sie wurde wie eine Puppe auf dem Sitz hin- und hergeschleudert, als sie durch den Pulverschnee zurück zum Hof fuhr, vom Schlitten sprang, in den Schuppen lief und sich dort umsah. Das Untergestell, auf dem der Motorschlitten gestanden hatte. Und darauf noch etwas Schweres. Die Ölfässer hinter dem Haus.

An der Wand hingen ganze Sammlungen von Ketten. Sie verwendete sie, um das Untergestell am hinteren Bügel des Schlittens zu befestigen. Beim Fahren blieb das Gestell an den kleinen Büschen hängen, aber sie gab einfach Gas, auch, wenn sie mehrmals um ein Haar heruntergefallen wäre. Sie spürte, wie ihr der Schweiß das Rückgrat hinablief, achtete nicht auf die Kälte in ihrem Gesicht oder die schmerzenden Fingerspitzen, die bei einundzwanzig Grad unter Null Ketten festgezurrt hatten.

Als sie angekommen war, machte sie das Gestell los und fuhr zurück, um eines der Ölfässer zu holen. Es war unten offen. Sie wischte die Brotkrümel weg und rollte es um das Haus, holte in aller Eile den Spaten aus dem Schuppen und klemmte ihn sich beim Fahren unter den Hintern. Das Ölfaß, das in der Mitte mit Ketten befestigt war, tanzte hinter ihr über die Büsche. Sie wußte, daß die Hunde kläfften, konnte sie aber durch das Dröhnen des Motors nicht hören.

Sie legte das Untergestell über die beiden Löcher im Boden und rollte darüber das Ölfaß. Der Motor lief im Leerlauf, sie wollte nichts mehr hören, wollte nichts von diesem fremden Tier wissen, solange Togo und der Welpe nicht in Sicherheit waren. Sie schaufelte Schnee, bis ihr rote Flimmer vor den Augen tanzten. Zwischendurch stampfte sie auf dem Schnee herum und preßte ihn nach unten, um für noch mehr Platz zu schaffen. Dann öffnete sie ihren Anzug ein wenig und riß sich die Handschuhe von den Fingern. Weiter vorn entdeckte sie ein Stück Fell, das sie übersehen hatte, schaufelte weiter und ließ es liegen. Am

Ende stand sie zusammengekrümmt da und versuchte, wieder ruhiger zu atmen, während sie mit einer Hand am Untergestell rüttelte, um sich zu vergewissern, daß es jetzt fest stand.

Und das tat es. Felsenfest. Sie hatte sie begraben. Alles war bedeckt, weg, unsichtbar. Jetzt wollte sie hier weg. Sie setzte sich auf den Spaten und gab Gas. Sie mußte zurück, um nach den Hunden zu sehen, ob auch keiner fehlte und nicht auch dort etwas vorgefallen war.

Sie waren sehr unruhig, witterten mit angelegten Ohren, wedelten fragend mit dem Schwanz und drückten sich aneinander. Sie zählte durch. Achtzehn. Es waren achtzehn. Der Zaun war unversehrt. Sie suchte auf dem Boden nach Spuren, fand jedoch keine. Sie lief ins Haus, nahm sich aus dem Kühlschrank ein Bier, ohne sich vorher auszuziehen, und holte danach die Pistole aus dem Wohnzimmer und einen Flaschenöffner. Alle drei Teile legte sie vor sich auf den Küchentisch, setzte sich und schluchzte trocken auf. Sie hatte keine Tränen mehr. Sie schluckte mehrmals, glaubte, sich übergeben zu müssen, schluckte aber wieder, bis die Übelkeit sich schließlich legte.

Die Hunde standen noch immer auf ihren Hinterbeinen im Zwinger und wollten sich gar nicht beruhigen. Etwas war in dieser Nacht passiert, das spürten sie, rochen sie. Sie hatte in die Luft geschossen, mußte das nicht alle fremden Tiere verjagt haben? Oder hatte das Geräusch sie vielleicht gerade angelockt? Vielleicht ein Tier, das glaubte, ein weiterer Hund sei von seinen Leiden erlöst worden, so daß es sich jetzt einfach bedienen könne?

Sie starrte die Pistole an. Die gehörte ihr. Sie konnte sie benutzen. Sie würde sie benutzen. Nun wollte sie schlafen und den Tag verstreichen lassen, bis eine neue

Nacht einsetzte. Sie würde schon auf seine Hunde aufpassen.

Sie streifte die Ärmel des Thermoanzuges und die beiden Pullover darunter ab. Danach kippte sie das Bier, so daß ihr die Tränen kamen und der feuchte Dunst ihres eigenen Schweißes sie einhüllte.

Sie konnte einfach nicht schlafen mit dem Bauch voll Bier; außerdem holte sie der Kater nun langsam ein. Sie horchte auf die Hunde. Die würden sie warnen. Nichts konnte sie überrumpeln, denn sie hatte die Hunde. Doch die paßten nicht auf *sie* auf, wie sie da eingeschlossen hinter Schnappschlössern und Maschendraht standen. Verschwitzt und dösig kämpfte sie mit der Bettdecke, war jedoch sofort hellwach, als ihr einfiel, daß die Hunde nicht nur an den Pfählen hinter dem Zwinger angebunden werden konnten. Das ging auch mit dem Treppengeländer, zwei von ihnen könnten wie Tiger die Haustür bewachen.

Würden die Hunde wohl ihr Leben für sie opfern? Oder waren die Köter eigentlich nur feige, ängstliche und kriecherische Dummköpfe, die vor allem ihre eigene Haut retten wollten?

Sie dachte: Selbst wenn sie mich nicht beschützen, kann doch kein anderes Tier ins Haus kommen. Und sie war schon unterwegs in die Küche, um sich anzuziehen, als ihr aufging, wie egoistisch sie da dachte. Daß sie zwei Hunde als Köder mitten ins Freie setzen wollte. Klar mußten sie im Zwinger bleiben, da waren sie doch wohl sicher? Bei Toivo war einmal ein Vielfraß im Zwinger eingebrochen, fiel ihr ein, und plötzlich wußte sie, daß sie es hier mit einem Vielfraß zu tun hatte. Diese Tiere waren nicht sehr groß; sie hatte mal einen ausgestopften Vielfraß gesehen und kannte sie aus Naturfilmen im Fernsehen. In einem von ihnen war ein Vielfraß quer durch ein Moor gekommen, nur um den Kameramann anzugreifen, völlig furchtlos und ohne daß seine Jungen bedroht worden wären oder er selbst in der Klemme gesteckt hätte. Er haßte. Wollte töten. Alles, was sich bewegte, alles, was aus Fleisch und Blut war. Und ein oder zwei Köderhunde wären ihm bei dieser klirrenden Kälte sicher nur willkommen.

Die Decke war noch warm, als sie wieder ins Bett kroch. Sie bemerkte sofort seinen Geruch. Er war nicht hier. Er hatte gesagt, sie könne jetzt nach Herzenslust losheulen, denn das würde sowieso niemand sehen, und deshalb tat sie das jetzt auch.

Sie wurde vom Kläffen geweckt. Sofort stand sie in der Küche und preßte ihr Gesicht an die Fensterscheibe. Es war Abend, keine Lampen brannten und keiner der Hunde war gefüttert. Deshalb kläfften sie. Kein wildes, auf einen blutrünstigen Vielfraß gerichtetes Geheul, sondern ein halbherziges Gegrummel, das einem leeren knurrenden Magen entsprang. Hatte sie selber heute schon etwas gegessen? Sie blickte aufs Thermometer. Dreiundzwanzig Grad unter Null.

Vorsichtig ging sie hinaus in die Dunkelheit und suchte sich den Weg über den Hof. Die Kälte überwältigte sofort ihr Gesicht und ließ Nase und Augenlider taub werden. Sie horchte, hörte aber nur den Schnee unter ihren Stiefeln knirschen.

Der Vielfraß würde wiederkommen und entdecken, daß die Gräber verriegelt und verrammelt waren. Er würde anderswo suchen. Nach Fleisch. Sie könnte ihm ein Stück Rentierfleisch hinlegen, um ihn vom Hof wegzuhalten, ihm sein Essen in sicherer Entfernung servieren.

Doch dann würde er jeden Abend wiederkommen und mehr haben wollen.

Routinemäßig gab sie Trockenfutter in die Näpfe, goß Brühe hinzu, ging zum Zwinger, plauderte, streichelte und zauste die fettigen Felle. Vielleicht sollte sie auch hier schlafen? In ihrem Schlafsack im Heu, mit der Pistole unter dem Kopf? Toivos Hunde waren verrückt geworden. Es konnte durchaus passieren, daß sie hinterher mit achtzehn ausgerasteten Kötern dasaß. Der Gedanke wirkte überhaupt nicht verlockend.

»Ich werd schon aufpassen ... ihr seid so brav ... Die Pistole hier hat nämlich schon einen Krieg mitgemacht ... ich werde die ganze Nacht wach bleiben ... So, ja ...«

Sie steckte die jüngeren Hunde in ihre Käfige und schob die Näpfe hinterher, gab den übrigen ihre Portionen und überzeugte sich davon, daß alle aus der richtigen Schüssel aßen. Davor hatte ihr gegraust, vor dieser Verantwortung, vor den Prügeleien um das Futter, und plötzlich war das kein Problem mehr. Sie erledigte es beinahe geistesabwesend, so, als ob sie auf einem Kindergeburtstag Kuchen servierte und darauf achtete, daß sich niemand um die Gummibärchen schlug.

Es würde eine lange Nacht werden. Und sie würde ganz bestimmt nichts trinken.

Der Schaltkasten im Futterraum zeigte maximale Strombelastung an, als sie alle Hoflaternen eingeschaltet und noch drei Lampen an Verlängerungsschnüren dazugeholt hatte. Die Gebäude und der Hof waren in Flutlicht gebadet und lagen da wie ein goldenes Märchen mitten in der schwarzen Nacht. Die Hunde standen hellwach in Reih und Glied da, während sie alles arrangierte. Als sie zufrieden war, holte sie die Schneeschaufel, um Hundedreck zu entfernen. Die Klumpen schlugen gegen das Metall. Das Licht reichte nicht ganz bis zum Kotabladeplatz. Sie hielt zwischen den Bäumen Ausschau, während sie die Schaufel leerte, und sah sich auf dem Rückweg immer wieder um, bis sie wieder den Lichtkreis erreichte und die Dunkelheit zu einer Wand wurde, die alles aussperrte. Nichts existierte, solange es nicht hierher hereinkam, zu ihr. Und dann würde sie damit umgehen können.

Der Radiomoderator war an diesem Abend ein anderer als am Vorabend, einer, der offenbar mit einem Lexikon der geflügelten Worte ausgerüstet war. Sie kochte Kaffee und füllte ihn in eine Thermoskanne, stellte die Zuckerschale auf den Tisch und legte die Pistole daneben. Sie versuchte probeweise, das Fenster so leise wie möglich zu öffnen, wiederholte das mehrmals, mit der linken Hand, während sie eine philosophische Erörterung nach der anderen bei geringer Lautstärke über sich ergehen ließ und auf Musik wartete. Der Sprecher war gerade in der sakralen Ecke gelandet. Die geballten Lebensweisheiten hatten ihn mitgerissen, und er ging nun zu indisch inspirierter Popmusik über, was er offenbar für eine weise Entscheidung hielt. Sie schaltete die Deckenlampe in der Küche aus und ließ nur eine Lampe im Wohnzimmer brennen. Plötzlich war das Fenster ein Rahmen von Licht mitten in der Finsternis, sie war ausgeschlossen, während der Hof zu einer geschlossenen und blendend erleuchteten Bühne von zehn mal zehn Metern wurde, die auf etwas wartete. Auf ein Tier. Ein hungriges Tier, das auftreten sollte, ohne zu wissen, daß es hier seine letzte Vorstellung gab.

Der Rundfunksprecher ergab sich den chinesischen Sprichwörtern, und zum ersten Mal sagte er etwas, das sie betraf. Statt die Dunkelheit zu verdammen, sagte er, solle sie ein Licht anzünden. Sie dachte: Verdammt, klar habe ich ein Licht angezündet, aber deshalb höre ich doch nicht auf, die Dunkelheit zu verdammen!

Der Kaffee war bitter von der Gerbsäure. Sie ging ins Wohnzimmer und hielt Ausschau nach Büchern, einem Lexikon vielleicht, einem Tierbuch, irgend etwas über Vielfraße. Aber sie fand nur Bücher über Waffen und ein paar Männerzeitschriften mit vor Silikon berstenden Titten auf dem Titelblatt. Wann ging so ein Tier wohl auf Jagd? Zu Beginn der Nacht? Im Morgengrauen?

Der Sprecher verkündete freudestrahlend, daß er noch bis zwei Uhr so weitermachen wolle. Sie hob ab und zu die Pistole hoch und konnte inzwischen vom Gewicht her beurteilen, wieviel Munition darin steckte. Der Griff wurde rasch warm, wenn sie ihn eine Weile in der Hand hielt. Sie machte sich Gedanken über die Schußrichtung, schließlich durfte sie die Hunde nicht treffen. Ob sie hier angezogen sitzen und dann herauslaufen und von der Treppe aus schießen sollte? Sie war davon überzeugt, daß das Tier in der Spur des Motorschlittens kommen würde, wenn es erst entdeckt hätte, daß die Speisekammer am Begräbnisplatz verriegelt und verrammelt war. Sie konnte nur mit Mühe erkennen, wo diese Spur begann, denn das Licht reichte nicht so weit, eine scharfe Kante markierte die Grenze.

Sie wartete. Hielt Ausschau. Der Sprecher beschrieb nun endlich in zuckersüßen Worten, welch gute Nacht er seinen Hörern wünsche, nun sei nämlich Schluß. Aber am nächsten Morgen sollten doch bitte alle wieder einschalten, dann würde er nämlich einen Gast im Studio haben, wen, wurde nicht verraten, denn es sollte eine große Überraschung sein.

Seltsamerweise fehlte ihr die Stimme des Sprechers, als sie das Radio ausschaltete und das Haus still wurde. Die Hunde waren weiße zottige Büschel, bei denen vorn und hinten nicht zu unterscheiden war, kleine schlafende Kringel mit Ohren. Jedesmal, wenn sich einer von ihnen bewegte, hämmerte ihr der Puls in den Ohren – sie hatten etwas gehört! Doch sie hatten sich nur bewegt, weil sie eine andere Stellung finden, eine Pfote ausstrecken wollten. Sie blickte aufs Thermometer, jetzt war es wieder auf einundzwanzig Grad geklettert, reinste Sommertemperaturen. Sie legte im Ofen Holz nach, goß sich neuen Kaffee ein und lief in den Flur. Dort zog sie sich den Thermoanzug bis zur Taille hoch, schob die Füße in die Stiefel, schnürte sie zu und streifte schließlich die Ärmel über. Lieber wollte sie vor Hitze kochen als unvorbereitet sein.

Sie mußte eingeschlafen sein. Denn plötzlich saß sie einer Wand von Lärm gegenüber, achtzehn Kehlen brachten das Küchenfenster zum Klirren. Sie griff nach dem Becher, stieß ihn um, stieß die Thermoskanne und den Stuhl unter sich um, bekam die Pistole zu fassen. Unten war das Fenster beschlagen. Sie rannte in den Flur und riß die Tür auf.

Ein kleines, braunes, zusammengekrümmtes Tier sprang vor dem Zaun auf und ab, angestrahlt aus sieben oder acht Metern Entfernung und mit dem Rücken zu ihr. Das Tier machte kurze, kleine Ausfälle mit allen Beinen, es schien zu begreifen, daß die Hunde nicht herauskonnten. Sie drängten sich aneinander, alle fünfzehn, die nicht in einem Käfig steckten. Drei von ihnen waren auf die Rücken der anderen gesprungen. Sie schienen aus einer einzigen riesigen Kehle zu kläffen, so intensiv, daß sie selbst das Gefühl bekam, Schaum im Mund zu haben. Sie sah, daß einige sich beim Versuch, den Zaun zu durchbeißen, schon blutige Nasen geholt hatten. Sie hatten die Ohren angelegt, die Schwänze peitschten. Sie registrierte in einer Sekunde alle Einzelheiten, doch diese Sekunde schien Stunden zu dauern. Sie mußte die Hunde anstarren, mußte sehen, daß sie da waren.

Ihr Lärm wurde zu einem Vorhang, der das Geräusch des Ladegriffs überdeckte, klick, klick. Sie hob die Pistole. Kimme und Korn. Kimme und Korn. Das Tier tanzte und sprang herum, sie konnte seine Augen nicht sehen, nur die Rundung des Kopfes und schwarze Krallen, die den festgetrampelten Schnee aufkratzten.

Im selben Moment entdeckte sie den anderen. Noch ein Vielfraß! Er stand ganz am Rand des Lichtmeers, bei der Spur, die der Motorschlitten hinterlassen hatte, und wartete. Er starrte sie an. Als sie nach dem Schuß auf den vor den Hunden tanzenden Vielfraß wieder die Augen öffnete, war der andere verschwunden, schien mit der Dunkelheit eins geworden zu sein. Sie ließ ihren Blick zu dem ersten zurückwandern, der sich inzwischen herumgeworfen hatte. Sie hielt Ausschau nach Blut, nach Anzeichen dafür, daß sie getroffen hatte. Die Hunde schrieen jetzt, erkannten den Gestank von Tod und Blut, brüllten mit offenem Maul, während ihnen Schaum von den Eckzähnen triefte.

Da entdeckte der Vielfraß sie und kam in seltsam schiefem Trab auf sie zu. Er sah aus wie ein kleiner, zusammengekrümmter Mensch, riß das Maul auf, ließ aber keinen Laut hören. Du kannst sie leerschießen, wenn du willst, hatte er gesagt. Einmal Ladegriff reichte. Die Augen über dem wahnsinnigen Maul mit seinen Reihen von spitzen Zähnen waren kohlschwarz und nur vier, fünf Meter von ihr entfernt. Sie versuchte, auf den rosafarbenen Gaumen zu zielen. Kimme und Korn mußten stimmen. Sie drückte ab, doch sie spürte, wie die Waffe in ihrer Hand schwankte. Der Vielfraß starrte sie unverwandt an, pelzbraune kleine Füße arbeiteten sich im Bruchteil von Sekunden Zentimeter um Zentimeter weiter. Schon hatte er die unterste Treppenstufe erreicht, und sie wich in die Diele zurück. Jetzt war er oben, sie hörte Krallen am Metall der Türschwelle kratzen und registrierte, wie das Tier plötzlich innehielt, sich zusammenkrümmte und nach Gleichgewicht suchte, um Anlauf zu nehmen. Und dann kam er. Eine Säule aus braunen Zotteln erhob sich, während sie mit dem Rücken gegen die Wand und die dort hängenden Overalls stieß. Sie hob den Fuß und trat dem Vielfraß mit einer wahnwitzigen Kraft in den Bauch und spannte dabei vom Hintern bis zur Ferse alle Muskeln an. Sie zielte in seinen rosa Schlund und drückte ab, drückte ab, drückte ab. Der Vielfraß wurde rückwärts in die Luft geschleudert, streckte alle vier Füße seitwärts aus. Plötzlich war der Boden von roten Flecken bedeckt. Sie schrie, bis ihre Lunge keine Luft mehr hergab und sie die Waffe in ihrer Hand bemerkte, ihre Finger, die diese eiskalt umklammerten, bis ihr aufging, daß sie mit den Zähnen klapperte und daß kalter Schweiß ihre Wangen bedeckte.

Es war still.

Nur die Hunde winselten draußen noch heiser. Das Tier rührte sich nicht. Sein Kopf hing von der obersten Treppenstufe herab.

Sie ging hinaus. Da sah sie aus dem Augenwinkel, daß sich etwas bewegte. Unter Aufbietung all ihrer Kräfte konnte sie den Kopf in die Richtung drehen, in der sie die Bewegung bemerkt hatte. Es war der andere, der aus zusammengekniffenen Augen ins Dunkle starrte, offenbar gar nicht verängstigt durch den Schuß. Aufgeregt blickte er zum Vielfraß auf der Treppe hinüber. Sie zielte mit steifem Arm auf ihn und drückte noch einmal ab. Sie hörte einen kurzen Schrei, dann war der Blick verschwunden.

Grüne Flecken tanzten ihr vor den Augen, sie konzentrierte sich aufs Atemholen, aus und ein, aus und ein, den Arm senken, mit der linken Hand die Waffe aus den Fingern der rechten reißen, den Nacken beugen, den Kopf bewegen, atmen, atmen, nicht nur oben im Hals, wovon sie ohnmächtig werden würde, sondern tief in den Bauch. Mehrere der Hunde hatten sich erschöpft hingelegt, das beruhigte sie. Sie hatten wohl verstanden, daß der Vielfraß auf der Treppe tot war, das begriffen sie instinktiv. Sie mußte ihn sich genauer ansehen.

Ihre Knie waren nun nicht mehr wie aneinandergekettet. Sie fühlten sich an wie aus den Gelenken gerissen, obwohl sie doch nicht über einem Paneelofen gehangen, sondern nur unbeweglich hier gestanden und geschossen hatte. Sie hatte einen Feuerarm, hatte Macht über große Entfernungen, von denen ein Tier keine Vorstellung hatte. Es glaubte in seiner Einfalt, Macht zum Töten bedeute, die Zähne ins Fleisch des Feindes schlagen zu können.

Sie senkte langsam den Kopf und sah sich den Vielfraß an. Er lag mit aufgerissenem Mund auf dem Rücken, und sie mußte lange hinstarren, ehe ihr aufging, was hier nicht stimmte: Sie konnte durch seinen Kopf hindurch den Beton der Treppenstufen sehen. Mit einem Schluchzen streckte sie die Stiefelspitze aus und drehte den Kopf auf die Seite.

Sie hatte den Gaumen zerschossen. Ein Loch zog sich von der Mundhöhle durch die Augen bis zur Nasenwurzel. Sie hob den Blick zu den Hunden, und endlich stellte es sich ein: das Glücksgefühl, es geschafft zu haben. Und das viele Adrenalin in ihrem Körper jagte aus ihrem Bauch nach oben, als sie den Kopf in den Nacken legte und brüllte:

»Ich hab ihn erwischt, Mann, ich hab ihn erwischt!«

Und dann lachte sie los. Die Hunde fiepten leise. Sie hatten ihre Ohren wieder aufgerichtet. Sie wollte nicht an den anderen denken, noch nicht, sie hatte ihn verjagt, bestimmt hatte sie ihn verjagt. Dieser seltsame kleine Schrei ... Doch sie hatte keine Angst vor dem Vielfraß. Jetzt wollte sie zu den Hunden und sich loben lassen.

Bei den Hunden geriet sie in ein Wirrwarr von Pfoten, zwei versuchten, sich an ihr vorbei zur frischerlegten Beute durchzudrängen. Sie ließ die Junghunde aus ihren Käfigen, damit auch sie sich ein wenig abreagieren konnten, redete auf sie ein und kraulte sie, spürte, wie ihre Haut Funken sprühte, spürte bis in ihre Ohrläppchen hinein, daß sie lebte. Und wie die Hunde sie lobten, um sie herumtanzten, sie ablecken und sich von allen Seiten an sie herandrängen wollten. Jetzt stritten sie sich nicht untereinander, jetzt hatten sie etwas anderes in frischer Erinnerung, einen gemeinsamen Feind.

Sie streifte die Handschuhe über, um das Tier in den Futterraum zu ziehen, sie wollte nicht in direkte Berührung mit seinem Fell kommen. Das Fell des Vielfraßes stank nach ranzigem Fett, genau wie bei den Hunden, nur stärker. Der Hinterkopf schlug mit dumpfem Dröhnen gegen jede Treppenstufe. Vier Stufen, dann waren sie unten. Lange Blutstreifen zogen sich durch den Schnee, als sie den Vielfraß über den Hof zog, eine rosa Flüssigkeit sickerte aus dem Loch im Schädel.

Erst als die Tür des Futterraumes geschlossen war, glaubten die Hunde, es sei wieder Nacht, und warteten nicht mehr auf das Frühstück. Lady lag schon an der Wand, zusammengerollt auf trockenem Heu.

Sie holte Zeitungspapier und rieb das Blut von der Treppe. Sie warf etwas Schnee auf die Stufen und fegte. Den Dielenboden wischte sie mit einem alten Lappen.

Sie dachte: Jetzt brauche ich was zu trinken.

Sie ließ alle Hoflaternen brennen und schaltete die Lampen im Haus ein, stopfte den Ofen voll Holz und suchte sich das Milchglas von gestern. Oder von vorgestern? Den ersten großen Schluck trank sie ohne Bier, sie kippte ihn ganz einfach und hielt dabei die Luft an, um sich den Geschmack zu ersparen. Sie blieb ganz still stehen und wartete, bis der Alkohol in ihren Magen knallte, sie schloß die Augen und schnappte nach Luft, sah vor sich das aufgerissene Vielfraßmaul, die Zähne, wußte, daß draußen im Futterraum, verborgen unter braunem Fell, ein Magen lag, der Togos Ohren und Fetzen des Welpen enthielt. Sie empfand eine unendliche Befriedigung darüber, daß sie dieses Tier getötet hatte. Ihr Magen beruhigte sich gurgelnd, das Glas in ihrer Hand war genau richtig: Nicht schmal und hoch, mit Eiswürfeln und Cocktailspießchen, sondern zerkratzt und abgenutzt, ein Gebrauchsglas für Frauen, die sich nicht auf der Nase herumtanzen ließen. Sie lachte, während ihre Nervenenden sich wieder glätteten, brannten. Wie spät es wohl war? Sechs. Bald kam ein neuer Tag, und ihren Lebertran wollte sie ganz bestimmt nicht nehmen. Sie haßte diesen Geschmack, nahm lieber einen neuen Schluck Feuerwasser, noch immer, ohne mit Bier nachzuspülen. Sie atmete durch den Mund und spürte, wie die Wärme sich bis zu den Augen hochfraß. Ja verdammt, den hatte sie erledigt. Und den anderen?

Nach einem weiteren gierigen Schluck wußte sie, was sie zu tun hatte: ihn verfolgen. Ihn finden und töten. Sie hatte getroffen, er hatte geschrien. Er war verletzt. Er roch nach

Blut, einer der Hunde würde ihn sicher aufspüren können. Wenn es hell war, würde sie ihn kriegen.

Und dann entdeckte sie, daß sie noch immer in voller Montur dastand. Aber es war sechs. In einer Stunde mußten die Hunde gefüttert werden. Danach wollte sie eine Runde schlafen. Und jetzt nicht noch mehr trinken. Sich nur eine leichte Decke holen, damit sich das ärgste Zittern legte.

Es machte ihr nichts aus, über den Vielfraß hinwegzusteigen, als sie das Futter für die Hunde fertig machte. Der lag ja einfach nur da, in Lachen aus Blut und rosa Gehirnmasse. Die Hunde beschnupperten ihre Stiefel, als sie den Zwinger betrat, ihr Fell sträubte sich, und sie legten die Ohren an. Sie hätte sich vor ihnen fürchten, hätte Angst haben können, sie könnten über sie herfallen. Statt dessen plauderte sie leise und entspannt mit ihnen, spürte die angenehme Müdigkeit in ihrem Körper und musterte die Hunde. Welchen sollte sie mitnehmen? Einen Rüden oder eine Hündin? Die Rüden schienen dümmer zu sein als die Hündinnen, doch dafür war ihr Blutdurst größer. Sie würde Sagn mitnehmen, beschloß sie. Jung und ungelenk, noch nicht besonders muskulös, aber lebhaft und eifrig; außerdem war es leicht, Augenkontakt zu ihm aufzunehmen.

Lady wirkte ein wenig matt, sie hätte lieber nicht bei dieser Kälte draußen liegen sollen – mit ihren Welpen im Bauch und mit der ganzen Aufregung drum herum.

»Komm her, Lady ... ich setz dich in den Welpenkäfig. Da ist es fast null Grad, der totale Luxus.« Lady wanderte zufrieden hinein.

Der Lichtstreifen im Osten war unverändert, als sie über den Hof zurück ging. Das Blut war zu Klumpen gefroren und inzwischen von einer dünnen Reifschicht bedeckt. Sie sah an der Stelle nach, wo sie auf den zweiten Vielfraß geschossen hatte, aber dort war es zu dunkel, um etwas erkennen zu können.

Dann füllte sie den Ofen und zog nur den Thermoanzug und ihre Stiefel aus, ehe sie sich ins Bett fallen ließ und sofort in einen traumlosen Schlaf glitt.

Nach dem Aufwachen hielt sie zunächst Ausschau nach Blutspuren. Sie entdeckte sie schließlich: eine große Blutlache genau am Anfang der Motorschlittenspur, dahinter einzelne kleine Flecken. Sie ging mit der Pistole in der Hand und mit einem zitternden Gefühl im Bauch zum Begräbnisplatz. Vielleicht würde sie ihn gar nicht mit einem Hund verfolgen müssen, wenn er schon tot hier läge. Doch die Blutspuren gingen weiter, führten an Untergestell und Ölfaß vorbei und dann weiter in Richtung Hochebene. Es schien so, als sei kein Blut heruntergesickert, sondern als ob die Wunde selbst in regelmäßigen Abständen zur Abkühlung in den Schnee gedrückt worden wäre. Sie mußte den Hof verlassen, um ihn zu suchen.

Hier wurde wohl nicht oft Ski gelaufen, das war offensichtlich. Sie suchte alle Schuppen und Verschläge und den ersten Stock des Hauses ab. Schließlich sah sie sich das Paar, das sie anfangs entdeckt, aber verworfen hatte, genauer an: hellbraune Holzbretter mit abgeblättertem Lack und schwachen Resten von grünen Streifen. Von den Skistöcken fand sie nur den einen. Und oben auf dem Dachboden entdeckte sie steife alte Skistiefel. Zum Glück waren sie so groß, daß genug Platz für mehrere Paar Socken übereinander war.

Sie machte sich gar nicht erst die Mühe, nach Skiwachs zu suchen, sondern nahm statt dessen eine Talgkerze.

Als sie Sagn aus dem Zwinger holte, erhob sich ein Höllenlärm. Glaubten sie denn wirklich, *sie* um eine richtige Schlittentour bitten zu können? Erst erfüllte sie das mit Stolz, dann tat sie die Hunde als Trottel ab. Doch sie lärmten weiter und ließen die Riemen nicht aus den Augen, während Sagn an seinem Pfahl aufgeregt auf der Stelle trat und sie sich fertig machte. Wenn sie den Gürtel des Thermoanzugs ganz fest anzog, war vorne auf der Brust genug Platz für die Pistole. Sie steckte die Waffe mit dem Lauf nach links hinein, überprüfte mehrmals die Sicherung und zog schließlich den Reißverschluß hoch. Es war ein gutes Gefühl, die Pistole dort stecken zu haben. Auf Anhieb kam es ihr ein bißchen ungewohnt vor, als sie sich vornüberbeugte, um Sagn fertigzumachen, denn sie hatte das Gefühl, als ob ein Gewicht wie von zwei schweren Brüsten sie zu Boden zog. Aber es gefiel ihr. Und ihr gefiel auch ihr Plan, den Vielfraß zu jagen. Sie hatte sich gefragt, ob es ihr darum ging, das Tier von seinen Leiden zu erlösen, doch diesen Gedanken hatte sie abgewiesen. Sie wollte es ganz einfach töten. Sie begriff ja, daß ein Vielfraß nicht wissen konnte, daß zwei Kadaver, die dort zufällig herumlagen, einst Namen gehabt hatten, jemand gewesen waren; sie wußte, daß der Vielfraß sich nicht aus purer Bosheit so respektlos aufführte, aber das spielte keine Rolle. Sie wollte auch den zweiten erledigen.

Sie hatte den Skistock in der linken Hand und Sagns Leine um die rechte gewickelt, eine elastische Hundeleine, die heftiges Rucken vermied und statt dessen die Zugkraft sanft und ausdauernd weitergab.

»Alles klar. Los!«

Sagn begriff, wohin sie wollte, und hatte es nicht eilig. Er witterte, beschnupperte alle Blutflecken, die er finden konnte, mit gesträubtem Fell und erhobenem Schwanz.

Irritiert jagte sie ihn weiter über die Motorschlittenspur, durch den schattigen Wald und auf die Hochebene, wo das helle Tageslicht sie überfiel. Dort herrschte eine windstille Kälte mit einer Sonne, die fast mit dem weißblauen Himmel verschwamm. Sie konnte sich nur mit Mühe aufrechthalten, Waden und Bauchmuskeln taten schon weh, sie hielt die Leine jetzt mit beiden Händen, so daß der Skistock hinter ihr herschleifte.

Sagn lief nicht allzu schnell, doch bei jeder Unebenheit mußte sie sich anstrengen, nicht hinzufallen. In regelmäßigen Abständen schnupperte Sagn am Boden, er roch das Blut eher, als daß er es sah.

Vor ihnen, hinter dem Bogen, den sie beim Wenden gefahren war, lag der erste Berg. Er war unten mit Büschen bewachsen, und darüber war eine Felsspalte, die senkrechte Wände von nacktem Stein zeigte. Wenn der Vielfraß irgendwo seine Zuflucht gesucht hatte, dann dort. Aber es war noch weit. Und sie hatte keinen Motorschlitten dabei. Sagn hechelte, schnappte ab und zu nach dem Schnee und sah sich mit lächelnden Augen nach ihr um. Das hier gefiel ihm. Winter, Weite und Berge, das Gefühl der Riemen um Brust und Bauch, die Spur, der Blutgeruch in der Nase. Er hechelte mit hängender Zunge, und auch sie keuchte, hatte bereits jetzt einen metallischen Geschmack im Mund von der Anstrengung, aufrecht stehenzubleiben. Und wenn Sagn sich ab und zu umschaute und ihren Blick suchte und sie den Eifer in seinen Augen sah, das intensive Glück darin, fing sie an zu begreifen. Darum ging es hier also, darum, mit den Hunden unterwegs zu sein, zu wissen, daß sie zusammen waren, unterwegs, ohne Motorenlärm, nur unter dem Sausen der Skier auf dem verharschten Schnee. Um das Hecheln, das Gefühl des im Schal zu Eis gefrierenden Atems, um die Luft und die Meter, die sie hinter sich ließen.

Die Blutspuren waren jetzt schwächer, aber sie waren doch hier und da noch einigermaßen sichtbar. An mehreren Stellen schien das Tier sich ausgeruht zu haben, es hatte offenbar seine Wunde in den Schnee gedrückt und einen massiven roten Abdruck hinterlassen.

Sie erreichten den Bogen und legten eine Pause ein. Sie massierte sich die Stirn. Die Haut war steif vor Kälte, wie ein am Haaransatz befestigtes Stück Leder. Die Nerven schienen zu schlafen. Sie hielt an der Blutspur entlang Ausschau. Ein Vielfraß war ein leichtes Tier und mußte nicht unbedingt tiefe Fußstapfen hinterlassen. Aber nur in der Motorschlittentrasse war der Schnee glatt und hart, die Hochebene selbst war von losem Schnee bedeckt.

Sie hatte recht gehabt. Da, wo die Trasse vor dem Berg abbog, begann eine weitere Spur. Abdrücke von Pfoten und Krallen. Ein bißchen Blut. Und Sagn witterte alles. Der Fuß des Berges war noch etwa dreihundert Meter von ihnen entfernt. Vorsichtig gingen sie weiter. Sie ließ Sagn gerade soviel Spielraum an der Leine, daß sie sich vorwärts bewegen konnte, ohne den Stock benutzen zu müssen, sie mußte sich nur ab und zu leicht abstützen, um nicht aus dem Gleichgewicht zu kommen. Sagn begriff das, ohne es je gelernt zu haben. Er wußte genau, was sie wollte, jetzt war der Wolf in ihm gefordert. Sie sammelte mit den Augen alle Einzelheiten: die Sträucher, die Felsspalte, ihre Tiefe und Breite, das Licht.

Sie flüsterte: »Sagn, halt …«

Jetzt mußte sie nachdenken.

Der Vielfraß steckte in der Spalte. Verletzt. Aggressiv. Gefährlich. Was sollte sie tun? Wie sollte sie an ihn herankommen? Sie sah plötzlich alte Westernfilme vor sich, wo man immer weiter nach oben klettern mußte, wenn man auf etwas schießen und sich den Überblick verschaffen, die

Oberhand bekommen und die Beute unter sich zur Zielscheibe machen wollte. Sie versteckten sich hinter Felsen. Lagen dort und warteten auf wiehernde Pferde, auf Hufe, die durch gelben Wüstensand stampften. Das hier war auch nicht anders. Sie mußte nach oben. An der rechten Seite der Spalte entlang, wo sie nur haarscharf über die Kante lugen durfte, um mit den Augen nach etwas Braunem zu suchen.

Sie band Sagn an einen Busch und schnallte sich die Skier ab. Zunächst heulte er etwas, doch sie packte seine Schnauze und drückte zu, so, wie Varg das gemacht hatte. Die Ohren klappten verwundert nach unten. Sie ließ los und fauchte: »Sei still. Warte hier und halt dein Maul!«

Der Schnee trug, direkt unter der oberen Schicht von Schneekristallen. Beim Gehen knirschte er schwach unter ihren Stiefeln. Sie zog die Pistole und spürte gleichzeitig den Dunst ihres eigenen Schweißes. Sie entsicherte und lud, ließ die erste Patrone an ihren Platz rutschen, zog aber noch nicht die Handschuhe aus.

Das Klettern fiel ihr schwer, die vielen Kleider machten ihren Körper fast manövrierunfähig. Dabei starrte sie in die Felsspalte, bis ihre Augen vor Kälte zitterten und sie zwinkern mußte. Steine, zerklüftete düstere Steinblöcke, die sich da unten im Schatten leicht mit braunem Fell verwechseln ließen. Die Strahlen der Sonne reichten nicht bis dorthin, wo der Bergschlund sich öffnete und blaue Schatten hervorquellen und verschwinden ließ. Sie durfte auf keinen Fall vergessen, ganz tief durchzuatmen, denn ihre Lunge arbeitete nicht mehr automatisch. Am liebsten hätte sie überhaupt nicht mehr geatmet, um damit nicht die Stille zu zerstören. Sie hatte links die Mütze etwas hochgeschoben, um wenigstens auf einem Ohr besser hören zu können.

Es gab keine Sekunden und Minuten mehr. Die Zeit wurde zu Schritten, zu Blickwechseln, zu Luft, die in die Lunge gezogen wurde, zu Pulsschlägen, die aufeinander folgten. Die Zeit pochte in ihrem Kopf, hinter den Augäpfeln, hämmerte wütend irgendwo im Unterleib.

Da entdeckte sie ihn. Schwanz und ein Stück Unterleib lugten hervor. Sie war zwanzig Meter über ihm. Er schien nicht besonders bequem dazuliegen, der Körper schien der eines toten Tiers zu sein. Noch fünf Schritte, dann konnte sie das ganze Tier sehen.

Er lag auf der Seite und atmete keuchend. Der eine Vorderfuß war gebrochen, in der Mitte in Fetzen geschossen. Die Pfote selbst hing wie ein Fremdkörper am Fuß und lag verdreht im Schnee. Als sie ihn ansah, hob er den Kopf und leckte und biß am Knochenstumpf herum. Sie registrierte ruhig, daß sie ihn jetzt erschießen könnte, von hier aus. Verdammt noch mal, natürlich würde sie das schaffen! Er lag ganz ruhig da. Sie konnte in aller Ruhe zielen, er würde sie weder hören noch sehen. Sie zog den rechten Handschuh aus und hob die Pistole, kniff ein Auge zu. Da waren Kimme und Korn, und der Zeigefinger wußte, was er zu tun hatte.

Doch da heulte Sagn auf, ein dünnes verzweifeltes Wolfsheulen, das in leichtem Gekläff endete, und der Vielfraß erhob sich plötzlich. Sie drückte ab. Rechts neben dem Vielfraß stob der Schnee auf. Da setzte er zum Sprung an, hinkte auf die Öffnung der Felsspalte zu, dicht an die Felsen gedrückt, in ruckhaftem Zickzack. Der Vorderfuß baumelte hin und her, sie sah den Vielfraß wie bei einem Spiel in einer Arena, die ihr ganzes Blickfeld ausmachte, im Boden dieser Felsspalte, voller Schatten und Steine. Sie stand oben und hatte den Überblick und drückte noch einmal ab. Der Schnee wurde hochgepeitscht, und sie begriff plötzlich, daß sie nach vorn zielen mußte, damit das Tempo ihrer Kugel sich mit dem des Vielfraßes messen konnte. Gleichzeitig bewegte sie sich nach unten, rutschte aus, konnte sich aber auf den Beinen halten. Sie senkte die Waffe nicht, sah plötzlich ein, daß der Vielfraß längst aus der Spalte herausgeklettert sein würde, ehe sie unten ankäme. Und er würde Sagn finden. Sie konnte ihn schon hören. Er heulte, und plötzlich schien sich das Geräusch fortzubewegen. Der Vielfraß mußte nur noch zwei große Steine hinter sich bringen, dann würde das offene Gelände vor ihm liegen. Doch Sagns Geheul klang anders als zuvor, schärfer, und es warf ein Echo. Und da sah sie die beiden: Mit einer Leine und einer kleinen Birke im Schlepptau war Sagn unterwegs zur Felsspalte, in kurzen Sätzen und mit aneinandergelegten Vorder- und Hinterbeinen. Und dort war der Vielfraß. Er hatte Sagn entdeckt und war stehengeblieben.

Sie zielte wieder und drückte ab, und durch einen roten Nebel sah sie, wie der Hinterleib des Vielfraßes in sich zusammensank. Er strampelte noch mit den Beinen, als Sagn sich auf ihn stürzte und ihm die Zähne in den Nacken schlagen wollte. Doch der Vielfraß drehte sich um und verbiß sich in Sagn. Sie begann nach unten zu laufen, stolperte im Schnee und fiel auf den Bauch, segelte mit ausgestreckten Armen schluchzend den Berghang hinunter, blieb in einer Schneewehe stecken und rappelte sich wieder auf. Sie klopfte die Pistole an ihrem Oberschenkel aus und bohrte die Absätze in den Boden, während sie die letzten zehn Meter bis zur engen Öffnung der Felsspalte hinter sich brachte – dort wo die Sonne aufhörte, die Schatten begannen und wo der Lärm ihr voll entgegenschlug, von Sagn, der mit dem Maul voller Fell gedämpft knurrte, und von dem heiser röchelnden Vielfraß. Sie rannte mit erhobener Pistole auf sie zu. Ihr Zeigefinger wollte nicht so recht, sie mußte den Mittelfinger zu Hilfe nehmen.

Zwei Meter vor ihnen blieb sie stehen und hörte ein Gebrüll, das sie nicht einordnen konnte. Sie spürte, wie es ihr den Atem verschlug. In dem Moment, als sie ganz tief Luft holte, verstummte das Gebrüll. Der Vielfraß hatte Sagn an der Brust gepackt, während der Hund ihn gleich hinter den Ohren festhielt. Beide Tiere lagen mit geschlossenen Augen da. Wenn sie dem Vielfraß in den Kopf schoß, würde sie auch den Hund durchbohren. Sie stürzte vor und trat Sagns Hinterteil beiseite, registrierte Pfoten, kratzende Krallen, Nasenlöcher, die so weit offen waren, daß man ihr rosafarbenes Inneres sah, und einen strengen Fettgeruch. Sie zielte in flachem Winkel auf den Bauch des Vielfraßes und drückte ab. Etwas spritzte hoch, und einige Steine fielen von der Felswand herab, in die die Kugel eingeschlagen war. Sie drückte noch einmal ab, konzentrierte sich auf das braune Fell und nicht das weiße. Braun. Nicht weiß. Auf den Vielfraß. Nicht auf Sagn. Sie schoß noch einmal und horchte, das heisere Geröchel war verstummt. Sie fiel auf die Knie, starrte hingerissen auf den Vielfraß, der unter dem Hund hervorgerutscht war, steckte die Finger in den Mund, um sie zu wärmen und schloß die Augen. Nur für eine Sekunde. Sie mußte sich ausruhen. Als sie sie wieder öffnete, war alles beim Alten. Nur die Geräusche waren anders. Sagn krümmte sich noch immer über den Vielfraß und knurrte. Sie spuckte ihre eigenen Finger aus und brüllte:

»Aus! Aus jetzt! Der ist doch tot!«

Die Augen des Hundes öffneten sich, starrten aber ins Leere. Endlich sah sie, wie seine Schnauze wieder über die Zähne glitt und losließ. Er hob den Kopf, erwiderte ihren Blick.

Sie streckte ihm die Hand hin.

»Braver Junge, braver Junge ... komm her ... komm bei Fuß!«

Er versuchte, sich aufzurichten, doch es gelang ihm nicht. Der Vielfraß hing an ihm fest. Er war tot, aber er hing fest.

Sie beugte sich über den Kopf des Vielfraßes, berührte seine Schnauze mit klammen Fingern. Sie war warm und in Sagns Fell vergraben. Schnurrhaare stachen sie in die Finger. Sie packte mit beiden Händen die Schnauze, um sie zu öffnen. Sagn stöhnte ohnmächtig und wackelte mit dem Kopf, dann ließ er sich auf den braunen Haufen aus totem Tier sinken. Die Kiefer waren und blieben geschlossen. Sie ging in die Knie und rang mit dem Raubtierkopf, der Schädel knackte, sie spürte die Vibrationen in den Fingern, aber die Kiefer öffneten sich nicht.

»Verdammt!«

Die Pistole. Ob sie diesen verdammten toten Kopf wegschießen sollte, der sich wie ein Egel am Hund festgesetzt hatte? Sie machte sich an der Waffe zu schaffen, und ihr fiel plötzlich ein, daß sie den Lauf der Pistole als Brechstange verwenden könnte. Sie schob sie dem Vielfraß durch die Mundwinkel, stieß gegen die Backenzähne, so daß das Metall dröhnte, drückte dem Tier das Knie in den Nacken und drückte den Griff mit beiden Händen nach oben, während der Lauf durch das Maul des Tieres verlief und im Schnee steckte.

Der Schuß schien sie alle drei emporzuheben; eine gigantische Faust fuhr aus dem Felsboden, eine schwellende Blase, die ihr das Gefühl gab, in hohem Bogen nach hinten geschleudert zu werden, während ein kurzes Klatschen ihre Ohren füllte, gefolgt von einem langen, gequälten Geheul, das verstummt war, noch ehe sie wieder auf den Boden aufschlug. Sie öffnete die Augen und sah Himmel. Weißen Himmel. Zwei senkrechte Felswände verengten den Himmel zu einem Trichter aus Luft. Sie atmete, bewegte die Finger, wartete auf Schmerzen, auf Blut, aber nichts passierte. Sie spürte ein Glied nach dem anderen: zwei Füße, zwei Arme, einen Kopf, eine funktionierende Lunge. Sie richtete sich auf.

Die Pistole war nicht gesichert gewesen. Sie hatte in den Boden geschossen und damit den Hund in den Himmel gejagt. Er lag auf dem Rücken, die Pfoten nach oben gestreckt und den Kopf nach hinten gekippt, und es dampfte aus einer rotweißen Wunde in seiner Brust.

Langsam fuhr sie sich mit der Hand über die Augen. Sie waren trocken. Dann zog sie die Handschuhe an, machte kehrt und ging zu den Skiern zurück.

Sie mußte schwarze Müllsäcke nehmen, mehrere übereinander. Der Boden war glatt, es würde schon gehen. Sie steckte die Säcke in eine der Taschen hinter dem Sitz des Motorschlittens, holte einen Kanister, öffnete den Tankdeckel, griff sich den Trichter und goß. Sie atmete Benzingeruch ein und konzentrierte sich auf ihre Hände, die den Kanister hielten, darauf, daß der linke Handschuh naß wurde und daß sie die Pistole nicht mehr brauchte, sondern sie einstecken und auf den Küchentisch legen würde. Schlichte Gedanken, die die Sekunden zusammenbanden und andere Bilder aussperrten.

Die Fahrt zurück zur Felsspalte dauerte nicht lange.

Sie waren schon steif. Der Vielfraß ließ sich leicht in einen Sack stecken. Sie brauchte den Sack nur aufzuhalten, mit dem Fuß zuzustoßen und das Tier hineinzuschieben. Sagn machte da schon mehr Schwierigkeiten. Seine Füße blieben hängen, und der Sack ließ sich nicht ganz zubinden, da der Körper ihn in alle vier Himmelsrichtungen dehnte. Sie richtete sich auf und betrachtete den Sack. Ein schwarzes Zelt mit vier Ecken. Die Spannweite zwischen Vorder- und Hinterbeinen ... Sie mußte ihn hinter sich über den Sitz legen und ihn unterwegs festhalten.

Sie war erstaunt darüber, wie wenig Blut zu sehen war. Als ob es durch die Schneeschicht hindurchgeschmolzen und dann verschwunden wäre.

Sie fuhr langsam und hatte die eine Hand nach hinten gestreckt, um steifes Plastik festzuhalten, das unter der Oberfläche pelzweich und nachgiebig war, gefolgt von einer neuen Härte in Form eines erstarrten Körpers. Der Vielfraß machte keine Probleme, sie zog ihn hinter sich her, und er wurde zwar ein wenig herumgeschleudert, belastete aber die Leine nicht weiter. Der gefrorene Schnee transportierte den Sack fast wie von selbst.

Sie dachte: Warum war er nicht tiefer in die Felsspalte gelaufen, sondern hatte versucht, sich zu verstecken, warum hatte er lieber auf die Freiheit gesetzt? Hatte er wirklich geglaubt, daß offenes Gelände Freiheit bedeutete?

Die Hunde standen ganz still da, als sie zurückkam, begrüßten sie weder mit Bellen noch mit Schwanzwedeln, sondern nur mit großen, nackten Blicken.

Sie hatte sich schon überlegt, was sie mit Sagn machen sollte, und als der Motorschlitten zum Stillstand kam, zog sie ihren linken Fuß vorsichtig über den Sitz, um den Hund nicht mitzureißen. Dann ging sie hinter das Haus, holte eines der Ölfässer, fegte abermals Krümel weg und rollte es um das Haus. Sie machte den Vielfraß los und ließ ihn liegen. Dann holte sie den Spaten, befestigte das Ölfaß am Motorschlitten, ließ den Motor an und fuhr zum Begräbnisplatz.

Sie legte das Ölfaß auf die Seite, schätzte seine Höhe, stellte es wieder hin und legte den Erdboden an der Stelle frei, wo das Faß landen mußte, wenn sie es, gefüllt mit dem Hund und viel Schnee, umdrehen würde.

Er wollte nicht hineinpassen. Die Füße. Sie versuchte, sie abzuknicken. Schlug auf sie ein. Packte die eingefetteten Pfoten und konnte sie schließlich paarweise aneinanderdrücken. Dann setzte sie sich rittlings auf den Hund und preßte die Pfoten mit unbeschreiblicher Anstrengung zusammen. Sie keuchte. Legte eine Ruhepause ein. Stand wieder auf. Schob Sagn kopfüber in die Öffnung des Ölfasses und ließ ihn hineinfallen. Er streifte die Metallrillen an den Wänden und blieb dann senkrecht stehen. Und plötzlich spürte sie, wie die Trauer um ihn ihr wie ein bitterer Geschmack in den Mund stieg. Sein Schwanz sah aus wie die Pelzkante einer Anorakkapuze. Sie umklammerte das Ölfaß und weinte, bis sie nicht mehr konnte.

Dann füllte sie mit Schnee auf, klopfte ihn mit Spaten und Händen fest, kippte das Faß auf die Seite, um zu überprüfen, daß alles an Ort und Stelle blieb, faßte es von unten und wußte, daß es jetzt schnell gehen mußte. Und mit einem Griff stand das Faß mit der Öffnung nach unten auf dem bloßen Boden, eine Säule aus Hund und Schnee, zusammengehalten von eiskaltem Metall.

Sie blieb nicht lange. Denn nun wollte sie zurück zum Hof und den zweiten Vielfraß in den Futterraum bringen.

Sie beschloß, die Vielfraße im Futterraum liegenzulassen, auch beim Abhäuten, denn sonst würde sie sich die Finger abfrieren, obgleich das Thermometer nur elf Grad minus zeigte und ein paar zerzauste Wolken angesegelt kamen. Sie trug die Säcke mit Hundefutter auf den Hof, zusammen mit den beiden Zementsäcken. Die Hunde hatten noch nichts zu essen bekommen und verstanden offenbar auch warum. Sie drängelten, kabbelten sich und mußten getrennt werden. Sechs von ihnen band sie an die Pfähle, kämpfte mit schweren Hundenacken, die in die entgegengesetzte Richtung wollten, mit Füßen, die sich mit ihren verhedderten, mit eiskalten Ketten, die an Halsbändern befestigt werden mußten. Dann holte sie Leinen und band sechs der Hunde im Zwinger an den Zaun, in ausreichender Entfernung voneinander. Die fünf letzten wurden mit einem gezielten Stiefeltritt in ihre Käfige geschoben.

Wo sollte sie anfangen? Hatte er denn wirklich nur diese eine Axt? Sie brauchte unbedingt eine Axt. Sie suchte nach dem Messer, mit dem die Männer das Rentier zerlegt hatten, konnte es aber nicht finden. Das Brotmesser mußte reichen. Es war stumpf. Sie durchwühlte die Küche nach dem Wetzstahl, konnte aber auch das nicht finden, und ging zu den Vielfraßen zurück. Das blutrünstige Geheul der Hunde ließ sie erstarren. Hier würde nichts gekocht werden. Diesmal sollte alles aufgefressen werden. Heute nacht.

Sie hatte in dem einen Schuppen Bretter und andere Holzreste gesehen. Der Boden des Futterraums war aus Beton und hätte das Messer endgültig stumpf werden lassen. Sie holte eine Holzplatte, hob den Vielfraß an den Ohren hoch, schob die Platte darunter und bückte sich über ihn. Sie wollte als erstes einen Einschnitt ins Fell machen, um die Nackenwirbel zu finden. Sie schnitt seitlich und hatte dabei das Gefühl, durch Gras zu schneiden. Es stank. Da sah sie Blut. Rasch trat sie zwei Schritte zurück, weil sie plötzlich das Gefühl hatte, daß der Vielfraß sich bewegte. Verdammte Köter, die einen solchen Höllenlärm machten, ausgerechnet jetzt, wo sie sich auf dieses Tier konzentrieren mußte! Doch der Vielfraß lag ganz still da, war kein Vielfraß mehr, sondern nur noch eine in Stücke geschossene Masse aus Fleisch und Fell.

Ihr blauer Overall strammte im Schritt, als sie sich rittlings über das Tier setzte und den Messergriff in der rechten Hand und die Klinge, deren stumpfe Seite sie mit einer Zeitung verstärkt hatte, in der linken hielt. Dann drückte sie zu und sägte zugleich vorsichtig vor und zurück. Die Materie gab nach, sie schnitt tiefer, stieß auf Widerstand, gab aber nicht nach. Und sie wäre fast auf die Nase gefallen, als die Klinge plötzlich so hart ins Brett fuhr, daß ihr Kopf nach vorn kippte. Sie nahm sich keine Zeit, um sich anzusehen, was aus dem Kadaver herausglitt. Dann waren die Füße an der Reihe.

Sie schob das Brett ein Stück zur Seite und wischte sich die blutigen Hände an den Oberschenkeln ab, damit ihr das Messer nicht wegrutschen konnte. Danach machte sie sich an die Vorderfüße.

Die Hinterfüße machten größere Schwierigkeiten. Sie mußte das Messer an den Hüftknochen ansetzen, und nach einigem Sägen und Hacken stemmte sie einen Fuß gegen den Bauch des Tieres und riß mit beiden Händen am Bein. Schließlich löste sich der Knochen mit einem gurgelnden

Geräusch, dann spritzte ihr dunkles Blut ins Gesicht. Eingeweide quollen heraus. Sie wischte sich mit dem Ärmel das Gesicht ab und wiederholte die Prozedur mit dem anderen Fuß, diesmal jedoch mit abgewandtem Gesicht. Jetzt war nur noch der Rumpf übrig. Sie holte zwei Eimer und stellte sie neben sich. Dann drehte sie den Torso auf den Rücken und stach das Messer ins Fell, schnitt und bahnte sich einen Weg hinunter zum Schwanz, während sich alles glänzend rot färbte und zu Boden glitt. Sie fand einen weißen, bis zum Rand gefüllten Sack, den sie sofort als Magen identifizierte und in einen Eimer fallen ließ. Alles andere wurde in Stücke geschnitten und landete im zweiten Eimer. Die Leber legte sie vor sich auf den Boden. Jetzt kamen noch Fleisch und Fell an die Reihe. Sie kniete sich auf den Boden und trennte mit langen, mühsamen Schnitten die Haut vom Körper, ohne sie zu verletzen. Der Schweiß brannte ihr in den Augen, sobald sie vergaß, sich immer wieder mit dem Handrücken die Stirn abzuwischen.

Dieses Fell war nicht groß, sondern eher ein stinkender, von innen blutverschmierter Haufen von dichtstehenden Haaren. Sie trat ihn etwas beiseite, hin zum schwarzen, ausgebeulten Müllsack. Sie betastete den Inhalt des Müllsacks, der inzwischen weich zu werden begann. Den anderen Kadaver würde sie sich auch gleich noch vornehmen, heute abend noch, um es hinter sich zubringen.

Sie zerschnitt das Fleisch, brach die Rippen auseinander. Die Hunde warteten.

Wie sie sie anstarrten, als sie ihnen rohes Fleisch hinwarf, Darmfetzen! Die beiden Rüden, die die Hinterfüße bekamen, brüllten bis zu der Sekunde, in der ihre Kiefer sich um das braune Fell schlossen, und sahen mit flammenden Blicken umher, sahen sie an, die anderen. Die Hunde an den Pfählen bekamen am meisten. Jeder einen Fuß, den

Kopf, eine Portion Rippen. Die im Zwinger und in den Käfigen erhielten Fleisch und Innereien. Lady bekam die Leber. Beim nächsten Vielfraß würde sie es umgekehrt machen und damit alles ausgleichen. Sie sollten zu fressen bekommen, bis zum Erbrechen. Nichts sollte übrigbleiben, alles bis morgen früh verschwunden sein.

Ohne zu überlegen, ob sie müde sei, schaltete sie alle Hoflampen ein und öffnete den schwarzen Müllsack.

Diesmal war es einfacher. Der Bauch war bereits geöffnet, die Eingeweide lagen im Sack und mußten nur noch in den Eimer geworfen werden. Die Leber legte sie auf die Bank. Die Ränder des Fells, das sie nun abzog, waren zottig, und der dünne Schwanz war steif vom geronnenen Blut.

Eine Stunde später lag alles auf dem Boden verteilt, und sie machte eine neue Runde. Die Hunde lagen im Schatten und schnappten nach dem rohen Fleisch, knurrten nur leise, wenn ein anderer Hund zu laut wurde. Sie warfen ihr sprachlose Blicke zu, als jeder noch eine Portion zugeteilt bekam. Es fiel ihnen schwer, sich zu entscheiden. Zwei von den Hunden an den Pfählen fingen an, im Boden zu graben, um den Schatz zu verstecken.

»Nein!« schimpfte sie.

Denn früh am Morgen würde sie alles einsammeln, was sie nicht geschafft hatten. Und dann würde ihr nicht ein einziger Knochen entgehen, bloß weil ein umsichtiger Schlittenhund sich seinen eigenen kleinen Begräbnisplatz angelegt hatte.

Doch wahrscheinlich würden sie die ganze Nacht lang essen. Bis nichts mehr übrig wäre.

Sie wusch sich im Futterraum die Hände, schloß die Tür und schaute sich um, während sie sich mit Papier die Hände abtrocknete. Sogar an der Decke klebte Blut, sicher von den Hinterbeinen. Der Eimer mit den zwei Mägen. Die Leber auf der Bank sah aus wie eine dicke Schuhsohle. Der Boden. Sie griff sich einen Besen, schob schwarze Blutkrusten zum Abfluß mitten im Raum. Der Boden lief nicht mehr schräg zur Mitte zu, was wohl am Frost lag. Sie holte einen der Wassereimer, der für wütende Hunde reserviert war, und goß das Wasser über das Blut. Fleischfasern drohten den Abfluß zu verstopfen. Sie fischte sie heraus und legte sie zu den Mägen. Morgen würde sie gründlicher saubermachen müssen, wenn sie sich um die Felle kümmerte, jetzt schaffte sie es einfach nicht mehr.

Auf der Treppe streifte sie sich die Stiefel ab, dann stellte sie den Eimer auf den Tisch und legte die Leber ins Spülbecken. Den Thermoanzug pellte sie sich bis zu den Knöcheln hinunter, bevor sie ganz herausstieg und ihn dann liegenließ.

Dann stopfte sie den Ofen so voll, daß er ein dumpfes Pochen von sich gab, und ging unter die Dusche.

Die Flammen funkelten durch das Glas, mit dem sie der offenen Ofentür zuprostete. In ihren Wangen hämmerte eine wahnwitzige Hitze, die noch anstieg, als sie die Zeitungen musterte, die hinten am Ofen über dem Boden verstreut lagen, und den Eimer, der auch dort stand.

Der erste Magen zischte auf, als sie ihn in den Ofen warf. Etwas platzte. Die Flammen legten sich für einen Moment, dann wurden sie wieder groß und fett. Sie umzüngelten ihre Mahlzeit und verzehrten sie in aller Eile, bevor sie sich wieder spitz aufrichteten und auf mehr warteten. Und das bekamen sie auch. Sie prostete, trank Bier und Schnaps und spürte, wie ihre nassen Haare die Strahlenwärme sammelten und unter ihren Fingern dampften, wenn sie sich durch die Ponyfransen fuhr.

Der Boden des Eimers war mit blutigem Wasser bedeckt. Sie stand auf und leerte ihn über dem Spülbecken, spülte mit Wasser nach und warf den Eimer in den Flur. Dann ließ sie einen dünnen Strahl kaltes Wasser über die Leber laufen, um sie zu säubern. Danach ging sie wieder zum Ofen, stopfte den Thermoanzug und die Zeitungen hinein, nahm sich ein neues Bier, schaltete das Radio ein und hörte die Stimme des Überraschungsgastes. Es war eine unbekannte Stimme, doch der Sprecher wirkte aufgeregt, weil er diese Frau im Studio hatte, offenbar eine Schriftstellerin. Sie sprach davon, wie sie in einen Keller gestiegen und nach Stoff gesucht hatte. Vielleicht war es ja auch eine Drogenfahnderin. Eine, die im Rausch anderer Leute herumwühlte.

Jetzt hatte sie Hunger. Sie zerließ die Butter und bräunte sie an, dann zerschnitt sie die Leber und gab sie hinzu. Das Fett spritzte einen halben Meter hoch und verbrannte ihre Hände, als sie die Stücke mit dem Bratenwender verteilte. Es roch nach Blut und nach Beute. Und das Bier brannte eisig am Gaumen, während sie schnupperte und wartete. Sie ließ die Leber eine Weile braten, zog die Pfanne von der Platte, goß etwas Sahne hinzu und schmeckte mit Salz und Pfeffer ab, ehe sie alles auf einen Teller füllte. Dann setzte sie sich zum Fressen und sah dabei den Hunden draußen zu. Sie kaute im Takt mit ihnen, benutzte aber Messer und Gabel, denn sie war ein zivilisierter Mensch, trank gierig aus der Bierflasche und hörte der in Worten schwelgenden Frauenstimme im Radio zu.

Endlich kam Musik. Satt und warm lehnte sie sich zurück und spürte, wie eine seltsame Ruhe sie überkam. Sie stand auf und drehte die Musik ab, legte Holz im Ofen nach und dachte: Morgen spanne ich die Felle an die Hauswand. Mit der Fellseite nach außen.

Er kam, als sie mit dem zweiten Fell beschäftigt war. Das erste war schon angenagelt und hing wie eine Zotteldecke an der hinteren Bretterwand. Es war unmöglich, sie allein richtig zu spannen. Inzwischen schneite es ein wenig, und die Kälte hatte nachgelassen, es waren nur fünf Grad unter Null. Aber dennoch so kalt, daß nichts verrotten würde.

Als erstes hörte sie das Gehechel und dachte: Er hat das Rennen aufgegeben, er ist wieder da, hat den Wagen oben auf der Straße gelassen und ist mit den Hunden hergekommen.

Ihre siebzehn machten einen Höllenlärm.

Aber es war Toivo. Mit vier Hunden im Gespann und einer Kiste auf dem Schlitten, aus der vier kleine Hundegesichter hervorlugten. Er bog auf den Hofplatz ein und rief: »Haaalt!«

Die Hunde blieben stehen. »Fresse halten«! brüllte sie in Richtung Zwinger.

»Hallo!«

»Unterwegs?«

»Wollte mal nach dir sehen. Ob du ...«

»Mir geht's gut.«

Sie wandte sich wieder ihrem Fell zu und schlug die letzten drei Nägel ein. Er schwieg, bis sie sich wieder umdrehte. Sie wischte sich die blutigen und fettigen Finger an der Hose ab.

»Wie ich sehe, war hier allerhand los.«

»Ja. Hilfst du mir, die Knochen einzusammeln? Dann kann ich so lange die Hunde von den Pfählen nehmen, und du kannst deine hinstellen.«

Damit waren sie eine ganze Weile beschäftigt. Toivo holte sich einen Spaten, da sie nur einen einzigen Besen finden konnte. Die Hunde waren müde, sie hatten bis zum Morgengrauen gefressen und waren vom Haß aufeinander erschöpft. Einige blickten nur gleichgültig auf, als ihnen die Reste weggenommen wurden, sie fanden die vier Fremden auf dem Hofplatz viel interessanter. Sie holte die Schneeschaufel und packte alle Essensreste darauf, dann nahm sie sich einen Spaten, um in einem Aufwasch auch den Kot zu entfernen. Eine weiche Schneedecke lag über den gefrorenen Wegen, die sie freigeräumt hatte und wo das Gehen leichtfiel. Die Welpen taumelten umher, beschnupperten sie von Kopf bis Fuß, wedelten mit dem Schwanz, spielten und übten sich im Raufen. Es roch nach Frost und Sauberkeit.

Er stand vor den Fellen, als sie mit leerer Schaufel zurückkehrte. »Reiß sie unten wieder los, dann ziehe ich sie stramm, und du nagelst sie noch mal fest«, sagte er.

Sie stand ganz dicht bei ihm, als sie den Hammer schwang. Sein Mund dampfte leicht, roch jedoch nicht nach Tabak, nur nach Männeratem.

»Ich hole die Hunde«, sagte er.

»Die brauchen Wasser, ich mach das schon.«

Die Welpen durften in ihr altes Zimmer.

Er saß am Küchentisch und sah ihr zu, wie sie den Kaffeekessel ausspülte und mit frischem Wasser füllte. Sie hatte ihn gerade auf die Platte gestellt und wollte den Herd andrehen, als sie plötzlich sagte: »Ich habe eigentlich gar keine Lust auf Kaffee ... möchtest du ein Bier?«

Sie öffnete den Kühlschrank, er antwortete: »Du hast doch nur noch zwei.«

»Ich hab auch Schnaps.«

»Dann nehmen wir das Bier.«

»Ich wollte heute eigentlich zum Laden … mehr Bier kaufen.«

»Mit dem Motorschlitten?«

»Ja, ich fahre nicht mit den Hunden.«

»Dir fehlt einer.«

Sie antwortete nicht sofort, trank, prostete in seine Richtung, ohne zu warten, bis ihre Flaschen aneinanderstießen. Sie blickte zur Hauswand mit den Fellen hinaus und spürte, wie die Kohlensäure in den Nebenhöhlen brannte.

»Ja, mir fehlt einer. Sagn. Einer von den jungen Rüden. Der Vielfraß hat ihn erledigt. Und ein blödes Weib, das keine Pistolen sichern kann.«

Sie goß unverdünnten Schnaps in die Gläser. Sie tranken eine Weile, dann sagte er: »Ich kann mit dir zum Laden fahren. Mit meinen Hunden.«

Sein Blick fand ihr Gesicht, streichelte Augenlider und Mundwinkel. Sie wollte ihn erst erwidern, wenn der Schnaps den Magen getroffen hatte.

»Warum bist du hier? Magst du ihn?« fragte er.

Hinter ihren Rippen brannte es. »Nein. Und du?«

»Nein.«

»Warum willst du nicht mit Hunden von anderen fahren?«

»Ich bin schon oft mit Hunden von anderen gefahren.«

»Aber nicht mit seinen?«

»Nein. Nicht mit seinen.«

»Aber mit mir willst du zum Laden fahren.«

Seine Hunde hatten sich gerade zum Schlafen zusammengerollt, als sie wieder angeschirrt wurden. »Reichen denn vier? Für uns beide?«

»Ganz tolle Schneeverhältnisse auf der Straße. Kein Problem. Setz dich in den Schlitten.«

Aber es machte doch arge Mühe, das Tempo zu steigern. Es schneite leise, die Flocken fielen senkrecht vom Himmel herab. Der Schlitten wackelte unter ihr, sie hielt sich am Rand fest und fühlte sich glücklich, weil der Schlitten sich vorwärtsbewegte. Ein schwacher Rausch hatte sich hinter ihren Schläfen festgesetzt und brachte den Schnee, der sie im Gesicht traf, zum Schmelzen. Sie schloß die Augen und horchte auf seinen Atem hinter ihr, auf die Worte, die er den Hunden zurief, auf das Geräusch der arbeitenden Pfoten.

Er wartete draußen, während sie einkaufte. Stand einfach da und musterte den Himmel, als sie mit Tüten voller Bierdosen und zwei frischen Broten wieder zum Vorschein kam.

»Jetzt kannst du fahren«, sagte er. »Du mußt dich einfach so hinstellen. Hier ist die Bremse. Das lernst du schnell.«

Sie brachten das Gespann wieder auf die Straße. Er ging vorneweg, sie bremste hinten. Dann setzte er sich zu den Einkaufstüten in den Schlitten und blickte zu ihr hoch. »Jetzt kommandierst du ›ja‹, laut und kräftig, mit einem langen iii und einem kurzen a.«

Sie rief: »Iiiiia«!, klammerte sich an den Schlitten, als er losruckte, stemmte die Füße gegen die Kufen und starrte die Hunderücken an, wo Schulterblätter und Hüften in weichen Stößen rotierten. Seine Nackenhaare waren schwarz und struppig, sie hätte sie gern gestreichelt, statt dessen aber beugte sie sich vor und sagte: »Das gefällt mir.«

Er drehte sich nicht um, aber sie hörte ihn lachen. Der Wald fegte lautlos an ihnen vorbei. Als sie auf den Hofplatz fuhren, bellten siebzehn Hunde wie besessen.

»Haaalt!« rief sie, und wundersamerweise gehorchten die Tiere auch.

Sie stellte das Essen auf den Tisch. Er hatte seinen Overall ausgezogen. Sie tranken Bier und schnitten Brot.

»Warum bist du gekommen?« fragte sie.

»Ich weiß nicht so recht.«

Sie sah ihm beim Kauen zu. Er erwiderte ihren Blick, wich nicht aus. Bettelte auch nicht. Sie lächelte ihn an und sagte leise: »Ich dachte, du wärst wie er.«

»Kann ich mir denken.«

»Und du *warst* ja auch so.«

»Wenn man mit ihm zusammen ist, muß man so sein.«

»Ja. Prost.«

»Und du bist jetzt auch eine andere als damals ...«

»Ja.«

Er lachte. »Armes Schwein.«

Sie wußte, wen er meinte, und wieder prosteten sie sich zu und lachten gleichzeitig. Die Küchenfenster waren völlig beschlagen, und im Ofen verschlangen die Flammen frische Holzscheite.

»Er wird das Rennen nicht gewinnen«, sagte er plötzlich mit vollem Mund.

»Wieso nicht?«

»Weil er die Hunde ganz falsch behandelt. Der Mann spinnt doch. Er hat Sprinter, keine Zughunde.«

»Sie ziehen doch. Sie sind stark.«

»Sie sind erschöpft. Erschöpft davon, sich im System nach oben kämpfen zu müssen. Er tut so, als sei es eine Herde, läßt nur die stärksten überleben. Weißt du eigentlich, daß er sie selber näht?«

»Wenn sie ...«

»... wenn sie versuchen, sich gegenseitig umzubringen. Er dröhnt sie mit Tabletten zu und vernäht die Wunden selber ... Haut und Fell und alles ...«

»Oder er knallt sie ab.«

»Ja. Er hatte schon viele Leithunde.«

»Sein Leithund ist das einzige, was ihm wichtig ist, glaube ich.«

»Ich habe zwei. Ein Zugpaar. Nicht so einen kleinen Kaiser, der nach Strich und Faden verwöhnt wird.«

»Kämpfen die beiden nicht gegeneinander?«

»Dazu kommen sie sich nicht nah genug. Und deshalb glaubt jeder, er sei der König, und meint, er könne den anderen fertigmachen. Das macht sie stark, stärker als sie selber, nicht stärker als alle anderen, verstehst du?«

»Er haßt die Schwachen ... die Kriecher«, sagte sie leise und ließ den Schnaps in kleinen, ätzenden Perlen über ihre Lippen gleiten.

Sie aßen lange schweigend weiter, holten sich neues Bier.

»Ich muß den Futterraum saubermachen. Das Blut ist sicher festgefroren. Das wird eine Schweinearbeit.«

»Ich helfe dir.«

Es tat gut, mit ihm zusammen zu arbeiten, zu schwitzen. Er leerte einen Eimer nach dem anderen. Sie scheuerte. Langsam verschwand der Blutgeruch aus dem Raum. Die Welpen fiepten hinter der Käfigtür und wollten dabeisein.

»Die Flecken an der Decke lassen wir«, sagte sie.

»Ja. Wir trinken lieber noch ein Bier. Und dann fahren wir eine Runde.«

Sie fuhren über die Hochebene. Die Abendsonne drang in kleinen Streifen durch die Wolken, fernes Schneegestöber verhüllte die Berge im Osten.

Sie drehte ihr Gesicht zu ihm hoch, sein Kinn war von kurzen grauen Bartstoppeln bedeckt.

»Fahr nicht zur Felsspalte.«

Er verfolgte die Schlittenspur, die kaum noch zu sehen war, mit den Augen und nickte. Sie lehnte sich zurück und konzentrierte sich auf ihren Atem im Schal, auf die Kälte, die ihre Stirn schmerzen ließ, auf das schwache Zittern des Schlittens unter ihrem Hintern, auf die Zungen der Hunde, die im Takt der Füße hin- und herpendelten, auf ihre breiten Pfoten, die vorwärtsjagten und die Körper mit sich rissen. Die Berge wogten unter den Farben, dottergelb und zartrosa, scharfe Schatten zogen sich die Hänge hinab. Die Berge lagen einfach nur da, jenseits von Zeit und Menschen, lagen da und ließen die Jahreszeiten über sich hinwegspülen. Nur ab und zu löste sich ein Stein, um eine bessere Lage zu finden. Und überall gab es Schnee, Moos, kleine Birken, die mit ihren Wurzeln in engen Felsspalten um Nahrung kämpften; Wanderer hinterließen hier keine Spuren, ließen nur ihre Gedanken über die Gipfel schweben und zu Luft werden. Hier trabten Tiere auf der Suche nach Futter und Schutz leichtfüßig umher, auf der Suche nach einem Stück Erde, in dem sie einen Bau graben, Junge bekommen konnten, während sie wußten, daß unter ihnen die Ewigkeit, die Unerschütterlichkeit ruhte. Plötzlich sah sie sich von oben, wie aus weiter Entfernung. Sah sich zwischen diesen Decken sitzen, den Fellen, Rentierfellen, die keine Haare verloren, hinter sich den Mann, vor sich vier Hunde. Sie bildeten einen schmalen lautlosen Strich, der eine weiße Fläche durchkreuzte, während Pulverschnee die Kufen und Pfoten umstob. Es war ein einsames Bild, und plötzlich spürte sie, wie die Tränen in ihren Augen zu Eis erstarrten, und wischte sich mit dem Fäustling über das Gesicht.

»Willst du fahren?«

Sie nickte.

»Haaalt!« Verwundert blieben die Hunde stehen und schlangen sofort Schnee in sich hinein.

Diesmal blieb er hinter ihr auf den Kufen stehen, legte seine Arme um sie und seine Fausthandschuhe auf ihre. Er lehnte seinen Kopf an ihren, und sie atmeten gleichzeitig, dampfend. Beugten ihre Körper in dieselbe Richtung, wenn der Schlitten sich schräg legte. Es sang in ihren Ohren, wenn er den Hunden Befehle zurief, und sie machten erst kehrt, als die Sonne hinter einem niedrigen Dunst begraben war, durch den sie sich nicht hindurchzukämpfen vermochte.

In der Küche aßen sie noch etwas. Es wurde langsam dunkel. Sie mischte neuen Schnaps und sah, wie der Alkohol im Wasser Fäden zog.

»Paß auf, daß du dir nicht die Augen erfrierst, deine Augenränder sind schon ganz rot«, sagte er.

»Willst du hier schlafen? Deine Hunde sind doch total erschöpft.«

»Ich will ... mit dir schlafen.«

Er errötete und wandte sich ab.

»Ich weiß«, flüsterte sie. »Aber nicht hier.«

»Nein. Nicht hier.«

Lange saßen sie schweigend da. Dann sagte sie: »Glaubst du ... glaubst du, er könnte einen Menschen erschießen?«

Sie schenkte die Gläser voll, die Fäden hatten sich jetzt beruhigt.

»Deine Hände zittern.«

»Ja. Und du – was meinst du?«

»Einen anderen Mann würde er sicher nicht mit Waffen angreifen. Aber eine Frau ... ich weiß nicht. Bei einem Mann würde er die Fäuste nehmen. Oder eine Axt. Aus nächster Nähe. Vielleicht einen Stein.«

»Er hat einen Stein.«

Sie tranken. Er sagte: »Ich fahre jetzt. Das schaffen die Hunde schon. Und die Welpen haben bestimmt Lust auf einen Ausflug.«

Er fuhr ohne Stirnlampe los und orientierte sich nur mit Hilfe der schmalen Mondsichel und seiner eigenen Spur vom Hinweg. Sie fütterte die Hunde, streichelte sie, bis sie ruhig waren, setzte sich an den Küchentisch und knipste alle Lampen aus. Sie wollte ein bißchen Ruhe haben, ehe sie ins Bett ging.

Sie saß schon lange da, als er kam, als er sich vorsichtig auf den Hof schlich. Sein langer buschiger Schwanz hing herab, sein Pelz stand in gelben Büscheln vom Körper ab. Er war dünn, sehr dünn, seine Augen waren erschöpft, er hatte Angst vor dem Hunger. Er hatte es nicht auf die Felle der beiden Vielfraße abgesehen, sondern auf das Rentierfell. Die schlafenden Hunde rührten sich nicht, sie hörten und rochen nichts.

Sie saß bewegungslos in der Dunkelheit und umfaßte ihre eigenen Unterarme. Davor hatte sie Angst gehabt, vor einem Wolf.

Doch nun empfand sie eigentlich keine Angst. Denn sein Anblick da draußen in der Nacht, allein, wachsam, auf der Jagd nach Futter und Leben, beruhigte sie. Wenn ein solches Tier als einsamer Streuner überleben konnte, dann brauchte sie sich vor nichts zu fürchten. Auch wenn er dünn und erschöpft war, lebte er, atmete, wußte, daß jeder Tag mit dem nächsten zusammenhing.

Vorsichtig berührte er die Wand mit der Pfote. Seine Schwanzspitze ruhte im Schnee, während er behutsam am Fell herumzupfte. Er schluckte, sah sich um, riß wieder ein winziges Stückchen ab.

Du hättest lieber gestern herkommen sollen, dachte sie und lächelte, dich am Blutfest beteiligen, das hättest du verdient.

Er hatte jetzt beide Pfoten an die Wand gelegt und zog übermütig seinen Oberkörper daran hoch.

Nun hob ein Hund den Kopf. Verdammt. Sie wollte jetzt nicht den ganzen Zwinger losbrüllen hören.

Langsam erhob sie sich und holte die Pistole aus dem Wohnzimmer, glaubte, noch einige Schüsse übrig zu haben, und ging zur Haustür. Sie lud durch, riß die Tür auf und hielt sich am Türrahmen fest, während sie einen ohrenbetäubenden Krach in die Nacht hinaussandte, dann knallte sie die Tür zu und stürzte ans Küchenfenster.

Der Wolf war verschwunden. Im Zwinger sprangen die Hunde kläffend durcheinander. Zwei von ihnen hatten offenbar etwas gewittert, wagten aber nicht, ihrer Nase zu glauben. An den Stellen, an denen der Wolf an der Rentierhaut geleckt hatte, glänzte sie ein wenig.

Da sie nichts verabredet hatten, wartete sie einen Tag. Wusch Wäsche und hängte sie zum Trocknen auf. Das Barometer stieg wieder, es hatte nicht mehr geschneit. Sie würde seine Spuren mit dem Motorschlitten löschen müssen, wenn kein Schnee mehr kam.

Die Wäsche auf der Leine hinter dem Haus dampfte heftig, als sie sie aufhängte, Unterhosen und Handtücher. Sie war jetzt sauber, blutete nicht mehr. Das erste Kleidungsstück war schon zu einer weichen Platte gefroren, noch ehe sie mit schmerzenden Fingern wieder im Haus stand.

Sie trank starken Kaffee mit Milch und Zucker und beschloß, sich heute die Zwinger besonders gründlich vorzunehmen: Sie von Schnee und Kot zu befreien, alle Näpfe zu spülen und auszuscheuern, gefrorene Eisklumpen aus dem Heu zu holen, die Pfoten und Ohren der Hunde zu untersuchen, Lady zu bürsten, die Schuppen aufzuräumen und die Schneehaufen etwas besser zu organisieren.

Sie merkte nicht, wie die Kälte sich in ihre Kleidung fraß, sie registrierte nur, daß ihre Arme unbeweglich wurden, daß sie keine Ohren mehr zu haben schien. Eine Reifschicht legte sich über den Maschendraht und färbte ihn weiß. Sie arbeitete, machte alles wie geplant und aß nichts. Es war Abend, als sie endlich fertig war. Die Hunde hatten am meisten Zeit in Anspruch genommen. Die Pfoten – sie wußte nicht so recht, warum sie sich damit solche Mühe gegeben hatte, aber sie sollten anständig aussehen; kurze Krallen, weiche Tretballen dazwischen. Es war schließlich nicht die Schuld der Hunde, daß sie ihm gehörten.

Sie setzte sich mit Bier und Musik in die Küche. Beobachtete das Quecksilber des Thermometers, das in sich zusammenkroch, als ob es auf etwas Entsetzliches warte. Als sie ins Bett ging, waren es fast zweiundzwanzig Grad unter Null, und der Tau am Küchenfenster war zu mattem Eis gefroren. Der Himmel ähnelte einer aufgespannten schwarzen Zeltplane, die durch den langen Gebrauch durchlöchert war. Sie stopfte den Ofen so voll, wie sie es nur wagte, betastete die Wände, ob die Gefahr bestand, daß sie Feuer fingen. Dann öffnete sie die Schlafzimmertür und verkroch sich mit dem Geschmack von Bier und Zahnpasta im Mund unter die Decke und dachte an die Kleider, die draußen hingen, steifgefrorene Platten, mit denen sie gegen die Wand hätte klopfen können.

Sie erwachte von ihrem eigenen Zittern. Das Zimmer war eiskalt, die Decken wärmten nicht. Sie stand auf und ging auf bibbernden Beinen in die Küche. Das Thermometer zeigte inzwischen siebenundzwanzig Grad an. Sie legte im Ofen Holz nach und blickte hinaus.

Nachtstill lag der Hof im Schein der Laternen.

Er hatte einen Pfosten bei einer Milchabholrampe erwähnt. Dort mußte sie abbiegen, doch zunächst mußte sie sich auf der Hauptstraße rechts halten.

Das Raupenband des Motorschlittens schlitterte über die grobe Unterlage, doch die Kufen jagten zufrieden vorwärts, ohne daß sie sich allzusehr hätte anstrengen müssen. Sie trug eine Sonnenbrille, weil ihr am Morgen die Augen gebrannt hatten.

Das Leben beim Laden und der kleinen Bank toste, Leute mit Tüten in den Händen gingen aus und ein, mit redenden Mündern, mit Augen, die an ihrem Rücken haftenblieben. Sie gab Gas und fuhr an der rechten Straßenseite entlang, fragte sich, ob hier, in der Welt der Autos, Motorschlitten überhaupt erlaubt seien.

Dort waren der Pfosten und die Milchrampe, eine aufgewühlte Spur zog sich durch den Schnee. Sie war ihr sorgfältig gefolgt, hatte immer wieder nachgesehen, ob sie sie mit ihrer eigenen Spur bedeckte, den ganzen Weg vom Hof bis hierher. Jetzt war es nicht mehr so wichtig. Es war *seine* Spur, sie führte zu keinem anderen Mann.

Es fiel ihr schwer, den Motorschlitten über die Räumungskante am Straßenrand zu bugsieren. Ihre Handschuhe rutschten ab, sie trug zwei Paar. Es waren noch immer fünfundzwanzig Grad unter Null, während das Barometer stetig stieg. Ein Auto fuhr langsam vorbei, als ob es ihr helfen wollte, das verlieh ihr neue Kräfte. Sie schob seitlich an und gab noch ein wenig Gas, und das Raupenband pflügte sich durch den aufstiebenden Schnee, so daß der Motorschlitten um ein Haar von selbst losgefahren wäre. Dann war sie auf der anderen Seite, konnte weiter seiner Spur folgen. Zum Teddybär aus den Bergen, dem Teddy ohne Vollbart, der auf seinen Kautabak verzichtete, wenn er auf Damenbesuch ging.

Es war weiter, als sie gedacht hatte. Die Spur führte sie weit nach oben, bald sah sie keine einzige Birke mehr, nur noch Schneeverwehungen, eine warnende Sonne, die in der Kälte brannte, und unerreichbar weit entfernte Bergkuppen. Ohne das Dröhnen des Motors wäre sie ganz allein gewesen.

Weit vorne sah sie endlich, wie die Spur unter einer überhängenden Felskuppe verschwand. Als sie sie umrundet hatte, schlug ihr das Echo ihres Motorschlittens entgegen, denn hier endete die Hochebene in drei dicht nebeneinander stehenden Häusern und zwei Zwingern. Ein Schornstein ließ Rauch aufsteigen, und eine Gestalt, die einige Holzscheite trug, befand sich auf dem Weg in eines der Häuser.

Hier kann man doch nicht wohnen, dachte sie. Hier kann man keine Wärme finden. Dieser Ort eignet sich nur für überwinternde Polartiere, die sich den Schwanz um die Schnauze wickeln und sich vom fallenden Schnee wärmen lassen können.

Die Gestalt mit dem Holz drehte sich um und lächelte. Sie fuhr zwischen die Häuser und bremste, stellte den Motor ab. Sie sah, daß er etwas sagte, sein Mund bewegte sich. Aber sie hörte nur ihre Ohren, die in der Mütze unter der Kapuze ein knisterndes Geräusch verursachten.

»Ich kann nichts hören!« lachte sie. »Warte einen Moment.«

»Komm erst ins Haus, ehe du etwas ausziehst!«

Die Hunde erkannten sie trotz der vielen Kleider und des fehlenden Gesichts und wedelten mit dem Schwanz. Sie folgte ihm schwankend in die kochende Wärme und fing an, sich auszupacken. Er nahm ihr ein Kleidungsstück nach dem anderen ab und hängte alles an Leinen über dem Ofen. Aus dem Schal, den sie um den Mund gewickelt hatte, tropfte Eis, das auf dem heißen Ofen zischte und kleine Dampfwolken aufsteigen ließ.

Als sie mit frostroten Wangen in Socken dastand, sagte er: »Du bist gekommen.«

»Ja.«

»Du hast den Weg gefunden.«

»Auch das.«

»Ich habe Kaffee.«

»Kein Bier?«

Er lachte.«Aber ich habe Schnaps. Zum Kaffee. Und ganz viel Zucker..«

Sie blickte die Buchstapel auf dem Holzboden an.

»Du liest, wie ich sehe.«

»Ein bißchen. Vor dem Einschlafen, damit ich träumen kann.«

»Was liest du?«

»Das, was andere denken. Worauf ich selbst nie kommen würde.«

»Eigentlich ein bißchen Mogelei, oder?«

»Kann schon sein. Aber jetzt setz dich endlich.«

Die Fenster hatten kleine Scheiben. Er hatte zwar kein fließendes Wasser, schöpfte sich aber Wasser aus einer Zinkwanne, die er gefüllt hatte.

»Den Wasserhahn kann ich nur im Sommer benutzen.«

Sein Körper wirkte groß in seinen Kleidern, breit, hart. Die Nackenmuskeln spannten sich an, als er den Deckel vom Kessel nahm, um hineinzublicken. Sie wartete schweigend, während er Schnaps und zwei kleine Gläser holte.

»Jetzt werden deine Wangen brennen«, sagte er.

»Laß sie brennen.«

»Und du wirst noch schöner. Vielleicht ist das nicht so besonders schlau?«

»Er kommt erst in zwei Tagen wieder. Übermorgen, gegen Abend.«

»Du mußt heute noch zurück.«

»Ja. Die Hunde ...«

»Es ist kalt.«

»Nicht hier bei dir.«

In Toivos Haus wirkte alles solide: die Bodenbretter, die Tischplatte, die Brote, die er geschnitten hatte, ehe sie gekommen war, die Holzscheite, sein Gesicht, sein Blick und seine Hände. Alles war verdreckt und abgenutzt, auch die Hände, und die muskulösen Unterarme strotzten unter den aufgekrempelten Hemdsärmeln. Rotkarierter Stoff. Sie tranken sich zu. Tief unten in ihrem Rückgrat hatte ein leises Zittern eingesetzt. Es griff auf ihren Atem über, zerrte an ihr, ließ ihr Tränen in die Augen treten. Sie machte Schnaps und Kälte dafür verantwortlich und lachte. Er streckte die Hand über den Tisch, faßte ihr Handgelenk und sagte: »Jetzt zitterst du wieder.«

Sie ließ sich von seinem Blick verschlingen und war sofort scharf auf ihn, merkte, wie ihre Hose im Schritt unangenehm spannte. Sie räusperte sich.

»Was willst du mit mir machen?« flüsterte sie.

»Zuerst will ich ... dich küssen.«

Sie ließ sich an die Wand zurücksinken und schloß die Augen. Im nächsten Moment hockte er schon vor ihr.

»Ich will dich von Kopf bis Fuß küssen ... überall .. . soll ich das tun?« flüsterte er.

Sie atmete mit offenem Mund und nickte nur, steckte in der Dunkelheit hinter ihren Augenlidern und spürte ihren eigenen Atem zwischen den Lippen, während er ihre Brüste streichelte und liebkoste. Sie umfaßte seinen Kopf und drückte ihn an sich. Ein grobes Stöhnen befreite sich aus ihrer Kehle und wurde zum einzigen Geräusch im Raum. Er stand auf.

Sie öffnete die Augen. Er räumte den Tisch ab, stellte Tassen und Gläser und Brote auf die blaue Küchenbank, deren Wachstuchüberzug von unten mit Heftzwecken befestigt war. Dann verschwand er mit einem Eishauch und kehrte mit einer Decke zurück, lächelte sie an, während er die Decke über den Tisch breitete.

»Drinnen ist es zu kalt.«

»Ja?«

Sie flüsterten jetzt beide. Er zog sie zu sich hoch und küßte ihren Hals, ihren Mund, die Stirn, die Handflächen.

Sanft fielen ihre Kleider zu Boden, sie berührten einander nicht, als ihre Körper zum Vorschein kamen, winterweiß. Er behielt seine Unterhose an.

»Komm ... leg dich hierher ...«

Die Weichheit in seiner Stimme war wie ein fremder Vogel, der nur ihretwegen aus einem wärmeren Land bis hierher geflogen war. Sie stieg auf den Tisch, während er ihre Schultern hielt, sie legte sich auf den Rücken und sah die Deckenbalken an, die dunkel vor Alter und Ruß waren, sie spürte, wie er sie behutsam um die Taille faßte und ihren Körper an die Tischkante zog. Sie hörte, wie er sich einen Stuhl herzog, sie tastete mit den Beinen in der Luft, um seine Schultern zu finden, und sie stöhnte wieder, als sich ein glühendheißer Mund in ihre Kniekehle preßte, sich vorsichtig leckend und beißend seinen Weg bahnte. Sie spürte nur einen Hauch, einen heißen Atem. Sie klapperte mit den Zähnen, bekam eine Gänsehaut, er streichelte sie mit seinen warmen Händen, überall dort, wo sie hinkamen, richtete sich ab und zu auf und schmiegte sein Gesicht an ihres. Sie küßten sich leise und vorsichtig, zupften sanft an den Lippen, dann begann sie unkontrolliert zu zittern. Als sie ihn um Atem ringen hörte, mußte sie sich an die Tischkante klammern.

Schließlich hob sie den Kopf, sah die Haut vor Schweiß glänzen und ihre Bauchmuskeln zittern. Sie begegnete dem Augenpaar dort unten, glänzenden Augen über einem nassen Mund, sah seine Zähne glitzern. Sie bekam keine Luft mehr. »Jetzt«, stöhnte sie, »jetzt ...«

Sie ließ seinen Blick nicht los und spürte, wie ihr Nacken bereits krampfhaft bebte, als sein Gesicht sich näherte. Sie schluchzte auf und ließ sich zurücksinken, während er sie mit Küssen bedeckte und sie ihm entgegenströmte, in einer endlos langen, ausdauernden Erschütterung, die ihre Beine um seinen Kopf zusammenpreßte und in kurzen Stößen ihren Rücken hochjagte.

Als sie endlich wieder die Flammen im Ofen hören konnte, öffnete sie langsam die Augen und blickte in seine. Er stand jetzt über sie gebeugt und hielt in jeder Hand einen ihre Fußknöchel. »Geht's dir gut?« flüsterte er und hob ihre Beine hoch, verschränkte ihre Füße in seinem Nacken. Sie lächelte.

»Du zitterst ja noch ...« Vorsichtig biß er sie in die Wade, drehte den Kopf, ohne ihren Blick loszulassen, und nahm ihre Hände in seine, verflocht ihrer beider Finger und hielt sie fest. Dann war er ganz und gar in ihr. Wie aus einer tiefen orangen Finsternis starrte sie seinen Körper an, den Brustkasten mit den schwarzen Fellbüscheln, seinen Bauch, der sich genau vor ihr erhob.

Doch als sich sein Kinn hob und die Sehnen am Hals sich zu einem kurzen fieberhaften Brüllen anspannten, spürte sie seine Hände, die ihre Hände hielten, mit ihren verflochten waren. Sie näherte sich immer mehr dem Rand eines weißen Abgrundes, sie spannte die Arme an, und dann ließ sie sich fallen, immer wieder, bis zum Grund.

Auch Toivo hatte Rentierfelle an den Wänden aufgespannt, drei an der Zahl. Doch sie sah keine Haufen von frischgeschossenen Rentieren, und sie sah auch keinen Weg, auf dem ein Auto hätte fahren können.

»Gibt es unter dem Schnee hier wirklich einen Weg?«

»Sicher.« Er zeigte ihr die Richtung, aber alles war einfach nur weiß. Der Wagen stand während des Winters in einem Schuppen. Einen Motorschlitten hatte er nicht. Sie wäre gerne mit den Hunden eine Runde gefahren, aber er meinte, es sei zu kalt.

»Dein Gesicht ... du machst dich kaputt ...«

Er streichelte es.

Also blickten sie durch die kleinen Fensterscheiben nach draußen, jetzt angezogen, aber mit einer Offenheit füreinander, die sie schläfrig machte. Das merkte er.

»Leg dich dort ins Ausziehsofa, dann lese ich dir was vor.«

»O ja ...«

»Was möchtest du denn hören?«

»Etwas über ... den Sommer.«

Sie verschwand zwischen den Decken, schweren Steppdecken, für die sie beide Hände brauchte, um es sich in ihnen bequem zu machen, während er sich an den Buchstapeln zu schaffen machte und den Sommer suchte, bis er ihn schließlich fand und einen Hocker an ihr Kopfende zog. Sie legte sich auf die Seite und starrte seinen Mund an, seine Augen, die beim Lesen immer wieder die ihren suchten, für kurze Momente, wenn er sicher war, dadurch nicht den Rhythmus seiner Worte zu durchbrechen. Er las von Apfelbäumen, unter deren grünem Blattwerk Frauen in weißen, federleichten Kleidern umherliefen, während Sonnenstreifen auf dem Boden Flecken malten und Bienengesumm die Ohren füllte. Die Frauen beobachteten einen Mann, den einzigen in der Gegend, um zu sehen, welche von ihnen er lieben würde. Ausgelassen sprangen sie zwischen den Bäumen umher, die Tüllkleider tanzten um ihre nackten Waden; sie spielten ihm etwas vor, ihre vorgetäuschte Schwäche perlte in ihnen wie ihr Gelächter und ihr fröhliches Kreischen, wenn er sie zu fangen versuchte. Doch der Mann sah die Stärke nicht, die in geheimen dunklen Wogen von Frau zu Frau strömte. Er betete sie an, und sie folgten seinem Blick; ihre Brüste waren wie Knospen unter dem Kleiderstoff, und bald wurde es Abend und blaue Sommernacht, erfüllt vom Duft der Äpfel, des Flieders und der salzigen Meeresluft, und Betten mit vielen Kissen und bestickten Deckenrändern warteten auf die Frau, die er gefangen zu haben glaubte, die Frau, die sich hatte fangen lassen, die ihm gehörte.

Als sie erwachte, lag er neben ihr, hoch und breit, mit seinem mächtigen Brustkorb, der sich unter den Steppdekken ruhig auf und ab bewegte. Draußen war Wind aufgekommen, weißer Staub jagte an den Fenstern vorbei und legte sich in alle Ritzen und Vertiefungen. Der Ofen heulte leise. Das Buch lag aufgeschlagen auf dem Stuhl. Er roch nach Schweiß und Haut, sie beschnupperte seine Halsgrube, bevor sie vorsichtig über ihn hinwegstieg. Er war wie ein Berg, den sie bezwingen mußte.

Dann nahm sie die Kleider von der Wäscheleine. Sie waren glühend heiß. Sie zog sich an und horchte auf seinen Atem, beobachtete seinen Brustkorb. Sie packte sich ganz und gar ein, band sich den Schal um den Mund und befestigte die Sonnenbrille an ihrer Kapuze, dann ging sie, mit den Handschuhen in der linken Hand, zu ihm hin und fuhr mit den Fingern über seine Nasenwurzel. Plötzlich wußte sie, daß ihr alles wie ein Traum vorkommen würde, noch ehe sie die Bergkuppe umrundet und die Häuser aus dem Blickfeld verloren hätte.

Er schlug die Augen auf.

»Ich fahre jetzt … ist ein ziemlicher Wind draußen … die Spur wird wieder zuwehen.«

»Ja …«

Er wollte noch mehr sagen, aber sie legte ihm zwei Finger auf die Lippen und sagte: »Lies du nur weiter.«

In der Tür hörte sie seine Stimme: »Ich muß zu euch hinüberkommen und mich bei ihm nach dem Rennen erkundigen … wenn nicht, dann merkt er …«

Sie gab keine Antwort, nickte nur mit dem Rücken zu ihm und ging. Ein weißer Wind schlug ihr entgegen, sie verschluckte sich, weil sie unter dem Schal den Mund aufgerissen hatte, und mußte husten. Der Himmel war eisblau und straff, doch das Schneegestöber trieb über den Boden her wie ein dichter, meterhoher Schleier. Es würde eine kalte Rückfahrt werden. Sie hatte recht gehabt. Es war schon wie ein Traum. Das Dröhnen des Motors stellte die alte Ordnung wieder her, und die Lenkskier verhielten sich wie immer, bewegten sich in die von ihr bestimmte Richtung, ließen ihr die Kontrolle. Ihre Brille war sofort von Schnee bedeckt. Sie riß sie von der Nase und stopfte sie in die Brusttasche.

Die Kälte schnitt in alle Stellen ihrer Haut, die sie erreichen konnte: Handgelenke, Augen, den Hals über dem Reißverschluß. Eine unfaßbare Kälte, die jetzt vom Wind noch verstärkt wurde. Allzu schnell konnte sie nicht fahren; wenn sie auch nur ein bißchen mehr Gas gab, war der Wind im Gesicht und in den zusammengekniffenen Augen unerträglich. Als sie endlich die Hauptstraße sah und abbog, hatte sie das Gefühl, zwischen den hohen Räumungskanten in einen windstillen, warmen Korridor zu gelangen.

In dieser Nacht froren die Wasserrohre zu. Sie fluchte heftig über dem Waschbecken im Badezimmer, als sie das am nächsten Morgen bemerkte, und sie fragte sich, ob sie das auf irgendeine Weise hätte verhindern können. Sie kannte sich damit nicht aus und wußte nicht mehr, was er vor seinem Aufbruch dazu gesagt hatte. Und jetzt war es ohnehin zu spät.

Sie fand im Schuppen einen riesigen Kessel, nicht den, in dem das Rentier gekocht worden war, sondern einen anderen, der sauberer war. Sie scheuerte ihn mit Stahlwolle aus und füllte ihn mit Schnee, dann stellte sie ihn in der Küche auf den Herd. Die Hunde brauchten Wasser, alle brauchten Wasser. Der Wind war abgeflaut, das Thermometer zeigte neunundzwanzig Grad unter Null, das Wetter war klar, und sie hatte fast kein Holz mehr.

Eine Axt, sie brauchte eine Axt. Nach dem Füttern packte sie sich so warm wie möglich ein und fuhr zum Laden, langsam, ihr Gesicht an die Windschutzscheibe gepreßt. Der wirbelnde Schnee hatte sich auf die Straße gelegt, hatte sie uneben und unwegsam gemacht, aber er hatte ja den Schneepflug bestellt. Das hatte er immerhin getan. Ob er die begrabenen Tiere ordentlich mit Steinen oder anderen schweren Gegenständen bedeckt hatte – das war ihm offenbar völlig egal gewesen.

Auch im Laden war es kalt. Im ersten Moment kam es ihr zwar warm vor, doch als sie zur Kasse kam und vorne ihren Overall öffnete, fror sie.

Es gab schöne Äxte im Angebot. Das Blatt ragte blank aus einem soliden Schaft. Sie hatten mehrere Größen vorrätig, sie nahm die größte. Sie würde nicht lange damit arbeiten können, aber morgen würde er ja zurückkommen.

Dann kaufte sie Brot und Aufschnitt, Hackfleisch und eine halbverfaulte Zwiebel, die festeste, die sie hier finden konnte, Bier und Sahne, Zucker und Kaffee und Kartoffeln, die schon voller Keime waren. Alles paßte in die Kästen hinter dem Sitz des Motorschlittens. Dort entdeckte sie ein paar Blutspuren. Das Blut war an den Sitznähten zu braunen Kristallen gefroren. Sie kratzte sie ab und ließ den Motor an, dann fuhr sie in langsamem Tempo nach Hause.

Den Rest des Tages verbrachte sie damit zu warten, Holz zu hacken, Kaffee zu trinken und das Thermometer zu beobachten. Es sank noch immer. Gegen Abend war es auf dreißig Grad gefallen. Sie hackte Holz, bis ihr die Brustmuskeln schmerzten, ließ die Axt auf den Hauklotz hämmern, bis das Holzscheit mit einem gefrorenen Knall barst, schichtete einen Teil zu Stapeln auf und brachte den Rest ins Haus. Sie ärgerte sich darüber, daß die Wasserleitung eingefroren war, und holte in sauberen Plastikeimern neuen Schnee für die Kessel auf dem Herd, verwundert darüber, wie wenig Wasser sich eigentlich in so großen Schneemengen versteckte.

Als sie die Axt vor Erschöpfung nicht mehr heben konnte, schleuderte sie sie mit einer letzten Kraftanstrengung auf den Hauklotz, wo sie steckenblieb und müde glitzerte.

Sie brauchte einen Schnaps, um einschlafen zu können, und ließ beim Trinken die Schlafzimmertür offen stehen. Ihr grauste vor den Tieren und der Dunkelheit. Das Radio ließ sie ausgeschaltet, sie hatte noch immer einen Traum von Apfelbäumen im Kopf, er lag ganz obenauf, ungestört durch das, was sie heute im Laden gehört hatte, über die Wahl eines guten Werkzeuges, über die traurige Tatsache, daß die Kartoffeln wirklich nicht mehr gut waren. Die Apfelbäume lagen ganz dicht hinter ihrer Stirn und wurden jedesmal grüner, wenn sie sie hervorholte. Sie ließ sie von seiner Stimme zu sich bringen, dabei hielt er ihre Hände umklammert und zog sie über einen flirrend heißen Abgrund. Sie lächelte und leerte ihr Glas, schloß in der Dunkelheit die Augen und sah nur weiß, als sie einschlief.

Der Schneepflug kam am nächsten Tag gegen Mittag. Sie sah ihn durch das vereiste Küchenfenster, einen orangenen, gierigen Mund, der alles beiseitefegte und triumphierend auf den Hof fuhr. Sie trat auf die Treppe, um zu winken, aber da hatte der Schneepflug schon zurückgesetzt und fuhr davon.

Einige Rüden kläfften wütend los und griffen sich an, um sich gegenseitig auf den Zahn zu fühlen, sie spürten ihre Unruhe. Sie schob jeden zusammen mit einer Hündin in einen Käfig, hätte am liebsten alle im Haus gehabt, jetzt, wo es so kalt war. Nun begriff sie, warum sie nicht gebürstet werden durften. Das Fell lag wie dicke Decken um die Körper, gefüllt mit isolierender Luft. Die Hunde legten sich auf ihre Pfoten und schoben die Schnauze zwischen die Füße, um nicht die einunddreißig kalten Minusgrade durch die Nasenlöcher einatmen zu müssen.

Sie hackte die Zwiebel und mischte sie zusammen mit Ei und Milch, Salz, Pfeffer und etwas Nelke unter das Hackfleisch. Briet Frikadellen, so daß das Bratfett zum Kochtopf hinüberspritze, sich an seinen Außenwänden festsetzte und zu kleinen Fettflecken erstarrte. Dann nahm sie die Bratpfanne vom Herd, sie brauchte die Frikadellen nur noch aufzuwärmen, wenn er kam. Sie schälte Kartoffeln und bedeckte sie mit Schneewasser, während sie sich fragte, warum Kinder immer davor gewarnt wurden, Schnee zu essen. Er bestand doch eigentlich nur aus Wasser, und die Hunde wurden auch nicht krank davon. Sie erinnerte sich vage an die Schreckensbilder von Würmern im Magen und starrte lange in den riesigen Kessel. Eisklumpen schwammen wie Steinchen darin herum und begannen zu schmelzen. Sie konnte keinen Wurm entdecken, sah nur hier und da eine Tannennadel oder ein braunes Grasbüschel, das sie herausfischte.

Sie ließ den Ofen die ganze Zeit auf Hochtouren laufen und holte einen Eimer Schnee nach dem anderen. Füllte eine Wanne im Badezimmer mit Wasser für den Fall, daß er sich waschen wollte. Sie spürte den Muskelkater vom Holzhacken, als sie den Kessel vom Herd nahm. Dann lief sie ins Wohnzimmer und hob die Pistole an. Sie stank, vermutlich hätte sie sie saubermachen müssen. Der Lauf war schließlich voller Schnee gewesen. Die Waffe hatte getötet. Und wilde Kugeln zu Himmel und Sternen hochgesandt.

Acht Tage, dachte sie.

Endlich kam die Dunkelheit, der Abend. Sie horchte, stand mehrmals auf der Treppe und blickte zur Straße hoch. Die Hunde horchten nun auch, mit gespitzten Ohren und scharfen Blicken, der ganze Hof wartete.

Doch als er kam, saß sie auf dem Klo; ihr fiel zu spät ein, daß auch der Spülkasten leer war, und sie fragte sich, wie sie dieses Problem lösen sollten.

Der Lärm der Hunde vermischte sich mit Motorengedröhn, dann hörte sie nur noch die Hunde. Die Haustür wurde geöffnet, und rasch zog sie die Hose hoch.

»Hallo!«

»Bin auf dem Klo!«

Er lächelte, zog sie mit einem harten Griff um ihre Oberarme an sich, ließ sie ebenso schnell wieder los und grinste: »Was zum Teufel hast du denn angestellt? Oder hast du die vielleicht gar nicht abgeschossen?«

»Doch. Ein Wolf war auch hier.«

»Aber den hast du nicht erwischt.«

»Nein. Hast du Hunger?«

»Ja, und wie.«

»Das Wasser ist eingefroren.«

»Verdammt. Dann gibt's diesen Winter keins mehr. Und das Wetter wird erst im April milder. Scheiße.«

»Wie war das Rennen?«

Er wandte sich ab. »Mies. Komm, hilf mir mit den Kötern, die sind total wild.«

Das konnte sie hören. Der ganze Anhänger vibrierte, als sie nach draußen kamen, weiße Dampfwolken strömten aus den Luftlöchern.

Einer nach dem anderen wurde hinter den Maschendraht gebracht, doch sie sollten vorläufig noch für sich bleiben, getrennt von denen, die zu Hause geblieben waren.

»Das gibt nur Ärger. Das brauch ich jetzt nicht auch noch. Den Kampf nehmen wir morgen auf, wenn die anderen auch eine Tour hinter sich haben und etwas müder sind.«

Er merkte nicht, daß Sagn fehlte, und sie schwieg. Doch sie dachte daran, und erst, als sie am Tisch saßen und Frikadellen in brauner Soße aßen, merkte sie, was anders war. Plötzlich überwältigte sie ein Gedanke: Sie selbst hatte Varg aus seinem Käfig auf dem Anhänger geholt, ihn am Halsband gepackt und zur Drahttür geführt. Er hatte mit dem Schwanz gewedelt. Er hatte ihre Hand geleckt und offen ihren Blick erwidert.

Sie starrte ihren Teller an und kaute langsam, zermalmte das Essen gründlich mit ihren Backenzähnen. Stützte das Handgelenk auf die Tischkante, um ihr Zittern zu verbergen. Dann schluckte sie mehrmals, hob den Blick und sagte lässig: »Wo hast du denn während der Fahrt übernachtet?«

Er belud mühsam seine Gabel.
»Bei Leuten ... die auch zum Rennen wollten.«
»Schön.«
»Wieso? Das wußtest du doch vorher schon.«
»Sicher. Und Varg hat es jetzt nicht mehr nötig, vor mir zu kriechen.«
»Verdammt ...«
»Wenn hier jemand fluchen muß, dann doch wohl ich.«
»Ich meine verdammt, wieso mischst du dich da überhaupt ein?«
»Das paßt dir wohl nicht?«
»Du hast vielleicht Nerven.«
»Kann schon sein. Noch eine Portion?«
»Nein. Bin plötzlich satt.«
Sie stand auf.
»Dann reicht das Essen auch noch für morgen.«
»War Toivo mal hier?«
»Nein. Wieso?«
»Dann kommt er sicher bald ...«
»Sagn ist tot.«
»Was?«
»Erschossen. Zusammen mit dem einen Vielfraß.«
Sie erzählte kurz, was geschehen war. Sein Blick wich nicht von ihrem Gesicht. Sie hatte das Gefühl, eine Geschichte zu erzählen, die sie irgendwo gelesen hatte, etwas Erfundenes, mit dem sie sich unmöglich identifizieren konnte, das ebenso weit von ihr entfernt war wie ein grüner Garten voller Apfelbäume. Abschließend beschrieb sie ausführlich, wie sie die Hundegräber gesichert hatte, mit dem Untergestell für den Motorschlitten und den Ölfässern, und fragte: »Warum hast du das nicht selber gemacht? Gleich zu Anfang? Sie irgendwie abgedeckt?«
»Die sind doch tot. Was soll also der Quatsch? Aber Sagn ... verdammt, der hätte ...«

»Wie meinst du denn das? Wenn sie tot sind, ist es also okay, wenn …«

»Das spielt doch keine Rolle … das sind doch nur Kadaver … Herrgott, Weiber!«

Er ging hinaus. Sie füllte langsam die restlichen Kartoffeln und Frikadellen in den Soßentopf, setzte den Deckel darauf, spülte die Teller im Schneewasser aus und stellte einen kleineren Topf für Spülwasser auf den Herd, legte im Ofen Holz nach und trat ans Küchenfenster.

Er lief über den Hof, mit wütenden Schritten, sein Atem dampftc in der Kälte. Er trug Geschirr und Leinen aus dem Wagen, riß den Schlitten vom Dach und schob ihn in den Schuppen, warf Taschen mit Kleidern aus dem Auto, den Schlafsack, das Zelt, und sie dachte: Jetzt bin ich bald stark genug.

Er legte sich allein ins Bett und wollte sich nicht waschen, sagte: »Ich bin sauber.»

Als er im Schlafzimmer verschwunden war, flüsterte sie der Tischplatte zu: »Nein, das bist du verdammt noch mal nicht …«

Und sie saß da, mäuschenstill, bis sie ihn schnarchen hörte, und sie fragte sich, ob er wohl mit oder ohne T-Shirt schlief.

Am nächsten Tag wollte er sie, als er gerade die Pistole reinigte, deren Einzelteile auf Zeitungspapier über den Küchentisch verstreut lagen. Seine Hände waren schwarz vor Fett, er sagte beim Putzen kein Wort, warf nur ab und zu einen kurzen Blick auf die Felle an der Wand und dann auf sie, und deshalb wußte sie, woran er dachte. Sie ließ seine Hände nicht aus den Augen, als sie da saß, auf der anderen Seite des Tisches, ungekämmt, im roten Overall, und Kaffee trank. Sie hatte sich nach dem Rennen erkundigt, aber er lenkte ab, indem er ihr eine kleine Toilette ganz hinten in einem Schuppen zeigte. Ein Plumpsklo über einer tiefen düsteren Grube, die durch das Sitzloch zu sehen war. Die Grube roch nicht nach Toilette, sondern nur nach eiskalter gefrorener Erde.

Er putzte den Lauf. Sie betrachtete den schwarzen Lappen und trank. Es war still im Zimmer, nur der Ofen arbeitete, und der Lappen verursachte ein weiches Reibegeräusch. Plötzlich trafen sich ihre Blicke. Er rieb sich die Finger am Lappen ab und sagte: »Komm her.«

Sie blickte in den Kaffee, braune Ringe hatten sich an der Becherwand abgelagert, sie flüsterte: »Nein ...«

»Ach nein? Laß mal sehen!«

Sofort stand er neben ihr und riß den Reißverschluß an ihrem Overall auf. Sie hörte sein Grinsen, das sie nicht sehen wollte, hörte nur den Speichel auf seinen Lippen knistern. Sie begegnete seinem Blick: In seinen Augen sah sie schmale Striche, kleine braune Kerben, die das Blau durchschnitten. Das Weiße um die Iris herum war sehr weiß. Er hielt ihrem Blick stand, während er ihr langsam, unendlich langsam die Overallärmel herunterstreifte. Er hockte sich vor sie hin und machte weiter, hob ihren einen Fuß und sah sie dabei an. Sie faßte ihn nicht an, nicht seinen Kopf, nicht seinen Nacken, sie blieb in ihrem eigenen Körper und behielt ihren Atem sorgfältig unter Kontrolle, die Übergänge zwischen Aus- und Einatmen, um damit nicht durcheinander zu geraten.

Er zog ihr die Hose bis auf die Knöchel hinunter, umfaßte ihren Hintern und setzte sie auf die Tischkante. Sie umfaßte nicht seine Schultern, sondern stützte sich auf der Tischplatte ab, während er ihre Hüften packte und sie nahm. Sie schloß die Augen und ließ ihrem Atem freien Lauf, der zitternd ganz oben in ihrem Hals steckenblieb. Ihre Hände rutschten auf den Zeitungen hin und her, und plötzlich schlossen sich ihre Beine hinter seinem Rücken, und er lachte.

»Na los«, flüsterte er, »zeig's mir nur, du kleine Hündin ...«

Das einzige, was sie am Ende noch unter Kontrolle hatte, waren ihre Augen. Sie öffnete sie nicht. Kein einziger Lichtschimmer durfte durch ihre Wimpern dringen. Sie saß in grüner, flimmernder Dunkelheit da, bis alles barst und strömte, sie in großen Flammen durchloderte, und sie sich an seinen Schultern und seinem Brustkorb anklammerte, während sein Mund an ihrem keuchte, bis auch er mit einem zufriedenen Stöhnen zur Ruhe kam.

Danach sah sie an sich hinunter und wußte schon im voraus, was sie erwartete: schwarze Handabdrücke auf den Hüften, wo er sie festgehalten hatte, mit bloßem Auge sichtbare Flecken.

Er knöpfte sich die Hose zu und sagte: »So ein Mist, daß die Rohre eingefroren sind.«

An diesem Abend kam Toivo, er fuhr in einer Wolke aus weißen Schnauzen auf den Hof. Es waren vierunddreißig Grad unter Null, und die Kälte hing bleischwer zwischen Häusern und Bäumen. Die Welpen waren diesmal nicht mit von der Partie. Sie ging nicht mit ihm zusammen hinaus, denn sie hatte Angst, die Hunde könnten in ihrer Wiedersehensfreude verdächtig heftig mit dem Schwanz wedeln.

Aber auch von hier aus konnte sie sehen, daß Toivo sie heute nicht kennen wollte.

Die beiden Männer sprachen kurz miteinander, banden die Hunde an die Pfähle und holten Heu. Dann kamen sie ins Haus, zogen die Haustür hinter sich zu.

Er protzte herum. Zog seine Konkurrenten durch den Dreck. Sie öffnete die Schlafzimmertür, um die anderen Zimmer besser zu durchlüften. Toivo hatte ihr nicht ins Gesicht geschaut und hatte den Mund voller Kautabak. Die ausgebeulte Oberlippe und die hauchdünnen Streifen in den Mundwinkeln beruhigten sie. Von Apfelbäumen war hier nichts zu sehen. Sie kochte Kaffee und schmierte Butterbrote mit Himbeermarmelade, deren Geruch sie an Bienen erinnerte.

»Will jemand einen Schnaps zum Kaffee?« fragte sie.

Sie starrten sie an.

»Wo hast du den denn her?« fragte er verblüfft.

»Von einem, den ich im Laden kennengelernt habe. Einem mit einem blauen Pritschenwagen.«

Er lachte, und Toivo sagte: »Die Frau sorgt wirklich für die Familie.«

Nur sie und Toivo hörten das Zittern in seiner Stimme.

Sie goß Schnaps in die Gläser und kochenden Kaffee in die Tassen und rührte Zucker und Sahne hinein. Sie prosteten sich zu und tranken. Er drehte sich eine Zigarette. Toivo stand draußen auf der Treppe und spuckte den Tabak aus.

Er machte sich noch immer über die anderen lustig. Deren Hunde hätten schlaff gewirkt, müde, ihre Pfoten seien ungepflegt gewesen und die Schlittenlenker hysterisch. Er redete fast die ganze Zeit, schließlich war er unterwegs gewesen, hatte etwas gesehen, erlebt.

Der Alkohol half ihr, sich zu entspannen, und sie nahm jetzt beide wahr. Wie ähnlich sie sich in diesem Moment waren. Hände, Gesichter, Mienen, Wörter. Und doch waren sie sich überhaupt nicht ähnlich. Einer gehörte ihr. Der andere glaubte, sie gehöre ihm. Und er sagte plötzlich: »Du sagst ja gar nichts zu den Fellen an der Wand, Toivo!«

Es war ganz still in der Küche, bis Toivo antwortete: »Nein. Du schießt doch so viele Tiere ab, daß ich gar nicht mehr mitkomme.«

»Ach ja?«

»Vielfraßfelle – da haben sie die Hunde also nicht erwischt?«

»Nein. Aber nicht ich habe sie erlegt. Sie war das.«

»Du? Wirklich?«

Und nun mußte er sie doch ansehen, voller Erstaunen und Bewunderung. Sie kroch in sich zusammen und starrte in ihr Schnapsglas, dann nickte sie.

»Alle Achtung«, sagte Toivo.

»Das kannst du wohl sagen!« Er grinste stolz.

Sie lachte mit ihnen, denn dann brauchte sie nichts zu sagen, sie spürte, wie Toivo den Stolz des anderen witterte, ohne eine Miene zu verziehen.

Als Toivo ging, goß sie sich das Glas wieder voll, sobald die beiden Männer das Haus verlassen hatten. Sie kippte es so schnell, daß ihr die Tränen in die Augen traten, und ließ ihre Hände so lange zittern, bis sie nicht mehr konnten.

Er kam wieder herein und quengelte herum, daß die Hunde zusammengetrieben werden müßten, damit sie aufhörten zu raufen und wieder zur Ruhe kämen.

»Aber du warst heute doch gar nicht mit ihnen unterwegs ... das gibt doch nur Ärger ...«

»Das ist ja auch Sinn der Sache.«

»Und wenn welche verletzt werden? So spät die ganze Strecke zum Tierarzt fahren ...«

»Die kriegen doch höchstens Hautverletzungen ab, und um die kümmere ich mich selber.«

»Du?«

»Sicher. So einen Köter flick ich doch mit links zusammen.«

Sie hielt die Drahttür zwischen den Zwingern auf und ließ die Hunde grüppchenweise zu den anderen hinein. Varg wanderte ruhig umher, schnupperte, wartete. Und da kamen sie. Zuerst die Hündinnen. Lady stand in ihrem Käfig und wollte ihre Ruhe haben, die anderen aber kamen hereingetänzelt und wollten sich einschmeicheln, erst bei Varg, dann bei den anderen Rüden, bis sie sie genügend aufgereizt hatten. Varg spielte den Chef, der es sich verbat, daß die Grünschnäbel gar zu amourös wurden. Er brüllte sie mit weitaufgerissenem Maul in Grund und Boden, bis sie platt im Schnee lagen und winselnd um ihn herumkrochen.

Er lachte. »Der Junge ist richtig!«

Sie hielt sich an der Maschendrahttür fest und hielt die andere Hand vors Gesicht, um die beißende Kälte aus ihren Nasenlöchern auszuschließen. Eine Reifschicht überzog ihren Fausthandschuh, sie atmete ihre eigene Wärme ein und merkte, daß ihr schwindlig wurde. Schnaps im Magen, und dabei hatte sie kaum etwas gegessen.

»Alles klar. Und jetzt der Rest. Na los!«

Sie öffnete die Tür, und sie zwängten sich gleichzeitig hindurch, Fell und Schnauzen und Schwänze in einem einzigen aufgeregten Gebrodel. Der Lärm schlug ihr von allen Seiten entgegen, sie bekam keine Luft mehr, ihr war plötzlich schrecklich heiß. Zwei ältere Rüden fielen mit lautem Gebrüll übereinander her. Sie blickte zu ihm hinüber, er lächelte, wollte sie nicht trennen. Schon sah sie am Ohr des einen Blut, rot und dunkel quoll es hervor, und dann kam ihr der Boden entgegen, mit Schnee und Hundedreck und einigen Büscheln Heu. Der Boden war gar nicht hart, er kam ihr geradezu weich vor, als sie so dalag.

Sie erwachte von seinem Gebrüll, war nur wenige Sekunden lang weggewesen.

»Was zum Teufel soll das denn?! Na los! Ich kann doch nicht ... Scheiße!«

Sie rappelte sich auf alle viere hoch, eine undefinierbare Menge rosa Zungen leckte ihr das Gesicht ab; der Schleim gefror auf ihren Wangen, sie klapperte mit den Zähnen. »Ich ...«

»So werden wir doch nie fertig! Los, faß mal mit an!«

Sie zog sich am Maschendraht hoch, suchte mit dem Handschuh nach Halt, um sie herum knurrte und kläffte alles. Blut. Massenhaft Blut. Er trat um sich. Er hatte jetzt auch Varg auf die anderen losgelassen, aber es half nichts. Das hier war der pure Haß.

Die Geräusche legten sich, alles wurde still.

Sie richtete ihren Blick auf den Mann: hochaufgerichtet auf zwei Beinen. Die Arme hätten auch Pfoten sein können. Er selbst hätte dort in wilder Panik losfauchen können.

Dann wurde ihr Kopf wieder klar. Etwas pulsierte gleichmäßig, in den Ohren, im Atem, im Zwerchfell, öffnete sich und ließ sie wieder hören.

»Na los, verdammt noch mal!«

Sie lief zu ihm hinüber, bekam zwei Hinterbeine zu fassen und hob sie hoch. Er übernahm den anderen. Ein Ohr hing kraftlos herab. Dort, wo es zerbissen war, stieg Dampf auf. Es blutete. Er fluchte und wich mit dem Hund in den Händen zurück, öffnete mit einem Tritt hinter sich eine Käfigtür, und sie stand da mit blutigen Händen, ließ nicht los, sah nur immer wieder das Ohr an, das schräg hinunterhing, wie bei einem Kaninchen, und den Boden mit roter Farbe überzog.

Die anderen standen still da und beobachteten den Auftritt, wedelten langsam und beschämt mit dem Schwanz.

»Du kannst ihn jetzt loslassen. Scheiße auch …«

»Du hast doch gewußt … daß sie …«

»Das schon, aber …«

»Und es gefällt dir.«

»Was gefällt mir? Was redest du da?«

Da schüttelte sich der verletzte Hund. Die Hunde, die in seiner Nähe standen, kniffen unter dieser Blutdusche die Augen zusammen, öffneten sie aber gleich wieder, um sich die Brust abzulecken. Einige legten sich dabei hin, um das so gründlich wie möglich zu erledigen.

»Na gut. Ein Ohr. Nach acht Tagen Abwesenheit ist das eigentlich nicht besonders schlimm.«

»Nähst du es?«

»Wir bringen ihn erst mal in den Futterraum, damit ich mir das Ganze bei Licht ansehen kann.«

Er schnitt es ab, ganz unten am Rand. Es hing ohnehin nur noch an Haut und Fell. Dann betrachtete er lange das klaffende Loch und murmelte etwas von Richtungsgefühl, Gehör und Gleichgewicht, und daß der Gehörgang offen gehalten werden müsse. Er preßte ein paar Tabletten in die Hundeschnauze und drückte sie zusammen, bis der Hund schluckte.

»Jetzt noch eine knappe halbe Stunde, und dann ...«

»Hast du keine normale Betäubung? Mit einer Spritze oder so ...«

»Krieg ich hier nicht.«

»Aber Nadel und Faden hast du.«

»Ja. Was ist eigentlich los mit dir?« fragte er gereizt. »Du kommst mir verdammt komisch vor. Bist du krank?«

»Jetzt nicht mehr.«

Er holte seine Nähsachen. Sie blieb bei dem Hund sitzen. Jedesmal, wenn der Blutstrom abzuebben schien, schüttelte er sich, und dann ging es wieder los. Sie fror. Endlich kam er zurück, roch nach Kaffee und Schnaps. Er hatte eine gebogene Nadel und schwarzen Zwirn bei sich, machte am Ende des Fadens einen Knoten, holte eine Schere und wusch sich in einer Wanne voll Schmelzwasser sorgfältig die Hände. Der Hund lag jetzt still auf dem Boden, klimperte nur etwas mit den Augen und schwebte wohl gerade davon.

»Halt hier fest ... um den Kopf ... setz dich so hin ... klemm ihn dir zwischen die Beine ...«

Er selbst kniete rittlings über dem Hund und fing an zu nähen. Fünf Stiche. Jeder wurde einzeln verknotet. Erst ein Knoten, um die Haut zusammenzuhalten, dann noch weitere. Ein roter Halbmond entstand, mit kleinen runden Öffnungen zwischen den Stichen. Der Hundekopf zuckte bei jedem Nadelstich zusammen, zuckte in schwachem, hilflosem Protest, aber sie hielt ihn fest, war dabei, nahm Anteil am Geschehen und ließ sich kein einziges Detail entgehen.

Später begriff sie nicht, warum sie nicht einfach ruhig sitzengeblieben war, bis der Wolf keuchend fertig geleckt und gefressen hätte, wie wilde Tiere das nun einmal tun.

Er war ins Bett gegangen. Ohne daß er sie aufgefordert hätte mitzukommen. Sie hatte sich ein Bier aus dem Kühlschrank genommen und sich einen Schnaps eingeschenkt, ganz vorsichtig, damit die Flasche nicht gegen das Glas stieß, hatte die Lampe in der Küche ausgeschaltet, die Wohnzimmerlampe jedoch brennen lassen. Vielleicht, damit die Hunde ihn bemerkten? Wußten sie, warum sie ihn verriet? Plötzlich war er wieder da, schlich sich mit gesenktem Kopf auf den Hof, nahm zwei Schritte auf einmal, mit raschen Blicken und breiten, zottigen Pfoten, unterwegs zum Rentierfell. Sie mußte lächeln.

Zwei Hunde spitzten die Ohren und witterten. Sofort blieb der Wolf stehen, musterte den Zaun, begriff, daß die Hunde dort drinnen waren und er hier draußen, und daß sie ihn nicht entdecken würden. Dennoch blieb er einen Moment lang ganz still stehen, verschwamm mit der Wand. Sie würden seine Witterung nur ahnen, das wußte er und verließ sich darauf, daß diese Tiere hinter dem Zaun gefangen waren, während er selbst hinlaufen konnte, wohin er wollte, wann er wollte.

Leise stand sie vom Tisch auf, ohne mit dem Hocker über den Boden zu scharren. Und statt die Pistole zu holen und den Himmel in Fetzen zu schießen, lief sie eifrig ins Schlafzimmer.

»Du mußt aufwachen ... der Wolf ist hier ... schnell, komm doch und sieh, wie schön er ist.«

Er warf sie beinahe um. Sie registrierte, daß er kein T-Shirt trug, nur eine weiße Unterhose mit halboffenem Eingriff. Er fegte sie beiseite und stürzte ins Wohnzimmer, griff zur Pistole.

»Du willst ihn doch wohl nicht ...«

Im Halbdunkel sah sie seinen Körper. Die Rückenhaut schimmerte matt über den arbeitenden Muskeln. Er war ein Tier, das sich vor dem Küchenfenster zusammenkrümmte und vorsichtig die nur leicht knackenden Fensterhaken öffnete. Sie spürte die Kälte im Gesicht. Sie würde es nicht mehr schaffen ...

Und dann endete alles in einem donnernden Knall, einunddreißig Hunde kläfften im selben Moment los, und ihre Beine trugen sie zu seinem Rücken. Sie sah den Hof wie eine leuchtende wogende Decke unter der Silhouette eines Kopfes und einer Schulter liegen, und sie hörte ihn zufrieden vor sich hin murmeln: »Ha! Ein echter Lungenschuß ...«

Der Wolf jagte wie ein Kaninchen auf den Hinterbeinen über den Hof, geplagt von Krämpfen, ohne die geringste Würde. Jede Bewegung seiner Hinterbeine pumpte einen Blutstrom aus seiner Brust, er sah aus wie ein Aufziehspielzeug, das in einem Höllentempo losgeschickt worden war, dessen Tempo allerdings nicht lange vorhalten würde. Und schon stürzte er und blieb auf dem Rücken liegen.

Sein Körper zuckte, die Pfoten bebten. Der Mund lag aufgerissen im Schnee, auch die Zunge, die seitwärts verdreht war, zuckte. Der Schwanz war lang, viel länger als ein durchschnittlicher Hundeschwanz. Das sah sie jetzt. Das Rentierfell hing völlig ausgetrocknet an der Wand.

Er seufzte. »Aber sein Fell ist nicht besonders schön ... schade ...«

»Was?«

»Das Fell ... gelb und häßlich ... alt ...«

»Aber warum ...«

Er schloß das Fenster, sicherte die Pistole, öffnete das Fenster noch einmal und brüllte: »Fresse halten, verdammt noch mal!« Er schloß es wieder, bevor er sie anblickte und fragte: »Warum sitzt du überhaupt hier im Dunkeln? Läßt du dich vollaufen?«

»Ja ... ich ...«

»Ich geh wieder ins Bett. Hab keinen Bock, mich jetzt um den Wolf zu kümmern ...«

»Aber die Hunde ... sollen die einfach ...«

»Ihn anstarren? Klar ... vielleicht ist das eine Lehre für sie ... damit sie sich ordentlich benehmen ...«

Er grinste und ging wieder ins Schlafzimmer. Sie kippte den Schnaps in einem Zug, starrte die Pistole an, setzte sich und bedeckte sie mit den Händen, spürte die Stärke des Metalls.

Der Wolf lag jetzt still da, am Ende einer fleckigen Straße aus Blut. Er bildete eine gelbe Erhöhung auf einer weißen Fläche, aus der nur Klauen und Nasenspitze aufragten. Sie holte mehrmals tief Luft, horchte genau, um sich zu vergewissern, daß Hals und Lunge normal arbeiteten, und war zufrieden. Dann wartete sie, bis sie ihn schnarchen hörte. Lautlos schlich sie sich ins Schlafzimmer, suchte ihre Tasche, stellte sie in den Flur und schloß die Schlafzimmertür. Sie zog ihren Thermoanzug an, nahm die Tasche und ging hinaus, fauchte die Hunde an, sie sollten sich hinlegen, und nahm mit offenem Mund Luft in sich auf. Den Wolf sah sie nicht an.

Sie fand es beruhigend, die Handgriffe des Motorschlittens zu berühren, als sie ihn aus dem Schuppen schleppte und die Tasche in den einen Kasten steckte. Dann ging sie zur Wand und riß die Felle hinunter, nur die Nägel blieben stecken, wie ein schmutziger, blutbrauner Kranz. Sie faltete die Felle zusammen und stopfte sie in den anderen Kasten, dann schob sie den Zündschlüssel ins Schloß, ohne ihn umzudrehen. Als nächstes holte sie aus dem Futterraum eine lange elastische Leine und Riemenzeug, legte beides auf den Sitz und ging wieder ins Haus.

Er war glühend heiß, roch nach Schweiß und Öl und Schießpulver. Sie schob die Pistole unter ihr Kissen. Sie war nackt und blickte an ihrem Körper hinunter, schwellende Brüste, weißer Flaum auf dem Bauch, der im Licht der geöffneten Tür schimmerte. Ganz sanft zog sie ihm die Decke weg. Er grunzte und drehte sich auf den Rücken. Sie streifte seine Unterhose ab und sah, daß das T-Shirt zusammengeknüllt auf dem Boden lag.

Sie stütze sich mit den Händen ab, als sie ihr rechtes Bein durch die Luft schwang, das Knie auf die Matratze setzte und dann den Körper hinterherzog.

Jetzt war sie da, rittlings über ihm. Und sie beugte sich vor und hauchte seine Augenlider an, die schwach bebten, um sich dann zu heben und einen verblüfften Blick zu entblößen. Sie lächelte und flüsterte: »Ich hatte einfach solche Lust auf dich ...«

Er schnappte nach Luft, packte ihre Hüften, zog sie auf sich herab. »Ich bin so scharf auf dich ... nimm mich ... komm, nimm mich ...«

»O ja, verdammt, wird gemacht ...«

Er hob sie ein wenig an und zog sie auf sich. Sie schloß die Augen, während er ihre Brüste massierte und heiser und gedehnt stöhnte. Es muß schnell gehen.

»Warte mal«, flüsterte sie.

»Aha?« grinste er. Seine Zähne schwammen in Speichel. »So willst du das also?«

»Ja ... so ... genau so ...«

Und nun überließ er ihr die Führung, wartete zum Bersten

gespannt, und sie ließ ihn in sich hinein und bohrte ihre Finger in die Kissen, bis sie kam, eingehüllt in einen zitternden roten Schleier, der sein Gesicht verhüllte, seinen Brustkasten, seine Zähne, seine Lippen. Und mit einem Satz stand sie mit der Pistole in der Hand neben dem Bett – klick, klick.

Er grunzte irritiert und drehte den Kopf: »Aber ... ich bin doch noch gar nicht so weit. Komm her.«

Und dann riß er die Augen auf und sah sie im Halbdunkel, ihre Haltung, die Pistole.

»Bleib da liegen.«

Sie holte Luft, stieß sie wieder aus. Horchte auf ihren Atem. Ja, das würde gehen. Sie zielte ihm voll ins Gesicht und sagte: »Jetzt geh ich.«

»Du gehst?«

»Ja. Jetzt geh ich.«

»Aber warum ...«

Sie gab keine Antwort.

Er schluchzte trocken auf. »Ich kapier gar nichts mehr ... willst du mich etwa umbringen?«

»Nein, ich geh bloß.«

»Aber warum ...«

»Weil ich jetzt stark genug dazu bin.«

»Stark genug? Was zum Teufel ... ich ...«

»Bei dir muß man entweder sterben oder stärker sein als du ...«

»Was soll der Quatsch ... ich kapier das nicht ... willst du mich erschießen oder was?«

Sie sah keine Tränen in seinen Augen und hörte auch kein Weinen, nur ein seltsam grobes Stöhnen. Er hatte die Decke gepackt, wie um sich damit zu schützen, und zog sie über sich.

»Nein. Ich will dich nicht erschießen. Ich will nur sagen, daß ... daß ...«

»Was denn ...? Nun rede schon, zum Henker!«

Er schlug mit der flachen Hand auf die Decke und schnappte dabei keuchend nach Luft.

»Daß ... daß du ein Arschloch bist. Ein verdammtes mieses Arschloch! Kapiert?«

Ein kratzendes Geräusch kam aus seinem Hals, er wollte etwas sagen, aber sein Atem ließ die Worte nicht durch. Noch immer schlug er unkontrolliert auf die Decke und starrte dabei die Pistole an.

»Hörst du, was ich sage? Sprich mir das nach: Ich bin ein verdammtes mieses Arschloch!«

»O Mann ... nicht schießen!« Er mußte die Worte aus sich herauspressen und hatte seinen Tonfall nicht mehr unter Kontrolle.

»Sag schon!«

»Ich bin ein ... verdammtes ... mieses ... Arschloch ... nicht schießen!«

Der Pistolengriff glühte in ihrer Hand, paßte sich Haut und Fingern an. Sie liebkoste den Abzughahn mit dem Zeigefinger. Das sah er und stöhnte, vergrub sein Gesicht in der Decke. Sie starrte seinen bebenden Rücken an, horchte auf die halberstickten Geräusche, zwischen denen ab und zu ein einzelnes Wort zu verstehen war: »Ich dachte, du ... du ...«

»Was dachtest du?«

Bald würde sie die Pistole nicht mehr halten können.

»Was dachtest du?«

»Daß du ... daß du ... das so wolltest ...«

Langsam ging sie rückwärts und sagte: »Du bleibst hier liegen, während ich mich anziehe. Ich lasse den Motorschlitten oben auf der Straße stehen ... morgen ... du kannst ihn morgen holen ... oben auf der Straße ... und Lady nehme ich mit ... als Mitgift ...«

Er hob sein Gesicht, seine Augen hafteten an ihr, sie sah einen gedemütigten Hundeblick in einem rotgefleckten Gesicht.

»Aber ... wohin willst du ...?«

»Zu ... zu einem, der einen größeren Schwanz hat als du.«

Sie zielte jetzt mitten auf die Decke und lächelte. Er schrie auf und krümmte sich zusammen.

»Keine Panik«, sagte sie freundlich. »Der Schwanz da ist wirklich so klein, daß ich sowieso nicht getroffen hätte ... nicht mal auf so geringe Schußweite ... liegenbleiben!«

Sie legte die Pistole vor sich auf den Küchentisch und zog sich an, Wäsche, Strumpfhose, Pullover, Socken, Thermoanzug, Mütze, die beiden linken Handschuhe, den Schal um den Mund. Sie wagte erst, auf das Thermometer zu blicken, als sie die Waffe wieder sicher in der Hand hatte, sechsunddreißig Grad unter Null. Sie hörte aus dem Schlafzimmer sein trockenes, verzweifeltes Schluchzen. Dieses Geräusch ging sie nichts mehr an, und mit Weinen hatte es nun wirklich keinerlei Ähnlichkeit.

Aber als sie draußen beim Motorschlitten stand und Lady aufgeregt neben ihr von einem Fuß auf den anderen trat, während sich ihr Fell sträubte und sie wilde Blicke in Richtung Wolf warf, sah sie sein Gesicht am Küchenfenster. Er hatte kein Licht gemacht. Sie hielt noch immer die entsicherte Pistole in der Hand. Jetzt hob sie sie langsam. Sofort war sein Gesicht verschwunden.

Sie wartete.

Und dann war es wieder da, nackt und weiß, unter dunklen wirren Haaren. Sie konnte Kimme und Korn kaum erkennen und drückte ab. Die Holzspäne stoben vom Fensterrahmen hoch, Glas klirrte.

Sie sicherte die Pistole, schob sie in den Thermoanzug und gab Gas.

Und dann füllte sie die Stille mit kreischendem Motorengebrüll.

Als sie den Motorschlitten in Bewegung setzte, schaffte sie die Kurve nicht schnell genug, um dem Wolf auszuweichen. Das Raupenband verhakte sich im Schwanz und verwickelte sich im Fell. Lady knurrte und sprang hin und her, die anderen Hunde kläfften wie wild, der Maschendraht teilte ihre Köpfe in Karomuster auf. Statt abzuspringen und das Raupenband loszureißen, gab sie noch mehr Gas und sah sich um. Der Wolf lag wieder still da. Sie hatte ihn nur ein paar Meter mit sich gerissen. Und sie dachte: Der war mit seinem Fell zufrieden. Es war das einzige, das er hatte.

Lady lief anfangs neben ihr her. Sie fuhr langsam, aber es war doch zu schnell für die Hündin. Ihr Bauch dehnte sich jetzt an den Hüften aus, war aufgedunsen von kleinen Welpen, von Togos Jungen. Als sie die Hauptstraße erreichten, versuchte sie, Lady vor sich auf den Motorschlitten zu ziehen, zwischen Lenker und Körper. Sie ließ den Motorschlitten im Leerlauf stehen und zerriß mit dem vorderen Scheinwerfer die Finsternis vor ihnen, während sie an vier Pfoten, die auf dem Sitz untergebracht werden sollten, zog und zerrte. Schließlich klemmte sie sich das Tier zwischen die Oberschenkel, legte beschützend die Arme um den Hundekörper und fuhr vorsichtig los.

Es ging, Lady machte ab und zu einen zaghaften Versuch, wieder auf die Straße zu springen, aber sie hielt sie fest und redete beruhigend auf sie ein.

Sie folgte ihrer eigenen Spur, in die schwarze Nacht hinein, in die Berge, wo nur Polarbären wohnen konnten, und Menschen, die auf breiten Dielenbrettern Apfelbäume aufstapelten. Sie und Lady, die Felle und die Pistole, und eine Tasche mit schwarzen Kleidern und einem Walkman. Dicke Steppdecken und Fenster mit kleinen Scheiben warteten auf sie. Und Hände. Starke Hände, die sie festhalten und sicher über den Rand des Abgrundes ziehen konnten.

Kein Mond war zu sehen, nur die vielen Sterne, die Löcher aus Licht in den Himmel stachen. Sie dachte sich, daß sie vielleicht selbst einige dieser Öffnungen verursacht hatte. Die Berge schimmerten blau durch die Nacht, folgten der Kurvenlinie des Horizonts, sahen aus wie Körper, die auf dem Rücken lagen und Knie und Brust einem neuen Morgen entgegenstreckten, einem neuen Tag, der anders sein würde als der vergangene. Sie mußte immer wieder den Schal verschieben, der von steifgefrorenem Reif durchsetzt war und sich an ihrem Gesicht kratzig anfühlte wie Sandpapier. Es brannte, und sie spürte, daß Wangen und Kinn schon wundgescheuert waren. Der Motor gab ein wenig Wärme. Sie duckte sich hinter die Windschutzscheibe, und ihr Kopf lag fast auf ihren Knien, aber auch das half nicht viel. Die Kälte umgab sie auf allen Seiten wie eine erstickende Wand, nur der Scheinwerfer tanzte vor ihnen her und brachte eine Illusion von Licht, wenn er die Dunkelheit zerriß und sie hinter sich her zog, immer höher, bis sie schließlich auf die Berge hinuntersehen und entdecken konnte, daß sie nicht aus Körpern und Erhöhungen bestanden, sondern aus Talsenken, aus tiefen Scharten in der Landschaft, die den Tag vor der Nacht verbargen.

Ladys Ohren hingen auf beiden Seiten schräg hinunter. Aber sie lehnte sich in die richtige Richtung, wenn der Motorschlitten in die Kurven ging, und saß ganz ruhig da. Die

Pistole im Thermoanzug drückte unangenehm gegen den Hundekörper, und sie wußte plötzlich nicht mehr, warum sie sie überhaupt mitgenommen hatte.

Die Häuser lagen still da. Es war zu dunkel, um über dem Schornstein Rauch erkennen zu können, nur eine einsame Laterne trennte die Wände voneinander und bildete einen warmen, gelben Kreis. Die Fenster blinkten vor nachtschwarzen schlafenden Zimmern, und sie hatte die Tür schon fast erreicht, als sie in der Küche ein Lebenszeichen wahrnahm. Einen Kopf, Arme, eine Lampe, die eingeschaltet wurde.

Sie machte den Motor aus, band mit knirschendem Geräusch den Schal ab und ließ Lady vorsichtig vom Sitz herunter. Sie konnte aus einem Schuppen Hundegebell und dazwischen das aufgeregte Gefiepe der Welpen hören. Seine Hunde waren im Gebäude. Auf trockenem Heu, jeder für sich angebunden, um stark zu werden.

Da stand er in der Tür und zog sich einen Pullover über den Kopf.

»Wo soll ich Lady hinbringen?«

Erst jetzt merkte sie, wie entsetzlich erschöpft sie war.

»Lady? Ach, du bist das!«

»Ja.«

»Bring sie … Warum …«

Er trat hinaus ins Licht. Sein Gesicht war weiß.

»Nun sag schon, wo ich sie hinbringen soll … sonst erfrier ich hier vor deinen Augen … wir haben sechsunddreißig unter Null, wir können im Haus weiterreden …«

»Im Haus? Aber warum …«

Sie stieg mühselig vom Motorschlitten und ging auf ihn zu, ohne das Hundehalsband loszulassen. »Ich habe ihn verlassen … jetzt komme ich zu *dir*.«

Und dann sah sie es. In seinen Augen: Angst. Kalte, eisige Angst vor ihrer Anwesenheit. Sie starb auf der Stelle. Mehrere Sekunden lang mußte sie sich diesem Gefühl hingeben, ohne etwas zu sagen, konnte nur in diesem Körper sein, der mit dumpfen Stößen in sich selber versank und eine Trauer hinterließ, die ihr den Rücken hinunterlief. Sie glaubte, sich erbrechen zu müssen. Er sprach als erster, setzte dumme kleine Wörter in Reih und Glied, während seine Augen flackerten.

»Aber du kannst doch nicht ... er würde ... er würde ...«

»Was würde er?« Jetzt lächelte sie.

»Er würde ... ich kann nicht ...«

Der Atem, der aus ihren Mündern quoll, hing zwischen ihnen wie ein grauer Schleier.

»Hast du denn wirklich gedacht, ich würde dort bleiben?«

»Ich ... ich weiß nicht recht ... Aber was ist mit dem Hund? Das ist doch sein Hund?«

»Denk jetzt nicht daran.«

Er hatte sein Gewicht auf den anderen Fuß verlagert und die Hände in die Taschen gesteckt. Die Hände. Sie konnte sie nicht mehr sehen. Es war ihr unmöglich, seine Hände zu entdecken.

»Aber was hat er gesagt, als du gegangen bist? Ich kann einfach nicht glauben, daß er einfach ... Und dann auch noch der Motorschlitten und ...«

Sie holte Luft, spürte hinter ihren Rippen die Umrisse ihrer eigenen Lunge, die sich mit einer ganz und gar unwirklichen Kälte füllte.

»O verdammt, was bist du klein ...«

»Klein? Aber du mußt doch verstehen, daß ich ...«

Er schrumpfte noch mehr. Am Ende lag er wie ein kleiner dampfender Hundedreck vor ihr, während sie selbst aus dem Licht in die schwarze, mondlose Nacht ging, wo sie eins mit der Kälte wurde. Er redete noch immer, stand da und schwelgte in Worten. Langsam zog sie den rechten Handschuh aus, ohne das schwebende weiße Gesicht aus den Augen zu lassen, und fuhr mit der Zungenspitze über ihre Zähne, in einem Lächeln, das sie nicht durchbrechen konnte, denn es war angefroren. Die Pistole steckte an Ort und Stelle, sie packte sie, zog sie hervor und betrachtete fasziniert sein Gesicht, in dem die eine Angst jetzt der anderen weichen mußte, als sie die Waffe entsicherte, durchlud und lächelnd sagte: »Keine Panik, *dich* will ich nicht …«

Dann fuhr sie herum, setzte Lady den Lauf mitten zwischen die Augen und drückte ab. Sie hörte den Schuß nicht, hörte nur seinen Schrei. Es war ein schwacher Schrei, der kein Ende zu nehmen schien, seine Augäpfel waren schwarze Kugeln, die ihr entgegenrollten, ohne irgendwo Halt zu finden.

Der Hundekörper lag mit gespreizten Beinen auf dem Boden, aus dem offenen Schädel quoll Dampf, Gebißsplitter lagen ein Stück entfernt. Der Schwanz zuckte noch.

Sie ließ die Pistole fallen und ging zum Motorschlitten, hob den starren Stock, der einmal ein Schal gewesen war, wickelte ihn sich ums Gesicht und knotete ihn an der Stelle zusammen, an der er noch trocken und weich war. Dann ließ sie den Motor an, wendete und fuhr davon, ohne sich noch einmal umzusehen.

»**Das hätte ich** nie gedacht ... mitten in der Nacht hier in der Wildnis Gesellschaft zu finden! Und noch dazu von so einer tollen Frau!«

Er lachte. Sie lächelte ihn an. Warf einen raschen Blick in den großen Seitenspiegel, konnte ihn aber nicht mehr sehen. Der Motorschlitten hatte ausgesehen wie ein Insekt, als er dort am Straßenrand stand, ein schwarzes hingeschleudertes Insekt; die Handgriffe waren die Fühler, die Windschutzscheibe ein großes Facettenauge, schwarzes Fell bedeckte den Bauch.

Sie atmete den Apfelduft des hin- und herpendelnden Wunderbaums ein und sah sich um, genoß die Wärme. Die Lämpchen am Armaturenbrett blinkten munter. Eine halbvolle Limonadenflasche wackelte in einem Halter, aus einem überfüllten Aschenbecher rieselte der Inhalt zu Boden, Papiere und Zeitungen und Schokoladenpackungen waren auf dem Boden verstreut und vor der Windschutzscheibe festgestopft. Unter ihr grummelten unzählige Pferdestärken, die sich die Gänge hinaufmühten, um wieder ins alte Marschtempo zurückzufinden.

»Was fährst du?«

»Lachs, tiefgefrorenen Lachs.«

»Hier oben könntest du die Kühlanlage ausschalten. Wir haben hier sechsunddreißig Grad unter Null.«

»So viel? O verdammt. Schicker Thermoanzug übrigens.«

»Ich zieh ihn jetzt aus. Hab noch andere Klamotten in der Tasche. Schau solange in eine andere Richtung.«

Wieder lachte er und legte demonstrativ die rechte Hand an die Stirn. »Du hast wirklich Mut, daß du dich traust, hier oben per Anhalter zu fahren ... mitten in der Nacht, mit einem Wildfremden ...«

Sie gab keine Antwort, wühlte in ihrer Tasche, fand Hose, Pullover und Stiefel und ihre Kosmetiktasche. Hier war so viel Platz, daß es überhaupt kein Problem machte, Anzug, Pullover und Strumpfhose aus- und neue Kleider anzuziehen.

Ein Vorhang hinter den Sitzen bewegte sich sachte, sie konnte zerwühlte Decken, ein Bett erkennen. Sie kämmte sich und warf ihre Tasche hinter den Vorhang, knüllte den Thermoanzug zusammen, ohne mit den Fingern die Reste von Blut und Gehirnmasse am Hosenbein zu berühren, kurbelte rasch das Fenster herunter und warf den Anzug hinaus. Sofort schlug die Kälte zu. Er saß leicht vornübergebeugt da, seine Arme ruhten schwer auf dem Lenkrad, und er betrachtete ihre Hand, die das Fenster wieder hochdrehte.

»Ganz schön heftig, was?«

»Ja ... das kann man wohl sagen.«

Sie blickte aus dem Fenster, ohne auf das flimmernde Spiegelbild zu achten, das sich zwischen der Wärme im Wagen und den Minusgraden draußen bildete. Etwas machte sich in ihrem Zwerchfell bemerkbar, sie schluckte es herunter und holte tief Luft.

»Wohnst du hier?«

»Was? Nein ... ich wohne nicht hier.«

»Also bist du auf Reisen? Mit nur einer Tasche?«

Sie drehte den Kopf und sah ihm voll ins Gesicht. »O Mann, bist du vielleicht neugierig.«

Er lachte unsicher. »Ein bißchen fragen wird doch noch erlaubt sein ...«

»Ich sag dir Bescheid, wenn du fragen darfst.«

Sie konzentrierte sich auf sein Profil, auf die Stelle, wo Oberlippe und Nase sich begegneten, auf das Kinn darunter. Es war spitz, aber gleichzeitig rund. Das Hemd stand am Hals offen, die schwarzen Haare auf der Brust endeten bei der kleinen Vertiefung unter dem Kehlkopf, wo ein Goldkettchen funkelte.

Eine rote Plastikrose steckte am Sonnenschutz unter der Decke, ein langes Regalfach an der Seite war mit Musikkassetten gefüllt. Sie spürte, wie rasch die Wärme ihre Wangen trocknete, so daß es in ihnen zu pochen begann. Seine Augen klebten hungrig an ihr. Er grinste vor sich hin: »Ich glaube, du bist ganz schön geheimnisvoll, was?«

»Bingo!« sagte sie, ließ sich auf dem Sitz zurücksinken und richtete ihren Blick auf das Licht der Scheinwerfer vor ihnen.

»Unten auf dem Boden steht eine Tüte mit Bierflaschen ... nimm dir doch einfach eins ... wenn du möchtest ...«

»Und Musik hast du. Und Wärme. Und ein Bett. Und Lachs.«

»Ja. Kann man im Leben eigentlich mehr verlangen? Und Gesellschaft habe ich noch dazu!«

Sie nahm sich eine Flasche Bier, fand am Armaturenbrett einen Öffner, sah die Kassetten durch, ließ eine auf den Boden fallen, wollte gerade eine Kassette von den Stones einschieben, als sie Gary Moore entdeckte und sich dafür entschied.

Er grinste noch einmal, als die ersten harten Akkorde das Führerhaus füllten, und sagte irgend etwas.

»Ich kann dich nicht hören!« Sie drehte die Musik etwas leiser.

»Ich hab gesagt: Ach, so ist das also.«

Sie lächelte. Er trommelte den Takt auf dem schweren, schwarzen Lenkrad. Und mit Biergeschmack im Mund und künstlichem Apfelgeruch in der Nase ließ sie ihren Blick über die Straße vor ihnen gleiten, während sie den Worten des Liedes lauschte und dachte: Das hier ist eine Hauptstraße. Hier fahren die ganze Zeit Menschen. Hier brummt das Leben. Hier wird die Spur niemals vom Schnee verweht werden und verschwinden.

Dann legte sie den Kopf in den Nacken und schloß die Augen, spürte, wie sich das Wohlbehagen in ihren pochenden Wangen ausbreitete, lauschte seiner Stimme: »Sag ruhig, wenn du müde bist ... dann halt ich an ... hier ist Platz für uns beide.«

»Das weiß ich«, antwortete sie und prostete ihm zu, trank gierig und wußte, daß nur die Kohlensäure hinter ihren Augen brannte, sonst nichts.

»Wie weit fährst du übrigens?« fragte er.

»Und du?«

»Weit.«

Sie nahm noch einen Schluck. »Ich auch.«